EDIÇÕES BESTBOLSO

Advogado do diabo

Nascido em 1940 no bairro norte-americano do Brooklin, Andrew Neiderman se mudou com a família para Nova York ainda criança. Lecionou inglês durante 23 anos em um colégio nova-iorquino, período no qual também publicou 18 romances. Após o falecimento, em 1986, da escritora Vírginia C. Andrews, conhecida pela obra *A saga dos Foxworth* e famosa por seus contos góticos, Neiderman foi contratado para trabalhar como ghost-writer da autora, escrevendo mais de trinta títulos sob o codinome V. C. Andrews. Em 1990, publicou *Advogado do diabo*, que foi adaptado para o cinema em 1997 – estrelado por Keanu Reeves e Al Pacino –, e pode ser considerado o primeiro e maior best-seller que assinou com o próprio nome. Andrew Neiderman também trabalha como roteirista e em 2010 completou o total de cem livros publicados.

ANDREW NEIDERMAN

ADVOGADO DO DIABO

Tradução de
FLÁVIA VILLAS-BOAS

1ª edição

EDIÇÕES
BestBolso
RIO DE JANEIRO – 2012

CIP-BRASIL. CATALOGAÇÃO-NA-FONTE
SINDICATO NACIONAL DOS EDITORES DE LIVROS, RJ

N329a   Advogado do diabo / Andrew Neiderman; tradução de Flávia
Villas-Boas. – Rio de Janeiro: BestBolso, 2012.
12 x 18 cm

Tradução de: The Devil's Advocate
ISBN 978-85-7799-286-7

1. Ficção norte-americana. I. Villas-Boas, Flávia. II. Título.

12-0020
CDD: 813
CDU: 821.111(73)-3

Advogado do diabo, de autoria de Andrew Neiderman.
Título número 294 das Edições BestBolso.
Primeira edição impressa em janeiro de 2012.
Texto revisado conforme o Acordo Ortográfico da Língua Portuguesa.

Títulos do original norte-americano:
THE DEVIL'S ADVOCATE

Copyright © 1990 by Andrew Neiderman.
Copyright da tradução © 1997 by Distribuidora Record de Serviços de Imprensa S.A. Direitos de reprodução da tradução cedidos para Edições BestBolso, um selo da Editora Best Seller Ltda. Distribuidora Record de Serviços de Imprensa S. A. e Editora Best Seller Ltda são empresas do Grupo Editorial Record.

www.edicoesbestbolso.com.br

Design de capa: Carolina Vaz.

Todos os direitos reservados. Proibida a reprodução, no todo ou em parte, sem autorização prévia por escrito da editora, sejam quais forem os meios empregados.

Direitos exclusivos de publicação em língua portuguesa para o Brasil em formato bolso adquiridos pelas Edições BestBolso um selo da Editora Best Seller Ltda. Rua Argentina 171 – 20921-380 Rio de Janeiro, RJ – Tel.: 2585-2000 que se reserva a propriedade literária desta tradução.

Impresso no Brasil

ISBN 978-85-7799-286-7

Para Anita Diamant
Uma senhora de classe

Prólogo

Richard Jaffee desceu correndo as escadas do prédio do tribunal na Federal Plaza de Nova York e, mais parecia um advogado que acabara de perder a causa do que um criminalista saindo de uma vitória. Seus cabelos negros retintos esvoaçavam e dançavam sobre a cabeça à medida que ele quase saltava sobre os degraus de pedra na ânsia de chegar à calçada. Os transeuntes mal prestavam atenção nele. As pessoas em Nova York estão sempre correndo para pegar um trem, conseguir um táxi, atravessar antes de o sinal fechar. Frequentemente estão apenas sendo levadas pelo impulso que percorre as artérias de Manhattan, insufladas pelo gigantesco coração invisível, embora onipresente, que faz a cidade pulsar como nenhuma outra no mundo.

O cliente de Jaffee, Robert Fundi, ficou para trás, concentrando a atenção dos repórteres que se amontoavam à sua volta com a energia insana de um enxame de abelhas operárias. Todos berravam as mesmas perguntas: O que o proprietário de uma importante empresa de saneamento de Nova York achava de ter sido absolvido de todas as acusações de extorsão? Ele se candidataria realmente a um cargo municipal? Os boatos de que o julgamento havia sido apenas um jogo político eram verdadeiros? Por que as testemunhas-chave da acusação não tinham confirmado, sob juramento, os fatos que, segundo constava, haviam contado ao promotor?

– Senhoras... cavalheiros... – disse Fundi, puxando um charuto cubano do bolso do casaco. Os repórteres aguardaram enquanto ele o acendia com vigorosas baforadas. Fundi ergueu os olhos e sorriu. – Os senhores vão ter de dirigir todas as perguntas a meu advogado. Foi para isso que eu paguei aquela grana toda a ele. – O empresário comentou e riu alto.

Como se as cabeças de todos eles estivessem amarradas umas às outras, o bando de repórteres voltou-se na direção de Jaffee exatamente quando ele acomodava-se no banco traseiro da limusine da John Milton e Associados. Um dos mais jovens e determinados repórteres correu escadaria abaixo, gritando:

– Sr. Jaffee! Só um instante, por favor, Sr. Jaffee! – A pequena multidão de jornalistas riu quando a porta da limusine se fechou e o motorista deu a volta em redor do carro para ir sentar-se ao volante. Em poucos segundos ele manobrou o veículo, afastando-o do meio-fio.

Richard Jaffee recostou-se no assento, com o olhar fixo para a frente.

– Para o escritório, senhor? – O motorista indagou.

– Não, Charon. Leve-me para casa, por favor.

O egípcio alto, de pele cor de azeitona e olhos amendoados, espiou pelo retrovisor como se estivesse lendo uma bola de cristal. Seu rosto macio franziu-se em rugas nos cantos dos olhos. Assentiu quase imperceptivelmente com a cabeça, confirmando o que ele estava vendo, o que sabia.

– Muito bem, senhor. – Charon replicou. Aprumou-se no assento e continuou dirigindo com a atitude impassível de alguém que guia um carro fúnebre.

Richard Jaffee não mudou de posição, não se virou para a direita ou para a esquerda a fim de olhar algo nas ruas. Esse homem de 33 anos parecia envelhecer ao passar de cada minuto. Sua cor ficava mais pálida; os olhos azuis acinzentavam-se, opacos, e as rugas da testa se aprofundavam. Levou as mãos às faces e deu-lhes tapinhas suaves como que para se certificar de que ainda não havia se decomposto.

Afinal, num movimento repentino, recostou-se e fechou os olhos. Quase de imediato veio a sua mente a lembrança de Gloria, o jeito dela antes de se mudarem para Manhattan. Viu-a como era quando se encontraram pela primeira vez – luminosa, inocente, agitada mas meiga, e muito confiante. Seu otimismo e fidelidade tinham sido revigorantes e estimulantes. Enchiam-no com um desejo vigoroso de dar-lhe tudo, de trabalhar duro para tornar o mundo tão agradável e feliz como ela o via, de protegê-la e amá-la até que a morte os separasse.

Havia menos de um mês, numa sala de parto do hospital Manhattan Memorial, muito embora ela tivesse recebido os melhores cuidados e atravessado uma gravidez normal e saudável, Gloria dera à luz um belo menino, de traços perfeitos e saúde excelente, mas o esforço lhe tirara inexplicavelmente a vida. Os médicos não conseguiam entender. Seu coração simplesmente parara de funcionar, contaram-lhe, como se tivesse feito um esgar, suspirado e perdido o fôlego.

No entanto, ele sabia por que Gloria tinha morrido. Havia confirmado suas suspeitas e pusera a culpa unicamente em si mesmo por tê-la trazido a Manhattan. A esposa confiara nele, e ele a havia oferecido como se fosse um cordeiro para o sacrifício.

Agora, de volta ao apartamento que antes dividira com a mulher, seu filho dormia em paz, alimentava-se vorazmente e crescia como uma criança normal, sem consciência de estar entrando no mundo sem a mãe, de que seu tributo pela vida incluíra a morte dela. Richard sabia que os psiquiatras lhe diriam que era natural ter ressentimentos em relação ao filho, mas os psiquiatras não entendiam nada. Simplesmente não sabiam nada.

Claro, era difícil, se não impossível, odiar o bebê. Ele parecia tão indefeso e inocente. Richard primeiro usou a lógica para tentar se convencer a não sentir mágoa dele, depois utilizou a lembrança de Gloria e sua abordagem maravilhosamente animada da vida a fim de iluminar o próprio caminho de volta à sanidade.

Mas nada disso havia funcionado. Entregara o filho à enfermeira que viera morar no apartamento, raramente perguntava por ele e apenas de vez em quando ia ver a criança ao chegar. Richard nunca perguntava por que o filho estava chorando ou indagava a respeito de sua saúde. Simplesmente continuava trabalhando, deixava-se consumir por seu trabalho para não ter de pensar muito; não ia ficar relembrando; não ia passar a maior parte de seu tempo sofrendo com a culpa.

O trabalho havia servido como um dique, represando no fundo a realidade de sua tragédia pessoal. Agora ela surgira subitamente, atropelando-o com a lembrança dos sorrisos de Gloria, dos beijos de Gloria, da alegria de Gloria ao descobrir que estava grávida. Por trás das pálpebras fechadas, Richard repassou dezenas de momentos, dezenas de imagens. Era como se estivesse assistindo a vídeos domésticos na sala de estar.

– Chegamos, senhor – disse Charon.

Chegamos? Richard abriu os olhos. Charon tinha aberto a porta e estava de pé na calçada a seu lado. O advogado pegou sua pasta executiva com um gesto firme e desceu da limusine. Olhou para Charon. Com seu 1,95 metro o motorista era uns 10 centímetros mais alto do que Richard, mas os ombros largos e os olhos penetrantes faziam-no parecer ainda maior, um verdadeiro gigante.

Richard fitou-o por um instante e viu compreensão nos olhos do motorista. Era um homem calado, mas percebia o que se passava à sua volta e dava a impressão de ter a experiência de um ancião.

Richard assentiu silenciosamente com a cabeça, Charon fechou a porta e voltou a seu lugar no banco do motorista. O advogado ficou assistindo a limusine se afastar e, em seguida, voltou-se para entrar no edifício. Philip, o policial aposentado que trabalhava como segurança diurno, espiou por cima do jornal e pulou bruscamente em posição de alerta, saltando como um boneco de mola da banqueta atrás do balcão no saguão do edifício.

– Parabéns, Sr. Jaffee. Ouvi o noticiário. Tenho certeza de que foi muito bom para o senhor vencer mais um caso.

Richard sorriu.

– Obrigado, Philip. Está tudo bem?

– Ah, tudo na mais perfeita ordem, Sr. Jaffee. Como de costume. – Respondeu Philip. – Um homem pode envelhecer em paz trabalhando aqui – acrescentou, como sempre.

– É – disse Richard. – Pode.

Dirigiu-se ao elevador e postou-se empertigado junto à parede dos fundos. Quando fechou os olhos, recordou a primeira vez em que ele e Gloria haviam chegado de carro ao edifício, recordou a excitação dela, o modo como deu gritos de encantamento quando viram o apartamento.

– O que foi que eu fiz?– murmurou.

Seus olhos se arregalaram de repente quando as portas do elevador abriram-se no andar onde morava. Richard demorou-se ali um instante e só então saiu em direção à porta do seu apartamento. Assim que entrou, a Srta. Longchamp saiu do quarto do bebê para cumprimentá-lo.

– Ah, Sr. Jaffee! – A enfermeira tinha apenas 50 anos, mas podia ser a avó de qualquer um – completamente grisalha, atarracada, com suaves olhos castanhos e um rosto gorducho. – Meus parabéns. Acabo de assistir ao último boletim de notícias. Eles interromperam a novela!

– Obrigado, Srta. Longchamp.

– O senhor não perdeu nenhuma causa desde que entrou para a firma do Sr. Milton, não foi? – perguntou ela.

– É verdade, Srta. Longchamp, não perdi.

– Deve estar muito orgulhoso.

– Sim – respondeu ele.

– Está tudo bem com Brad – a Srta. Longchamp se adiantou, embora ele não tivesse perguntado. Richard assentiu. – Eu estava me preparando para dar a ele a mamadeira.

– Continue seu trabalho, não deixe que eu a atrapalhe – disse Richard.

Ela sorriu de novo e voltou ao quarto do bebê.

Richard deixou a pasta, passou os olhos pelo apartamento e depois atravessou o hall, com passos firmes, a caminho da varanda que lhe oferecia uma das mais belas vistas do rio Hudson. Não se deteve para apreciá-la, no entanto. Andava com a determinação de quem sempre soubera exatamente aonde estava indo. Pisou sobre a espreguiçadeira de modo a conseguir firmar o pé esquerdo na parede, impulsionando o corpo com as mãos agarradas ao parapeito de ferro batido. Então, num movimento ágil e gracioso, inclinou-se como se fosse pegar a mão de alguém a fim de puxar a pessoa para cima e se jogou de cabeça por 15 andares até o asfalto lá embaixo.

1

Kevin Taylor, de 28 anos, ergueu os olhos dos papéis espalhados sobre a comprida mesa de cor castanha diante dele e fez uma pausa, fingindo estar profundamente mergulhado em algum pensamento especial antes de submeter a testemunha a novo interrogatório. Esses pequenos gestos teatrais vinham-lhe naturalmente. Eram uma combinação de seu talento histriônico e do conhecimento que tinha de psicologia. A pausa dramática entre fazer uma pergunta e baixar os olhos para algum documento em suas mãos em geral amedrontava a testemunha. Neste caso, estava tentando intimidar o diretor de uma escola de ensino fundamental, Philip Cornbleau, um homem de ralos cabelos escuros, quase careca, magro, pele amarelada, 54 anos. Estava sentado, impaciente, as mãos espalmadas contra o peito, os dedos longos repuxando-se uns aos outros sem parar.

Kevin passou os olhos de relance pela plateia. A tensão da expectativa pesava, densa. A impressão era a de que todos estavam prendendo o fôlego. A sala clareou de repente quando o sol se derramou pelas grandes janelas do tribunal de Blithedale. Era como se um técnico em iluminação tivesse acionado a chave de um interruptor. Só faltava o diretor gritar "Ação!"

A sala de audiências estava atulhado, mas o olhar de Kevin fixou-se num homem elegante, de aparência distinta, ao fundo, que o fitava com o sorriso afetuoso e envaidecido que o rapaz teria esperado de um pai – não que ele tivesse idade suficiente para ser seu pai. Teria provavelmente pouco mais de 40 anos, avaliou Kevin, e ostentava uma aura de pessoa bem-sucedida. Zeloso de questões como posição social e estilo, Kevin reconheceu logo o terno Giorgio Armani risca de giz grafite. Já tinha olhado para aquele terno com ávida cobiça antes de comprar o que estava usando hoje, um jaquetão de lã azul-marinho. Comprara o seu numa ponta de estoque pela metade do preço do Armani.

O homem fez sinal de reconhecer Kevin com um leve aceno de cabeça.

O silêncio no tribunal era afetado por agudos acessos de tosse esparsados aqui e acolá. Lois Wilson, uma professora do quinto ano, de 25 anos, estava sendo julgada por abuso sexual contra crianças da pequena comunidade de Blithedale em Nassau County. Era uma cidade-dormitório; quase todos os moradores viajavam diariamente até Nova York para trabalhar. Bastante rural na aparência, Blithedale era um oásis, com casas de classe média alta e terrenos ajardinados, ruas limpas e largas margeadas de bordos e carvalhos, e um centro comercial relativamente tranquilo. Não havia grandes shopping centers, nenhuma via expressa que tivesse se desenvolvido exageradamente com a proliferação desordenada de lojas, postos de gasolina, restaurantes e motéis. Seus letreiros tinham de obedecer a rígidos códigos urbanos. Espalhafato, cores vivas e cartazes gigantescos eram proibidos.

Os habitantes de Blithedale gostavam da sensação de se fechar em um casulo. Podiam entrar e sair de Nova York a seu bel-prazer mas, quando retornavam, voltavam para sua protegida existência. Nada fora do normal acontecia. E era isso que eles queriam.

Até que Lois Wilson, uma das novas professoras da escola primária, foi acusada por abusar sexualmente de uma menina de 10 anos. Uma investigação da escola desvendou mais três ocorrências semelhantes. Começou a correr pela cidade o boato de que Lois era lésbica. Ela morava de aluguel em uma casa da periferia de Blithedale com a namorada, uma professora de língua estrangeira numa escola de ensino médio próxima dali, e nenhuma das duas saía com homens ou mantinha qualquer relacionamento com ninguém do sexo masculino.

Ninguém na Boyle, Carton e Sessler ficou feliz por Kevin ter assumido o caso. Na verdade, ele procurara a causa, oferecendo seus serviços a Lois Wilson assim que soubera do problema. Logo que aceitou o caso, Kevin ameaçou deixar a firma se qualquer dos sócios seniores efetivamente o proibisse de assumi-lo. Vinha se mostrando a cada dia mais impaciente com a firma, irritado por sua abordagem conservadora das leis e com o rumo que sua vida tomaria se permanecesse ali por muito mais tempo. Esse era seu primeiro caso realmente dramático, e o primeiro no qual podia demonstrar habilidade e perspicácia. Sentia-se como um atleta que finalmente tivesse conseguido participar de uma competição importante. Talvez não fossem os jogos olímpicos, mas com certeza era mais do que os torneios dos ginásios locais. O caso já tinha chegado aos jornais dos centros urbanos.

O promotor, Martin Balm, ofereceu imediatamente a Kevin um acordo, esperando manter a história fora da mídia e evitar qualquer sensacionalismo. O mais importante de tudo a ser considerado, enfatizou, esperando contar com a simpatia de Kevin, era manter as crianças fora do tribunal e impedir que passassem por aquele horror outra vez. Caso Lois fosse declarada culpada, pegaria cinco anos de condicional e aconselhamento psicológico. Claro, sua carreira no magistério estaria encerrada.

Kevin aconselhou-a a não aceitar o acordo e ela concordou. Agora estava sentada numa atitude de recato, com os olhos baixos fitando as mãos pousadas no colo. Kevin tinha lhe dito para não parecer arrogante; ao contrário, devia dar a impressão de estar ferida, sofrendo. De tempos em tempos, Lois pegava um lenço e enxugava os olhos com toquezinhos ligeiros.

Na verdade, Kevin a fizera ensaiar a postura em seu escritório, mostrando-lhe como olhar para as testemunhas, como fitar o júri com ar esperançoso. Gravou-a em vídeo e reproduziu para ela, dando-lhe indicações sobre como usar os olhos, como apresentar os cabelos, como manter os ombros e como utilizar as mãos. Estamos na era do visual, disse-lhe. Ícones, símbolos, atitudes eram tudo o que importava.

Kevin Taylor virou-se a fim de olhar rapidamente para sua esposa Miriam, quatro fileiras atrás. Ela parecia nervosa, tensa, preocupada por ele. Como Sanford Boyle, Miriam o havia aconselhado a não pegar o caso, mas Kevin tinha se comprometido com ele mais do que se comprometera com qualquer outra coisa durante seus três anos no exercício da advocacia. Não conseguia conversar sobre nada além disso; passava horas e horas fazendo pesquisa, investigando, trabalhando nos fins de semana, empenhando-se muito mais do que os honorários justificavam.

Disparou um sorriso confiante para Miriam e rodopiou num movimento brusco, como se uma mola o tivesse impulsionado.

– Sr. Cornbleau, foi o senhor mesmo quem entrevistou as três meninas na terça-feira, 3 de novembro?

– Sim.

– A menina que alega ser a vítima inicial, Barbara Stanley, contou-lhe a respeito das outras? – Kevin assentiu para confirmar a resposta antes de recebê-la.

– Correto. Então eu as convoquei ao meu gabinete.

– Pode nos dizer como foi que o senhor começou quando elas chegaram?

– Como disse? – Cornbleau franziu a testa como se a pergunta fosse ridícula.

– Qual foi a primeira pergunta que fez às meninas? – Kevin deu um passo em direção ao júri. – O senhor perguntou se a Srta. Wilson as havia tocado nas nádegas? Perguntou se a professora havia posto a mão debaixo das saias delas?

– É claro que não.

– Bom, o que foi que perguntou?

– Perguntei a elas se era verdade que estavam tendo o mesmo tipo de problema que Barbara Stanley tivera com a Srta. Wilson.

– O mesmo tipo de problema? – Fez uma careta ao dizer a palavra *problema*.

– É.

– Então, Barbara Stanley contou às amiguinhas o que supostamente havia acontecido com ela, e as três jovens relataram-lhe experiências semelhantes, mas nenhuma das três jamais tinha dito nada a ninguém antes. É isso que o senhor está afirmando?

– Sim. Esta é a minha interpretação.

– Bastante carismática para uma menina de 10 anos – Kevin gracejou, agindo como se simplesmente tivesse manifestado um pensamento em voz alta. Alguns membros do júri ergueram as sobrancelhas. Um homem calvo na ponta da primeira fila inclinou a cabeça com ar pensativo e olhou atentamente para o diretor.

Quando Kevin se voltou e encarou a assistência, viu que o homem de aparência nobre no fundo da sala tinha aberto ainda mais seu sorriso e estava acenando com a cabeça num gesto encorajador. Kevin conjeturou se ele não poderia ser um parente de Lois Wilson, talvez um irmão mais velho.

– Agora, Sr. Cornbleau, pode dizer a este tribunal quais notas Barbara Stanley estava tirando na matéria de Lois Wilson?

– Ela estava com C menos.

– C menos. E ela havia tido outros problemas com a Srta. Wilson anteriormente?

– Sim – murmurou o diretor.

– Desculpe, não ouvi.

– Sim. Em duas ocasiões, Barbara Stanley tinha sido mandada a meu gabinete por se recusar a fazer seu dever e usar linguagem chula em sala de aula, mas...

– Então o senhor pode dizer, sem receio de errar, que Barbara Stanley não gostava da Srta. Wilson?

– Objeção, meritíssimo. – O promotor se levantou. – A defesa está pedindo à testemunha que tire uma conclusão.

– Mantida.

– Desculpe, meritíssimo. – Kevin virou-se de novo para Cornbleau. – Vamos voltar às três meninas, Sr. Cornbleau. O senhor pediu a cada uma delas que lhe relatasse a própria experiência em seu gabinete naquele dia?

– Achei que era melhor ir direto ao assunto, sim.

– O senhor não está nos dizendo que, enquanto uma contava sua história, as outras duas ouviam tudo, está? – perguntou, contorcendo o rosto para indicar todo o seu espanto e incredulidade.

– Sim.

– Isso não seria impróprio? Quero dizer, expor as meninas a essas histórias... supostas experiências...

– Bem, tratava-se de uma investigação.

– Ah, entendo. O senhor teve experiência com esse tipo de situação antes?

– Não, nunca. É por isso que foi tão chocante.

– O senhor advertiu as meninas de que, se estivessem inventando tudo, poderiam ter sérios problemas?

– É claro.

– Mas o senhor sentiu-se inclinado a acreditar nelas, está correto?

– Sim.
– Por quê?
– Porque todas estavam dizendo a mesma coisa e descrevendo-a da mesma forma. – Cornbleau pareceu satisfeito consigo e com sua resposta, mas Kevin deu mais um passo para perto dele, suas perguntas saindo em *staccato*.

– Então, elas não poderiam ter ensaiado?
– O quê?
– Não poderiam ter se reunido e decorado as histórias?
– Não vejo...
– Isso não é possível?
– Bem...
– Nunca teve a experiência de ver crianças dessa idade mentindo?
– É claro que tive.
– E mais de uma mentindo ao mesmo tempo?
– Sim, mas...
– Então, não é possível?
– Presumo que sim.
– O senhor presume?
– Bem...
– O senhor chamou a Srta. Wilson e colocou-a diante do problema imediatamente depois de falar com as meninas?
– Sim, é claro.
– E qual foi a reação dela?
– Ela não poderia negá-las.
– O senhor quer dizer que ela se recusou a ser interrogada sobre tais questões sem o auxílio de um advogado, não é? – Cornbleau mexeu-se no assento. – Não foi isso? – Kevin exigiu a resposta.
– Foi o que ela disse.
– Então, o senhor foi em frente e informou o superintendente e, em seguida, ligou para o promotor distrital?

– Sim. Nós seguimos a política do conselho escolar para questões desse gênero.

– O senhor não investigou mais a fundo, convocando, por exemplo, outras alunas?

– Absolutamente, não.

– E, antes de a Srta. Wilson ser indiciada, o senhor e o superintendente a suspenderam, correto?

– Como eu disse...

– Por favor, atenha-se a responder à pergunta.

– Sim.

– Sim – repetiu Kevin, como se aquilo fosse uma confissão de culpa.

Fez uma pausa, um sorriso ligeiro em seu rosto quando se virou de Cornbleau para o júri e depois de volta a Cornbleau.

– Sr. Cornbleau, em mais de uma ocasião o senhor comentou com a Srta. Wilson a respeito dos quadros de avisos que ela mantinha em sua sala de aula?

– De fato.

– Por quê?

– Eles eram pequenos demais e não estavam de acordo com certos padrões.

– Então, o senhor fazia restrições a ela como professora?

– A decoração da sala é parte essencial da eficácia de uma professora – retorquiu Cornbleau de forma pedante.

– Hum-hum, mas a Srta. Wilson não tinha... digamos... o mesmo sentimento de alta consideração pelos quadros de avisos.

– Não.

– Comportava-se em relação a isso, de acordo com o que o senhor escreveu na ficha dela, de maneira "desdenhosa".

– Infelizmente, à maioria dos professores mais novos já não é dada uma base tão boa na faculdade – Cornbleau sorriu de maneira debochada.

Kevin assentiu.

– Sim, por que todo mundo não pode simplesmente ser como nós? – perguntou retoricamente e algumas pessoas do público soltaram risadinhas. O juiz bateu o martelo com energia.

– O senhor também vinha se mostrando crítico quanto ao modo de vestir da Srta. Wilson, não é? – Kevin continuou, agora numa abordagem mais direta.

– Acho que ela deveria se vestir de maneira mais conservadora, sim.

– Ainda assim, a chefe do departamento da Srta. Wilson tem dado seguidamente a ela as notas mais altas por suas habilidades pedagógicas – Kevin interrompeu, elevando a voz. – Em seu último relatório ela disse – Kevin olhou para o documento em suas mãos: – "Lois Wilson tem uma compreensão intrínseca das crianças. Não importa qual seja o obstáculo, ela parece ser capaz de chegar até os alunos e fazer com que se sintam estimulados." Essa é uma crítica bastante boa, não?

– Sim, mas como eu disse...

– Sem mais perguntas, meritíssimo.

Kevin voltou à sua mesa, o rosto vermelho de fúria, algo que tinha a capacidade de fazer segundo a necessidade do momento, de uma hora para a outra. Todos os olhares estavam pousados nele. Quando olhou para o fundo da sala, na direção do homem elegante naquela plateia, viu que o sorriso tinha desaparecido de seu rosto, mas fora substituído por uma genuína expressão de assombro. Kevin sentiu-se incentivado.

Miriam, por outro lado, parecia triste, abatida o suficiente para romper em lágrimas. Baixou os olhos depressa quando o marido a fitou. Ela está com vergonha de mim, pensou Kevin. Meu Deus, ela ainda está envergonhada por mim. Não vai ficar assim por muito tempo mais, concluiu confiante.

– Sr. Balm? Mais alguma pergunta para o Sr. Cornbleau?

– Não, meritíssimo. Gostaríamos de chamar Barbara Stanley a juízo, meritíssimo – respondeu o promotor, um tom de desespero na voz.

Kevin deu tapinhas de incentivo na mão de Lois Wilson a fim de tranquilizá-la. Conseguira atrair a acusação para o cerne do caso.

Uma garota rechonchuda, com cabelo castanho-claro cacheado e aparado logo abaixo das orelhas, cruzou a passagem que dividia a plateia. A menina de 10 anos usava um vestido azul-celeste com gola de babados e mangas bufantes brancas. O traje folgado parecia aumentar-lhe a circunferência da cintura.

A menina sentou-se com ar ansioso e ergueu a mão para prestar juramento. Kevin meneou a cabeça num gesto para consigo mesmo e disparou um olhar de entendedor para Martin Balm. A garota estava bem-preparada e sabia o que esperar. Balm também havia feito seu dever; mas Kevin achava que ele próprio fizera mais, e isso faria toda a diferença.

– Barbara – Martin Balm começou, aproximando-se dela.

– Um momento, Sr. Balm – chamou o juiz e inclinou-se para Barbara Stanley. – Barbara, você compreende que acaba de jurar... dizer a verdade? – Barbara relanceou os olhos rapidamente pela plateia e em seguida voltou-se para o juiz, concordando em silêncio. – E você compreende o quanto pode ser importante aquilo que vai dizer aqui? Ela assentiu de novo, dessa vez mais suavemente. O juiz se recostou. – Prossiga, Sr. Balm.

– Obrigado, meritíssimo. – Balm se dirigiu para o banco da testemunha. Era um homem alto, esguio, a caminho de uma promissora carreira política. Sentia-se desconfortável com o caso e tivera a esperança de que Kevin e Lois Wilson fossem aceitar a sua oferta, mas os dois não haviam concordado e agora ali estava ele, dependendo do testemunho de uma criança de 10 anos. – Gostaria que contasse ao tribunal somente o que disse ao Sr. Cornbleau naquele dia no gabinete dele. Vá devagar.

A menina gorducha olhou rapidamente para Lois. Kevin tinha dito a ela para fitar todas as crianças intensamente, em especial as três que estavam confirmando as acusações de Barbara Stanley.

– Bem... às vezes, quando tínhamos artes especiais...
– Artes especiais. O que é isso, Barbara?
– Artes especiais é arte, ou leitura, ou música. A turma vai para a professora de artes ou para a professora de música – a menina recitou com os olhos quase fechados. Kevin pôde perceber que ela estava tentando com afinco fazer tudo certo. Quando olhou em volta, viu como as pessoas na assistência mostravam um meio sorriso, torcendo em silêncio pela criança. O cavalheiro no fundo da sala, entretanto, parecia arrebatado, quase irado.
– Entendo – disse Balm, assentindo. – Elas vão para outra sala, certo?
– Hum-hum.
– Por favor, diga sim ou não, Barbara, está bem?
– Hum... quer dizer, sim.
– Tudo bem, às vezes quando vocês tinham artes especiais... – Balm incitou-a.
– A Srta. Wilson pedia a uma de nós que ficasse – respondeu Barbara.
– Ficasse? Permanecesse em sala, a sós com ela?
– Hum... sim.
– E?
– Uma vez ela me pediu para ficar.
– E o que você contou ao Sr. Cornbleau a respeito dessa vez?
Barbara se mexeu um pouco no assento de modo a poder evitar o olhar fixo de Lois.
– A Srta. Wilson pediu-me para sentar ao lado dela e me disse que achava que eu estava me transformando numa garota linda, mas que havia coisas que eu devia saber sobre o meu corpo, coisas que os adultos não gostam de conversar. – Fez uma pausa e baixou os olhos.
– Continue.
– Ela disse que existem lugares que são especiais.

– Especiais?

– Hum... sim.

– E o que ela queria que você soubesse sobre esses lugares, Barbara? – A menina lançou um olhar rápido na direção de Lois Wilson e depois voltou o rosto para Balm. – Barbara, o que ela queria que você soubesse? – repetiu.

– Que coisas especiais acontecem sempre... sempre que alguém os toca.

– Entendo. E aí o que foi que ela fez? – Com um movimento da cabeça incentivou-a a continuar.

– Ela me mostrou os lugares.

– Mostrou? Como?

– Ela apontou para os lugares e depois me pediu que a deixasse tocar, para eu entender.

– E você deixou, Barbara?

Barbara apertou bem os lábios e assentiu.

– Sim?

– Sim.

– Onde exatamente ela a tocou, Barbara?

– Aqui e aqui – respondeu ela, apontando para o peito e para um ponto vago entre suas pernas.

– Ela apenas a tocou nesses lugares ou fez algo mais?

Barbara mordeu o lábio inferior.

– Isso é difícil, Barbara, nós todos sabemos, mas temos de perguntar a você, para que a coisa certa possa ser feita. Você compreende, não é? – A menina indicou que sim. – Bom, então diga ao tribunal. O que mais a Srta. Wilson fez?

– Ela pôs a mão aqui dentro – respondeu a garota, colocando a própria mão direita entre as pernas – e esfregou.

– Pôs a mão dela aí? Quer dizer, debaixo de suas roupas?

– Sim.

– E então, o que foi que aconteceu, Barbara?

– Ela me perguntou se não dava uma sensação especial. Eu respondi que apenas fazia cócegas, ela se aborreceu e tirou a

24

mão. Disse que eu ainda não estava pronta para entender, mas que tentaria de novo outra hora.
– Ela tentou?
– Não comigo – respondeu Barbara depressa.
– Com suas amigas, outras meninas da turma?
– Hum-hum. Sim.
– E quando você contou às outras meninas o que a Srta. Wilson tinha feito com você, suas colegas lhe falaram sobre o que a professora havia feito com elas, certo?
– Sim.

Um murmúrio baixo perpassou a plateia. O juiz olhou para o público com ar de reprovação e todos ficaram quietos num instante.
– Então, todas vocês contaram tudo ao Sr. Cornbleau?
– Sim.
– Tudo bem, Barbara. O Sr. Taylor também vai lhe fazer perguntas agora. Basta que seja tão verdadeira com ele quanto foi comigo – disse Martin Balm, e em seguida voltou-se na direção de Kevin, sacudindo a cabeça. Também ele era capaz de gestos teatrais.

Bem esperto, pensou Kevin. Tenho de me lembrar dessa: basta que seja com ele tão verdadeira quanto foi comigo.
– Barbara – disse Kevin antes de se levantar. – Seu nome completo é Barbara Elizabeth Stanley, certo? – Seu tom de voz era leve, amistoso.
– Sim.
– Há outra menina em sua turma chamada Barbara também, não há, Barbara?

Ela assentiu, e Kevin chegou mais perto, ainda sorrindo.
– Mas o nome dela é Barbara Louise Martin e, para diferenciar, distinguir entre vocês duas, a Srta. Wilson chamava a ela de Barbara Louise e a você só de Barbara, não era?
– Sim.

– Você gosta de Barbara Louise?

A menina deu de ombros.

– Acha que a Srta. Wilson gosta mais de Barbara Louise do que de você?

Barbara Stanley olhou para Lois, os olhos se apertando, ficando menores.

– Não sei.

– E é porque Barbara Louise nunca se meteu em encrenca por usar palavras feias em sala de aula, ao contrário de você?

– Não sei.

– Tentou fazer com que as outras meninas não gostassem de Barbara Louise?

– Não.

– Olhe, Barbara, o juiz avisou, você tem de contar a verdade quando está testemunhando num tribunal. Está dizendo a verdade?

– Sim.

– Você passava bilhetes para suas amigas caçoando de Barbara Louise?

Os lábios de Barbara tremeram um pouco.

– A Srta. Wilson não a pegou passando bilhetinhos maldosos sobre ela para as outras meninas da turma? – perguntou Kevin meneando a cabeça em sinal afirmativo. Barbara olhou para Lois Wilson e depois para a plateia, em direção ao lugar onde estavam seus pais. – A Srta. Wilson mantém registros completos de tudo o que acontece em sua sala de aula. Ela guardou os bilhetes. – Kevin desdobrou um pedaço de papel. – "Vamos chamá-la de Barbara Lesa" – você escreveu a alguém e várias outras alunas começaram a apelidá-la desse jeito, certo? – Barbara não retrucou. – Na verdade, as outras meninas que estão alegando que a Srta. Wilson fez algumas coisas a elas se juntaram a você para chamar a colega de Barbara Lesa, certo?

– Sim. – Barbara estava a ponto de chegar às lágrimas.

– Então, você acabou de mentir quando lhe perguntei se tentou fazer com que as outras meninas não gostassem de Barbara Louise, não mentiu? – indagou com súbita aspereza. Barbara Stanley mordeu com mais força o lábio inferior. – Não mentiu? – Kevin exigiu a resposta. A menina concordou com a cabeça. – E talvez esteja mentindo também a respeito das coisas que acaba de contar ao Sr. Balm, hein? – Ela sacudiu a cabeça depressa.

– Não – respondeu a menininha numa voz débil. Kevin podia sentir os olhares de ódio vindo de alguns membros da assistência. Uma lágrima se soltara do olho direito de Barbara e corria descontrolada por seu rosto.

– Você sempre quis ser tão simpática para a Srta. Wilson quanto Barbara Louise, não quis, Barbara?

Ela deu de ombros outra vez.

– Na verdade, você sempre quis ser a menina mais popular de sua turma, popular entre os garotos assim como entre as garotas, não é?

– Não sei.

– Não sabe? Não está mentindo outra vez, está? – disparou um olhar penetrante para o júri. – Você disse isso a Mary Lester, certo? – Barbara começou a balançar a cabeça. – Eu posso pedir a Mary para vir aqui, Barbara, portanto lembre-se de contar a verdade. Você não disse a Mary que desejava que todo mundo odiasse Barbara Louise e que todos gostassem mais de você? – perguntou, num tom cada vez mais profundo.

– Sim.

– Então, Barbara Louise é uma garota popular, não é?

– Hum-hum. Sim.

– Você gostaria de ser popular também, certo? Quem não gostaria? – observou ele, quase rindo. Barbara não sabia se tinha de responder à pergunta, mas Kevin não precisava da resposta. – Agora, Barbara, sabe que você e outras meninas estão acusando a Srta. Wilson de fazer coisas sexuais, coisas más, a vocês. Certo?

Barbara assentiu, os olhos um pouco mais abertos. Kevin sustentou seu olhar no dela.

– Sim – respondeu finalmente a menina.

– Esta, supostamente, foi a primeira vez em que coisas sexuais foram feitas a você ou a primeira vez em que você fez alguma coisa de sexual, Barbara? – perguntou Kevin, ágil. Houve um instante de alteração na respiração da plateia e depois um murmúrio raivoso. O juiz bateu freneticamente com o martelo.

Barbara meneou a cabeça devagar.

– Sim?

– Sim – respondeu ela.

– Mas, e aquela vez em que você, Paula, Sara e Mary convidaram Gerald e Tony para ir a sua casa, numa tarde depois da escola, quando seus pais estavam fora, e ninguém de sua família se encontrava lá? – perguntou Kevin com toda calma. O rosto de Barbara ficou vermelho. Olhou à sua volta, indefesa, por um momento. Kevin chegou mais perto e, quase num sussurro, indagou: – Você sabia que Mary tinha contado à Srta. Wilson sobre aquela tarde, Barbara?

Barbara parecia aterrorizada. Sacudiu a cabeça com vigor.

Kevin sorriu. Quando olhou de relance para Martin Balm, viu a expressão de confusão em seu rosto. Kevin acenou com a cabeça e sorriu com afetação para o júri.

– Não tem se dado muito bem na matéria da Srta. Wilson, não é Barbara? – perguntou, o tom se tornando leve e amistoso mais uma vez.

– Não. – Barbara enxugou uma lágrima. – Mas não é culpa minha – acrescentou depressa, feliz porque o interrogatório assumira um rumo diferente.

Kevin fez uma pausa como se tivesse concluído, mas de repente voltou a ela.

– Acha que a Srta. Wilson não gosta de você e torna tudo mais difícil no que lhe diz respeito?
– Sim.
– Então, você não ia mais querer tê-la como sua professora, ou ia?

Barbara não conseguia virar o rosto para evitar o olhar fixo e intenso de Lois. Encolheu os ombros.

– Não? Sim? – instigou Kevin.
– Eu só quero que ela pare de me azucrinar.
– Entendo. Tudo bem, Barbara. Quando foi que o incidente entre você e a Srta. Wilson supostamente aconteceu? Em que data?
– Objeção, meritíssimo – exclamou Balm, levantando-se rapidamente. – Acho que não se deve esperar desta menininha que recorde datas.
– Meritíssimo, a acusação está apresentando esta menininha como uma de suas principais testemunhas contra minha cliente. Não podemos ficar escolhendo o que ela deveria ou não deveria lembrar a respeito de uma alegação tão importante. Se o testemunho dela é de algum modo inexato...
– Está bem, Sr. Taylor, já demonstrou sua tese. Objeção negada. Faça sua pergunta, Sr. Taylor.
– Obrigado, meritíssimo. Tudo bem, Barbara, esqueça a data. Aquilo aconteceu numa segunda-feira, numa terça? – perguntava Kevin depressa, praticamente saltando sobre a garotinha.
– Huum... numa terça.
– Terça-feira? – Deu mais um passo em direção a ela.
– Sim.
– Mas você não tem artes especiais na terça, Barbara – falava depressa, aferrando-se a um inesperado golpe de sorte: a confusão da menina.

Barbara olhou à sua volta, desamparada.

— Hum, eu queria dizer quinta-feira.

— Você queria dizer quinta. Tem certeza de que não era uma segunda? — Ela sacudiu a cabeça. — Porque, com muita frequência, a Srta. Wilson vai para a sala dos professores quando tem um intervalo e não fica na sala de aula quando a turma sai. — Barbara simplesmente ficou olhando fixo. — Então, era uma quinta-feira?

— Sim — respondeu com voz fraca.

— Isso supostamente não aconteceu às outras meninas numa quinta também? — perguntou, como se ele próprio estivesse confuso quanto aos fatos.

— Objeção, meritíssimo. Ela não foi instruída a respeito de todos os outros depoimentos.

— Ao contrário — replicou Kevin —, segundo o meu ponto de vista, ela foi, sim.

— Por quem? — indagou Balm, indignado.

— Cavalheiros. — O juiz bateu o martelo. — A objeção está mantida. Limite suas perguntas ao depoimento desta testemunha, Sr. Taylor.

— Ótimo, meritíssimo. Barbara, quando foi que contou às outras meninas o que havia acontecido a você? Contou a elas logo depois? — indagou Kevin antes que ela pudesse se recuperar.

— Não.

— Contou a elas em sua casa?

— Eu...

— Foi no dia em que fez aquela festinha com Gerald e Tony?

A menininha mordeu suavemente o lábio inferior.

— Foi aí que você contou a elas, não foi? Houve alguma razão para você escolher aquela tarde? Aconteceu alguma coisa que lhe deu a ideia de contar aquela história?

As lágrimas de Barbara começaram a cair com mais intensidade. Ela sacudiu a cabeça.

— Se quer que as pessoas acreditem na história que está contando sobre a Srta. Wilson, precisa dizer tudo, Barbara.

Todas as meninas vão ter de dizer tudo – acrescentou. – Por que falou a respeito da Srta. Wilson naquela tarde, o que você e os garotos fizeram, tudo. – A expressão de terror no rosto de Barbara se intensificou. – A menos, é claro, que tenha inventado tudo, e depois tenha feito com que as meninas inventassem as histórias delas também – explicou, oferecendo a ela uma saída rápida. – Você inventou tudo, Barbara?

Dura como uma estátua, os lábios tremendo ligeiramente, Barbara não replicou.

– Se você contar a verdade agora, é aqui que isso tudo vai acabar – prometeu. – Ninguém precisa saber de mais nada – acrescentou, quase num sussurro. A garotinha parecia atordoada. – Barbara?

– Meritíssimo – disse Balm –, o Sr. Taylor está afligindo a testemunha.

– Não acho que seja assim, Sr. Balm – respondeu o juiz. Inclinou-se em direção à menina. – Barbara, você tem de responder à pergunta.

– Você mentiu para o Sr. Cornbleau porque não gosta da Srta. Wilson? – perguntou Kevin, rápido. Era uma bela jogada: presumia que a menina já havia respondido de maneira positiva. Pelo canto do olho, Kevin viu sobrancelhas se erguendo nos membros do júri.

Barbara sacudiu a cabeça, mas outra lágrima escapou, e depois outra, começando a escorrer lentamente pelo seu rosto.

– Você sabe que poderia arruinar a carreira da Srta. Wilson, Barbara? – disse Kevin, afastando-se para o lado a fim de que Lois Wilson pudesse fitar diretamente a garotinha. – Isto não é um jogo, não é como aquelas brincadeiras que você faz em casa, um jogo como "Lugares especiais" – acrescentou Kevin num cochicho alto; o rosto da menina dava a impressão de ter explodido em chamas. Seus olhos se arregalaram. A garota olhou com ar desnorteado para a plateia.

– Se não contou toda a verdade antes, é melhor contar agora, em vez de continuar dizendo mentiras. Pense, e conte-nos a verdade, Barbara – Kevin orientou-a, assomando sobre ela e fitando-a de cima para baixo com os olhos mais arregalados que conseguia fazer.

Kevin recuou como um boxeador aprontando seu golpe de nocaute.

– A Srta. Wilson jamais tocou nas outras meninas. Elas concordaram em dizer isso por causa do que fizeram em sua casa naquela tarde, certo? Você disse que ia contar para todo mundo se elas não ajudassem.

Barbara ficou literalmente boquiaberta. Seu rosto estava tão afogueado que dava a impressão de todo o sangue de seu corpo ter confluído para ele. A menina olhava assustada para os pais. Kevin trocou o pé de apoio para poder bloquear o promotor do seu ângulo de visão.

– Não precisamos falar a respeito do que aconteceu na sua casa – prometeu, numa atitude de misericórdia –, mas você disse a suas amigas o que contar e como contar? Barbara? – Kevin insistiu, martelando dentro dela a resposta que queria ouvir. – Quando as outras garotas subirem aqui neste banco, vão ter de falar sobre aquela tarde e as brincadeiras e terão de dizer a verdade. Se você contar tudo agora, não precisaremos ouvi-las. Você disse a elas o que contar?

– Sim – murmurou a menina, grata pela moratória.

– O quê?

– Sim. – Ela começou a chorar.

– Então, elas disseram ao Sr. Cornbleau o que você disse a elas para contar a ele – concluiu Kevin, ainda martelando a questão. Em seguida, deu as costas a ela e olhou para o júri, seu rosto numa combinação maravilhosa de raiva e tristeza Todos eles olharam para a menina e depois de novo para Kevin.

– Mas eu não menti no que contei a ele. Não menti! – gritou Barbara entre lágrimas.

– Está me parecendo, Barbara, que você vem contando inúmeras mentiras desde que se sentou aqui.

Virou-se e acenou com a cabeça para o promotor. Barbara estava chorando muito e precisou ser retirada do banco de testemunhas, saindo carregada por uma porta lateral.

Kevin caminhou empertigado até seu posto, olhando para o público durante o breve percurso. A maior parte dele parecia perplexa, confusa. O Sr. Cornbleau mostrava-se enfurecido, assim como outros cidadãos indignados. O cavalheiro nos fundos estava sorrindo para ele, mas Miriam sacudiu a cabeça e afastou uma lágrima do rosto.

Lois Wilson olhou em sua direção, buscando algum sinal. O advogado meneou a cabeça, e então, exatamente como ele a havia instruído a fazer, ao se voltar para Barbara, a professora armou uma expressão magnânima, generosa, enxugando suas bem cronometradas e ensaiadas lágrimas.

O promotor distrital se levantou. Encarando o juiz e a assistência com uma expressão vaga, demonstrou saber que seria infrutífero prosseguir.

2

O Bramble Inn era um dos melhores restaurantes logo à saída de Blithedale. Especializado em costeletas e steaks era famoso por seu cordeiro grelhado e pelo bolo de amêndoas com vinho da casa. Kevin e Miriam Taylor adoravam o ambiente, desde a calçada em pedras arredondadas até o imenso *foyer* com bancos de nogueira e uma lareira em tijolos. Para os Taylor nada parecia tão romântico quanto ir ao Bramble Inn numa noite de neve, sentar junto ao bar e tomar coquetéis enquanto o fogo crepitava e estalava na lareira. Como sempre, a taberna estava lotada com sua clientela de classe média alta, a maior parte da qual conhecia Kevin. Alguns pararam a fim de cumprimentá-lo. Assim que Miriam e ele tiveram alguns momentos de calma para si, Kevin esfregou o ombro contra o dela e beijou seu rosto.

Miriam havia comprado quase um mês antes o conjunto de saia e jaqueta em couro preto que estava usando, mas o mantivera escondido no fundo de seu closet, esperando ter em breve uma ocasião para tirá-lo de lá e fazer uma surpresa a Kevin. A saia bem-cortada, não muito justa, delineava a curva suave e plena de seus quadris e as nádegas firmes, revelando de suas pernas esguias e bem-feitas apenas o bastante para torná-la sedutora mas não óbvia. Sob a jaqueta Miriam usava uma blusa tricotada em verde e branco que parecia ter sido feita diretamente sobre os pequenos seios empinados e os ombros miúdos.

Com seu quase 1,80 metro de altura e o farto cabelo castanho-escuro, ondulado, que lhe caía logo acima dos ombros, Miriam Taylor abria um espaço para si própria em qualquer multidão sempre que entrava em algum lugar. Tinha feito um ano de treinamento na escola de modelos de Marie Simon, em Manhattan, e embora nunca houvesse participado de um desfile de verdade, mantinha a postura e a graça que aprendera na passarela.

Kevin se apaixonara primeiro pela sua voz – profunda e sexy como a de Lauren Bacall. Fizera até com que Miriam recitasse uma das falas da atriz que estava entre as suas preferidas em toda a história do cinema: "Você sabe assoviar, não sabe, Sam...? Basta juntar os lábios e soprar."

Quando Miriam o fitou com os luminosos olhos cor de avelã e falou virando a cabeça por cima do ombro, substituindo "Sam" por "Kevin", foi como se uma garra tivesse se materializado dentro dele e capturado seu coração. Poderia perfeitamente ter enfiado o pescoço numa coleira e entregado a guia a ela. Não havia nada que não estivesse disposto a fazer por Miriam.

– Sou culpado de uxoricídio – disse a ela. – O quase desconhecido pecado de sentir amor excessivo pelo próprio cônjuge. Desde o momento em que conheci você, violei o primeiro mandamento: Amar a Deus acima de todas as coisas.

Tinham se conhecido num coquetel que a firma dele – a Boyle, Carlton e Sessler – ofereceu quando os sócios abriram seus novos escritórios no edifício próprio que acabavam de construir em Blithedale. Miriam viera à festa com os pais. O pai dela, Arthur Morris, era o dentista mais destacado de Blithedale. Sanford Boyle apresentou Kevin a ela e seus pais, e, daquele momento em diante, os dois passaram a orbitar um em torno do outro, provocando-se com sorrisos e olhares que atravessavam a sala, antes de finalmente se reunirem num canto e conversarem sem parar até a festa acabar. Ela concordou em sair para jantar naquela mesma noite e dali para a frente o romance dos dois foi veloz, ardoroso e arrebatador. Kevin a pediu em casamento em menos de um mês.

Agora, enquanto brindavam ao sucesso dele no bar do Bramble Inn, Miriam conjeturava sobre as mudanças ocorridas com Kevin desde que se conheceram.

Como ele cresceu, pensou. Parecia ter bem mais do que seus 28 anos. Havia uma maturidade, um controle, uma autoconfiança em seus olhos verde-jade e nos gestos seguros que sugeriam um homem de muito mais experiência e idade. Não era um homem grande, mas, com 1,83 metro e 79 quilos, ostentava uma aparência bem-cuidada e um jeito atlético de quem conta com uma energia equilibrada e controlada. Tinha seus arroubos de exuberância quando precisava deles, mas na maior parte do tempo sabia manter o ritmo que lhe convinha.

Era tão organizado, tão saudável, tão ambicioso e determinado que Miriam costumava brincar com ele cantando os versos de uma velha canção popular que dizia algo como: "Ah, ele é tão rico de corpo e mente. É o melhor partido da cidade..."

– Então, diga-me o que realmente pensou hoje quando estava sentada lá no tribunal. Não ficou nem um pouquinho orgulhosa de mim?

– Ah, Kevin, não estou dizendo que deixei de sentir orgulho por você. Você foi... magistral – retrucou ela, mas não conseguia apagar o rosto aterrorizado daquela garotinha de sua mente. Não podia impedir a sensação de estar revivendo os momentos de pânico nos olhos da criança quando Kevin ameaçou expor o que ela e suas amiguinhas tinham feito um dia. – Eu apenas desejaria que tivesse havido um outro modo de você ganhar o caso que não fosse ameaçando expor aquela criança. Você também não preferiria assim?

– É claro. Mas eu tinha de fazer aquilo – respondeu Kevin. – Além disso, não esqueça que Barbara Stanley estava chantageando as outras testemunhas com a ameaça da mesma exposição.

– A menina parecia tão comovida quando você a atacou com toda aquela violência – comentou Miriam.

Kevin empalideceu.

– Não fui eu quem apresentou queixa contra Lois Wilson – lembrou. – Martin Balm, sim. Foi ele quem trouxe Barbara Stanley ao tribunal e submeteu-a a interrogatório, não eu. Eu tinha uma cliente a defender, os direitos dela e seu futuro a considerar em primeiro lugar e antes de tudo.

– Mas, Kevin, e se ela tivesse convencido as outras a testemunhar com ela porque estava com medo de ir sozinha?

– O promotor deveria ter desenvolvido sua argumentação de outra maneira, então, ou feito objeção, sei lá. Não é problema meu. Já disse, Miriam, eu era o advogado de defesa. O que tenho de fazer é defender, usar todas as abordagens disponíveis, porque se não for assim estarei descumprindo meu dever. Você entende isso, não entende?

Ela assentiu. Tinha de concordar, ainda que relutante. O que ele estava dizendo era verdade.

– Não está nem um pouquinho orgulhosa da maneira como me saí no tribunal? – perguntou ele de novo, empurrando o ombro contra o dela.

Miriam sorriu.

– Você é um ator frustrado, Kevin Taylor. O modo como se movimentou por ali, se dirigiu ao júri, cronometrou suas perguntas e revirou os olhos... – desta vez ela riu mesmo. – Poderia ter sido indicado para o Oscar.

– É como uma encenação, não é, Miriam? Não consigo explicar o que acontece comigo quando entro numa sala de tribunal. É igual a quando o pano sobe e tudo o que foi escrito tem de ser seguido. Quase como se não fizesse diferença quem seja o cliente ou qual é a causa. Eu simplesmente estou ali, destinado a fazer o que faço.

– O que quer dizer com não interessa qual é a causa ou quem é o cliente? Você não defenderia qualquer um, não é?

Ele não respondeu.

– Defenderia?

Kevin encolheu os ombros.

– Depende do dinheiro que me fosse oferecido, acho.

Miriam o analisou, os olhos se estreitando.

– Kevin, quero que seja honesto comigo.

Ele ergueu a mão direita e virou o rosto para ela.

– Juro dizer a verdade, nada mais que a verdade...

– Estou falando sério – insistiu Miriam, empurrando a mão dele para baixo.

– Tudo bem, o que é? – Kevin virou-se para a frente de novo e se inclinou sobre o balcão como se fosse abraçar sua bebida.

– Deixe de lado todo o jargão jurídico, o papel da acusação, o papel do advogado de defesa... tudo isso. Você provou que as três meninas mentiram, foram obrigadas a mentir ou pelo menos a dar aquela impressão, e eu não nego que Barbara Stanley parece ser manipuladora, mas Lois Wilson abusou dela ou não? Ela não se aproveitou da menina? Você a interrogou e passou bastante tempo com essa professora.

– Talvez – disse ele. Houve algo no jeito como ele mexeu a cabeça que provocou um calafrio em Miriam.

– Talvez?

Ele deu de ombros.

– Eu a defendi, como expliquei a você, encontrei furos na causa da promotoria e a ataquei onde ela estava vulnerável.

– Mas, se ela fosse culpada...

– Quem sabe quem é culpado e quem não é? Se, antes de aceitar qualquer caso, precisássemos ter absoluta certeza da inocência de um cliente, para além de qualquer dúvida razoável que fosse, todos nós morreríamos de fome. – Kevin acenou para alguém e pediu outra rodada de drinques.

Para Miriam, foi como se uma nuvem tivesse bloqueado momentaneamente o sol. Ela se aprumou no assento e olhou para o bar à sua volta, a atenção se concentrando num homem elegante, de aparência distinta, com cabelo negro como ébano e pele morena, sentado sozinho a uma mesa de canto. Miriam teve certeza de que o homem estava olhando fixamente para eles. De repente, sorriu. Ela sorriu e rapidamente olhou para o outro lado. Quando virou de novo a cabeça, ele ainda os estava encarando.

– Kevin, conhece aquele homem no canto que está olhando tanto para nós?

– Homem? – voltou-se para o lugar que ela indicara. – Sim. Quer dizer, não, mas eu o vi no tribunal hoje.

O homem sorriu de novo e meneou a cabeça. Kevin devolveu o gesto. O estranho, aparentemente tomando isto como um sinal de aceitação, levantou-se e se encaminhou na direção deles. Tinha pouco mais de 1,80 metro, e uma compleição física bem trabalhada.

– Boa noite – disse ele. Estendeu a mão grande, com dedos alongados e unhas feitas. No dedo mínimo usava um anel achatado de ouro com a inicial "P" gravada. – Permitam que me junte às congratulações e acrescente meu nome à lista de seus admiradores. Paul Scholefield.

– Obrigado, Paul. Minha mulher, Miriam.

– Sra. Taylor – disse ele, com um cumprimento de cabeça. – Tem um bom motivo para se mostrar linda e orgulhosa esta noite.

Miriam corou.

– Obrigada – respondeu.

– Não pretendia me intrometer – prosseguiu Scholefield –, mas estive no tribunal hoje e o vi em ação.

– Sim, eu sei. Lembro-me de tê-lo visto. – Kevin olhou para ele mais de perto. – Creio que nunca nos encontramos antes.

– Não mesmo. Eu não moro aqui. Sou advogado de uma firma na cidade de Nova York. Importam-se se me juntar a vocês por um momento? – perguntou, indicando o assento ao lado de Kevin.

– Claro que não.

– Obrigado. Vejo que acabam de pedir mais uma rodada de drinques; se assim não fosse, convidaria os dois para outra. – Fez sinal para o garçom. – Um coquetel de champanhe, por favor.

– Em que área do Direito atua, Sr. Scholefield? – perguntou Kevin.

– Por favor, pode me chamar de Paul. Nossa firma lida apenas com Direito criminal, Kevin. Talvez tenha ouvido falar dela: a John Milton e Associados.

Kevin pensou por um instante e depois sacudiu a cabeça.

– Desculpe, não.

– Tudo bem. – Scholefield sorriu. – É o tipo de firma da qual você só ouve falar quando se envolve em alguma encrenca.

Nós nos tornamos especialistas. A maior parte das causas que assumimos outros advogados teriam evitado.

– Parece... interessante – comentou Kevin com cautela. Estava começando a lamentar tê-lo deixado se juntar a eles. Não queria falar de negócios. – Acho melhor providenciarmos nossa mesa, hein, Miriam? Estou começando a ficar com fome.

– É – respondeu ela, pegando a deixa, e fazendo um sinal para o maître.

– Como eu disse – continuou Scholefield –, não pretendia me intrometer. – Tirou do bolso um cartão de visita. – Eu não apareci por acaso em seu julgamento hoje. Nós ouvimos falar de você, Kevin.

– É mesmo? – os olhos de Kevin se arregalaram.

– Sim. Estamos sempre de olho nos excelentes advogados que surgem onde quer que seja e lidam com Direito penal; acontece que temos uma vaga na firma neste exato momento.

– Ah, é?

– E depois de vê-lo em ação, gostaria de deixar nosso cartão e pedir-lhe para considerar a ideia.

– Bem...

– Sei que provavelmente lhe será oferecida uma sociedade na firma onde está mas, mesmo correndo o risco de soar um tanto esnobe, deixe-me sugerir que trabalhar aqui no subúrbio não vai lhe oferecer, sequer, a metade da satisfação profissional de uma cidade como Nova York, ou metade do faturamento.

– Metade do faturamento?

– Sua mesa está pronta, senhor – disse o maître.

– Obrigado. – Kevin voltou-se outra vez para Scholefield. – O senhor disse metade do faturamento?

– Sim. Sei quanto vai ganhar como sócio em sua firma. O Sr. Milton dobrará isso de imediato e, num período relativamente curto, você estará recebendo uma bonificação significativa também. Tenho certeza – Scholefield se levantou. – Por favor, não deixem que eu roube mais do seu tempo. Vocês dois merecem uma oportunidade para ficar a sós – acrescentou, piscando para Miriam.

Quando deu por si, Miriam estava novamente ruborizada. O homem empurrou o cartão na direção de Kevin.

– Telefone para nós. Você não vai se arrepender. Mais uma vez – acrescentou, erguendo o copo –, parabéns pela esplêndida vitória. – brindou de novo e os deixou.

Por um momento, Kevin não se mexeu. Depois, baixou os olhos para o cartão. As letras impressas em relevo pareciam sair do papel, pairando sobre ele e se ampliando com a ilusão de ótica. A suave música ambiente, o murmúrio baixo da conversa em torno deles, até mesmo a voz de Miriam de repente ficaram distantes. Sentiu-se flutuando.

– Kevin?

– Hã?

– Que história foi essa?

– Não sei, mas com certeza parece interessante, não parece?

Scholefield retornou à sua mesa e sorriu para ela. Algo frio deu a impressão de estar se contorcendo dentro de seu coração e o fez palpitar.

– Kevin, nossa mesa está pronta.

– Claro – respondeu ele. Olhou para o cartão mais uma vez e depois enfiou-o depressa no bolso, erguendo-se para acompanhar Miriam.

SENTARAM-SE A UMA das mesas reservadas num recanto próximo aos fundos do restaurante. O pequeno lampião sobre a mesa lançava uma branda e mágica luminosidade amarelada sobre o rosto de ambos. Pediram vinho branco zinfandel e bebericaram devagar enquanto conversavam mansamente, recordando outros tempos, outras refeições românticas, outros momentos preciosos. A cena fazia com que a suave música ambiente parecesse a trilha sonora de algum filme. Kevin levou a mão da mulher aos lábios e beijou seus dedos. Os dois olharam um para o outro com tanta intensidade que a garçonete se sentiu culpada por interromper para lhes perguntar o que iam pedir.

Foi só depois de os pratos chegarem, quando começaram a comer, que Miriam retomou o assunto de Paul Scholefield.

– Você nunca ouviu mesmo falar da firma dele?

– Não. – Kevin pensou mais um pouco e balançou a cabeça. Em seguida, tirou o cartão do bolso e ficou olhando fixamente para ele. – Não posso dizer que já os conhecia de nome, mas isso não significa nada. Sabe quantas firmas de advocacia existem só na cidade de Nova York? Boa localização – observou ele. – Madison com 44.

– Não é um tanto incomum que outro advogado venha vê-lo em ação, Kevin?

O marido encolheu os ombros.

– Não sei. Não, acho que não. Que melhor forma existe para julgar alguém do que ver a pessoa efetivamente trabalhando? Além disso – acrescentou com óbvio prazer –, este caso esteve nos jornais de Nova York. Tinha uma matéria grande a respeito dele no *Times* do último domingo.

Miriam concordou, mas ele percebeu que estava perturbada com alguma coisa.

– Por que a pergunta?

– Não sei. A maneira como ele deu seu recado e lhe entregou o cartão... foi tão... confiante.

– Consequência do sucesso, presumo. Fico imaginando até que ponto falou a sério naquela menção a dinheiro... duas vezes o que eu faria como sócio na Boyle, Carlton e Sessler? – olhou para o cartão de novo e balançou a cabeça de um lado para o outro.

– Você vai ganhar bastante na Boyle, Kevin.

– Nunca se ganha o bastante e não vai haver muito mais casos como este de Lois Wilson. Só tenho medo de cair outra vez num daqueles setores da firma, ser soterrado por casos de Direito comercial ou assuntos imobiliários, simplesmente porque não vai haver grande coisa em Direito penal por aqui.

– Isso nunca o incomodou antes.

– Eu sei. – Ele se inclinou para a frente, os olhos captando o âmago da luz daquele pequeno lampião, enquanto seu rosto subitamente se transformava de tranquilo e sereno para intenso e agitado. – Mas havia algo acontecendo comigo naquele tribunal desta vez, Miriam. Dava para eu sentir. Eu... ficava afogueado de vez em quando. Era como estar continuamente crispado, sabendo que cada palavra é crucial, que há mais do que apenas um pedaço da terra de alguém em jogo. Toda a vida de uma pessoa está em risco. O futuro de Lois Wilson estava em minhas mãos. Eu era como um neurocirurgião comparado a um médico de clínica engessando uma perna quebrada.

– Não há nada de tão terrível em pegar um trabalho fácil com imóveis de vez em quando – comentou Miriam em voz baixa. A exuberância dele lhe tirava o fôlego.

– Não, mas quanto mais difícil, mais crítico é o caso, mais perspicaz eu posso me mostrar. Sei disso. Quero dizer, Miriam, que não sou nenhum burocrata de papelada. Eu sou... sou um advogado.

Ela assentiu, seu sorriso lentamente esmaecendo. Havia algo na voz dele, algo em seus olhos que a amedrontava. Viu a vida que tinha planejado para os dois sendo insuficiente para ele.

– Mas, Kevin – disse depois de alguns instantes –, você nunca levantou este assunto antes, e provavelmente não o estaria levantando agora, se aquele homem não tivesse aparecido aqui sem mais nem menos.

– Talvez não – deu de ombros. – Talvez eu não saiba o que quero. Olhou para o cartão outra vez e depois o colocou no bolso. – Em todo caso, teremos algum tempo para decidir as coisas. Não acredito que vão me oferecer uma sociedade já na segunda de manhã. Aqueles três precisam ter uma série de reuniões. Eles acreditam que as coisas precisam se firmar e consolidar. – Kevin riu, mas seu riso foi diferente da risada habitual. Soava cáustico, frio. – Provavelmente nunca fizeram amor com suas mulheres sem primeiro analisar os prós e contras. Por falar nisso, olhando para as mulheres deles, não vejo como poderiam ter algum desejo nesse sentido, de qualquer modo.

Riu de novo, num tom nitidamente desdenhoso desta vez, mas Miriam não se contagiou. Kevin nunca havia demonstrado desdém pelos Boyle, Carlton e Sessler antes. Miriam sempre imaginara que o marido queria ser exatamente igual a eles.

– O cordeiro não está uma maravilha esta noite? – perguntou Kevin e ela sorriu, concordando, ansiosa para deixar a discussão de lado e desacelerar o ritmo de seu coração.

Funcionou. Os dois não falaram mais sobre assuntos profissionais nem a respeito do caso. Mais contentes depois do café e da sobremesa, foram para casa e fizeram o amor mais apaixonado de que Miriam se lembrava em muito tempo.

Mas, na manhã seguinte, ela o viu ir até o closet para pegar as calças que estivera usando no Bramble Inn. Viu quando enfiou a mão no bolso, tirou o cartão de apresentação de Paul Scholefield, olhou para ele e o colocou no bolso interno do paletó que usaria para trabalhar na segunda-feira.

DURANTE TODO O fim de semana, Kevin sentiu certa frieza entre os vizinhos. Os amigos de quem havia esperado um telefonema de congratulações não deram nem sinal. Miriam teve uma conversa com a mãe que mais tarde ele descobriu não ter sido nada agradável. Quando pressionou a mulher para saber detalhes, ela afinal lhe contou que a mãe havia entrado numa briga com uma de suas amigas mais próximas para defendê-lo.

Ele próprio quase entrou numa briga quando parou no posto do Bob para abastecer o carro na manhã de domingo, e Bob Salter comentou com sarcasmo que era uma pena gays e lésbicas estarem tendo todo tipo de chance neste país.

Assim, não ficou surpreso com a fria recepção que teve quando chegou ao escritório na manhã de segunda-feira. Mary Echert, que trabalhava como sua secretária e também como recepcionista da firma, mal disse bom-dia, e Teresa London, secretária de Garth Sessler, abriu um sorriso rápido e olhou depressa para o outro lado quando ele passou a caminho de sua pequena sala.

Kevin tinha chegado havia pouco tempo no escritório quando o interfone tocou e Myra Brockport, secretária de Sanford Boyle, numa voz que o fez lembrar da professora severa que havia tido na escola, disse:

– O Sr. Boyle gostaria de vê-lo imediatamente, Sr. Taylor.

– Obrigado – agradeceu e desligou o interfone com um estalo. Levantou-se e ajeitou a gravata. Sentia-se confiante, altivo. Por que não? Em três curtos anos, tinha deixado uma marca quase indelével na velha firma tão bem estabelecida. Haviam sido necessários para Brian Carlton e Garth Sessler pouco mais de cinco anos cada um até que conquistassem uma sociedade plena. Naquela época era Boyle e Boyle, já que Sanford trabalhava com o pai, Thomas, o qual tinha agora por volta de 85 anos, e era ainda atilado, impondo suas opiniões ao filho de 54.

Kevin havia receado que Boyle, Carlton e Sessler pudessem resistir a lhe oferecer uma sociedade. Pairava certo esnobismo em torno deles e da firma. Todos os três sócios eram filhos de advogados, por sua vez também filhos de advogados. Era quase como se considerassem a si próprios uma espécie de realeza, descendentes de monarcas, que haviam herdado cetros e tronos, cada qual com seu reino especial, um com espólios, outro com planejamento imobiliário...

Tinham as maiores casas de Blithedale. Seus filhos dirigiam carros Mercedes e BMW e frequentavam alguma das oito melhores universidades do país, dois deles já estavam próximos de se formarem na faculdade de Direito. Todos os profissionais do setor na cidade os admiravam, valorizavam um convite para suas casas ou suas festas, e valorizavam o comparecimento deles às suas próprias festas. Tornar-se sócio deles era algo como receber uma unção.

Por ter sido membro da alta sociedade nesta comunidade durante toda a sua vida, Miriam tinha aguda consciência de tudo isso. Os dois haviam chegado ao ponto em que iriam construir a casa de seus sonhos. Miriam começara a falar em ter filhos. Sua existência de classe média alta parecia garantida e nunca houvera qualquer dúvida quanto ao desejo de Kevin de se estabelecer na pequena comunidade de Long Island. Fora nascido e criado em Westbury, onde seus pais ainda moravam e dirigiam o escritório de contabilidade da família. Havia frequentado a faculdade de Direito da Universidade de Nova York e voltara à ilha para encontrar a garota dos seus sonhos e para trabalhar. Pertencia a este lugar; este era o seu destino.

Era mesmo?

Kevin abriu a porta do escritório de Sanford Boyle, cumprimentou os três sócios seniores e, em seguida, sentou-se no lugar em frente à mesa de Sanford Boyle, consciente de que isso o colocava no centro, com Brian Carlton sentando à sua esquerda e Garth Sessler à direita. Parece que eles querem me ver cercado, pensou, divertindo-se.

– Kevin – começou Sanford. Era o mais velho dos três, visto que Brian Carlton tinha 48 e Garth Sessler, 50, demonstrando cada mês e ano de sua idade. Tinha a aparência dócil do homem que nunca precisara sequer aparar a própria grama ou levar o lixo para fora. Era quase calvo, as bochechas caídas, e o queixo duplo tremia sempre que falava. – Você se lembra como nos posicionamos em relação ao caso logo quando você anunciou que queria pegá-lo.

– Sim. – Olhou de um para o outro. Os três se achavam sentados como juízes austeros num tribunal puritano, todas as linhas e traços de seus rostos marcadamente esculpidos, cada um deles mais parecido com uma estátua do que com o próprio homem que encarnava.

– Todos nós achamos que você foi absolutamente magistral naquela sala de audiências – preciso e mordaz. Talvez excessivamente mordaz.

– Perdão?

– Você praticamente espancou aquela garotinha até que ela o obedecesse.

– Fiz o que tinha de fazer – disse Kevin, recostando-se. Sorriu para Brian Carlton. O homem alto e magro, com bigode castanho-escuro, também se recostou, as pontas dos dedos longos apertadas umas contra as outras como se estivesse ali para supervisionar a discussão e não para participar dela; enquanto isso, Garth Sessler, impaciente como sempre ao ouvir conversa fiada, tamborilava os dedos no braço da poltrona.

Por algum motivo, Kevin nunca se dera conta antes do quanto os detestava. É verdade, eram todos brilhantes, mas tinham tanta personalidade quanto um aparelho eletrônico. Suas reações eram tão automáticas e sem emoção quanto as de um computador.

– Tenho certeza de que sabe o que todos andam comentando. Todos nós passamos a maior parte do fim de semana ao telefone, com clientes, amigos... – abanou a mão na frente do rosto duas vezes como se estivesse espantando moscas. – O fato é que as reações são mais ou menos as que esperávamos. Nossos clientes, dos quais somos bastante dependentes para a nossa sobrevivência, de modo geral não estão felizes com a posição que assumimos nessa história da Lois Wilson.

– Nossa posição? Será que essas pessoas nunca ouviram falar de "inocente até que se prove o contrário"? Eu a defendi e ela foi absolvida.

– Ela não foi absolvida – disse Brian Carlton, erguendo o canto da boca com ar sarcástico. – A promotoria simplesmente lavou as mãos e desistiu depois de você armar o laço para uma criança de 10 anos e fazê-la confessar que andara contando algumas mentiras.

– É a mesma coisa – replicou Kevin.

– Acho que não – respondeu Brian. – Mas não estou surpreso por você não ver a diferença.

– O que quer dizer com isso?

– Vamos voltar ao assunto – interrompeu Garth Sessler. – Como tentamos explicar a você antes que ficasse tão intensamente envolvido com o caso, sempre nos mantivemos afastados dessas causas polêmicas. Somos uma firma conservadora. Não estamos em busca de notoriedade ou publicidade. Esse tipo de coisa afasta os clientes influentes de nossa cidade. Então – continuou, assumindo as rédeas da discussão com toda firmeza –, Sanford, Brian e eu estivemos revendo sua história com nossa firma. Verificamos que você é uma pessoa dedicada, responsável, com um futuro promissor.

– Promissor? – Kevin voltou-se instintivamente na direção de Brian. Entrara na sala acreditando que seu futuro tinha chegado. Não era mais apenas uma promessa.

– Em Direito penal – disse Brian secamente.

– No qual não estamos interessados – concluiu Sanford. Por um instante Kevin se viu conversando com os Três Patetas.

– Entendo. Então, esta não é uma reunião para me oferecer uma sociedade plena na Boyle, Carlton e Sessler?

– Uma sociedade plena não é o tipo de coisa que possamos ofertar da noite para o dia, como você sabe – disse Garth. – Seu valor reside não apenas nas compensações financeiras, mas naquilo que significa, e este significado vem do investimento que a pessoa faz na comunidade, assim como na firma. Ora...

– Entretanto, não vemos razão para que não possa se tornar sócio pleno bastante rapidamente em alguma firma especializada em Direito penal – disse Sanford Boyle. Lançou um sorriso cortês e se adiantou na poltrona, as mãos dobradas sobre a mesa. – Não é que não estejamos felizes com tudo o que fez aqui. Quero reafirmar isso.

– Então, você não está me despedindo, mas principalmente me dizendo que vou me sair melhor em algum outro lugar. – Kevin observou com sarcasmo. Meneou a cabeça e relaxou na poltrona. Depois deu de ombros e sorriu. – Na verdade, eu estava considerando a ideia de apresentar minha demissão, de qualquer modo.

– Desculpe? – retrucou Brian, inclinando-se para a frente.

– Já tive uma outra oferta, cavalheiros.

– Ah? – Sanford Boyle olhou rapidamente para seus sócios. Brian manteve-se petrificado. Garth ergueu as sobrancelhas. Kevin sabia que não acreditavam nele, como se não houvesse qualquer possibilidade de ele um dia ter pensado em ir para outra firma. A arrogância deles começou a lhe dar nos nervos. – De uma outra firma da área?

– Não. Eu... não me sinto à vontade para dizer mais do que isso ainda – replicou Kevin, a mentira quase se formando sozinha em seus lábios. – Mas posso lhes garantir que serão os primeiros a saber dos detalhes. Além de Miriam, é claro.

– É claro – disse Sanford, mas Kevin sabia que os três, com frequência, tomavam decisões pessoais sem consultar suas mulheres. Esta era outra coisa que desprezava neles – o relacionamento que mantinham com esposas e filhos eram impessoais demais. Estremeceu ao pensar que um dia os quatro poderiam estar sentados aqui, neste escritório, oferecendo sociedade a um jovem e brilhante advogado, como ele próprio, e que certamente poderia exercer uma carreira muito mais gratificante e compensadora em algum outro lugar, mas que seria facilmente tentado a aceitar a segurança e a respeitabilidade da (de repente ele pensou, Deus me livre) Boyle, Carlton, Sessler e Taylor.

– De qualquer modo, eu gostaria de voltar à minha mesa e acabar o trabalho com a papelada do caso Wilson. Obrigado por sua pequena manifestação de confiança em mim – acrescentou e deixou-os com o olhar perdido atrás de si.

Quando fechou a porta, experimentou uma deliciosa sensação de liberdade, como se estivesse numa queda livre de aeroplano. Em questão de minutos, havia desafiado seu destino e se posicionado como alguém com firme controle sobre o próprio futuro.

Myra não conseguiu entender o largo sorriso em seu rosto.

– Está se sentindo bem, Sr. Taylor?

– Estou bem, Myra. Estou me sentindo melhor do que nos últimos... últimos três anos, para ser exato.

– Ah, eu...

– Vejo você depois – disse ele rapidamente e voltou a seu escritório.

Por um longo tempo ficou sentado atrás de sua mesa, pensando. Depois, bem devagar, enfiou a mão no bolso e tirou o cartão que Paul Scholefield tinha lhe dado. Colocou-o diante de si, na escrivaninha, e baixou os olhos, fitando-o, mas na realidade não estava mais olhando para o cartão; encontrava se além daquilo, em sua própria imaginação, onde se viu num tribunal da cidade defendendo um homem acusado de assassinato. A promotoria tinha um caso forte, circunstancial, mas ele o estava enfrentando com energia, Kevin Taylor, da John Milton e Associados. O júri ouvia atentamente cada palavra saída de sua boca. Repórteres o seguiam pelos corredores do tribunal implorando por informação, previsões, declarações.

Mary Echert bateu levemente na porta e entregou-lhe a correspondência, interrompendo seu sonho acordado. A secretária sorriu para ele, mas Kevin conseguiu perceber, pela expressão em torno de seus olhos, que os mexericos já haviam começado.

– Não estou com nenhum compromisso hoje que por acaso tenha esquecido, não é, Mary?

– Não. Mas deve se encontrar com o Sr. Setton para falar sobre o filho dele, amanhã de manhã, e pediu-me para lhe conseguir o registro da ocorrência policial.
– Ah, sim. É o garoto de 16 anos que pegou o carro do vizinho para dar uma voltinha?
– Hum-hum.
– Caso fascinante.

Ela inclinou a cabeça de lado, confundida pelo sarcasmo. Assim que saiu, Kevin discou o número da John Milton e Associados e pediu para falar com Paul Scholefield.

Quinze minutos depois, estava a caminho de Manhattan e não havia sequer telefonado a Miriam para lhe contar o que acontecera.

3

A Boyle, Carlton e Sessler tinha escritórios confortáveis e de bom gosto em Blithedale. Quase vinte anos antes, Thomas Boyle havia convertido uma pequena casa de dois andares num conjunto de escritórios para ele e Sanford. Parte do charme da firma estava em sua atmosfera caseira. As pessoas se sentiam realmente à vontade ali; talvez à vontade demais, Kevin pensou. Nunca havia tido essa reação antes. Sempre apreciara o toque doméstico nas cortinas e tapeçarias. Saía de uma casa todas as manhãs e ia para a outra. Essa era até então sua maneira de pensar.

Mas, no momento em que entrou na John Milton e Associados, tudo aquilo mudou. Saltara do elevador no vigésimo oitavo andar, que tinha uma vista espetacular do centro de Manhattan e do East River. No fim do corredor, encontrou portas duplas de carvalho com inscrições que proclamavam "John Milton e Associados, Advogados". Entrou e viu-se numa luxuosa área de recepção.

O amplo espaço aberto, o comprido divã de couro caramelado, o canapé também de couro e as poltronas combinando alardeavam sucesso. Acima do sofá, a imensa pintura abstrata parecia ser um Kandinsky original. Esta é a aparência que um escritório de advocacia bem-sucedido deve ter, pensou.

Fechou a porta atrás de si e pisou sobre o luxuriante carpete aveludado num tom de caramelo, com a sensação de estar caminhando sobre uma camada de marshmallow. A impressão trouxe um sorriso a seu rosto quando se aproximou da recepcionista, sentada atrás de uma escrivaninha em formato de meia-lua. Ela virou o corpo voltado para o computador a fim de cumprimentá-lo, e Kevin alargou seu sorriso instantaneamente. Em lugar de ser saudado pela amatronada e sem graça Myra Brockport, ou pela grisalha Mary Echert, de olhos baços, que recebiam os clientes na Boyle, Carlton e Sessler, Kevin foi recepcionado por uma cintilante morena de cabelos negros que poderia competir num concurso de Miss Universo.

O cabelo preto como carvão caía suavemente sobre seus ombros, as pontas quase tocando as omoplatas. Parecia italiana, como Sophia Loren, com seu nariz romano perfeitamente reto e os malares salientes. Os olhos negros eram quase iluminados.

– Boa tarde – disse. – Sr. Taylor?

– Sim. Belo escritório.

– Obrigada. O Sr. Scholefield está ansioso por vê-lo. Vou levá-lo diretamente a ele – completou, e se levantou. – Gostaria de beber alguma coisa... chá, café, uma Perrier?

– Uma Perrier seria ótimo. Obrigado. – E se preparou para acompanhá-la pelo saguão, em direção ao corredor nos fundos.

– Com rodelas de limão? – Ela perguntou, virando-se de costas.

– Sim, obrigado.

Viu-se fascinado pelo movimento do corpo dela enquanto a moça o conduzia pelo corredor, parando numa pequena área de cozinha. Tinha pouco mais de 1,60 metro e usava uma saia preta de tricô com blusa branca de mangas compridas. A saia justa estava tão apertada aos quadris e às nádegas que dava para ver o rego quando seus músculos se expandiam. Kevin estava quase perdendo o fôlego. Riu consigo mesmo, pensando o quanto Boyle, Carlton e Sessler desaprovariam isso.

Ela lhe entregou um copo de água gelada.

– Obrigado.

A expressão nos olhos dela e o calor em seu sorriso enviaram-lhe um rasto de excitação que percorreu seu corpo todo, fazendo-o corar.

– Por aqui.

Passaram por um escritório, uma sala de reuniões, e depois mais um escritório antes de parar diante da porta que tinha a placa com o nome de Paul Scholefield. Ela bateu e abriu.

– É o Sr. Taylor, Sr. Scholefield.

– Obrigado, Diane – disse Paul Scholefield, saindo de trás da sua escrivaninha para cumprimentar Kevin. A recepcionista se despediu com um gesto da cabeça e saiu, mas Kevin não conseguiu tirar os olhos de cima dela. Scholefield esperou, com ar compreensivo. – Kevin, que bom ver você.

– Maravilhosas instalações. – O escritório de Paul Scholefield tinha duas vezes o tamanho da sala de Sanford Boyle. Exibia uma decoração em estilo high-tech, a mobília em couro preto lustroso, as estantes e escrivaninha em branco laqueado. À esquerda de sua mesa havia duas grandes janelas que mostravam a cidade, com o East River ao fundo. – Que vista!

– De tirar o fôlego, não acha? Todos os escritórios aqui têm vistas assim. O seu também tem.

— Ahn?

— Por favor, sente-se. Já disse ao Sr. Milton que você chegou e ele quer vê-lo depois que terminarmos aqui.

Kevin se acomodou na poltrona de couro preto em frente à mesa de Scholefield.

— Fico feliz por ter decidido considerar seriamente a nossa oferta. Estamos repletos de trabalho que não para de chegar – disse Paul Scholefield, os olhos se iluminando. — E então, sua atual firma de advocacia lhe ofereceu uma sociedade?

— Não exatamente. Eles me ofereceram uma oportunidade para descobrir alguma outra coisa que combinasse melhor com a minha natureza – respondeu Kevin.

— O quê? – Paul conteve o sorriso.

— Aparentemente, o caso Lois Wilson e a maneira como o conduzi resultaram num constrangimento para eles. Artifícios legais, técnica, tudo isso fica bem desde que seja feito discretamente. Sabe, como manipular uma vovozinha, para que possam ficar com uma parte do espólio dela, ou descobrir brechas nas leis tributárias para engordar as carteiras de seus clientes ricaços – explicou Kevin em tom cáustico.

Paul balançou a cabeça e riu.

— Míopes. Bem provincianos e de mente estreita. É por isso que você não pertence àquilo lá, Kevin. O Sr. Milton tem razão a seu respeito – acrescentou, a expressão ficando mais séria. — Seu lugar é aqui... conosco.

— O Sr. Milton disse isso?

— Hum-hum. Foi ele quem avistou você primeiro e, em geral, costuma estar certo quando se trata de analisar pessoas. O homem tem um discernimento notável para esse tipo de coisa.

— Eu já o conheci? – perguntou Kevin, imaginando como alguém poderia ter tanta certeza a seu respeito sem o conhecer antes.

– Não, mas ele está sempre procurando novas e brilhantes perspectivas... gosta de observar advogados, ir a audiências e julgamentos, do mesmo modo que treinadores de beisebol vão a jogos estudantis. Ele o viu em ação primeiro e depois me enviou. É o mesmo modo como ele andou por aí contratando todos nós. Você vai conhecer todo mundo hoje – Dave Kotein, Ted McCarthy e nossas secretárias. Mas deixe que eu lhe mostre seu escritório primeiro e, depois, vamos ver o Sr. Milton.

Kevin deu um último gole na Perrier e se ergueu para acompanhar Scholefield que já estava de saída, descendo o corredor. Detiveram-se diante de uma porta que obviamente acabara de ter a placa do nome removida.

– Deve ter sido uma coisa muito forte para fazer quem quer que seja a ir embora desta firma – comentou Kevin.

Os olhos de Paul se estreitaram quando assentiu.

– Foi. Uma tragédia pessoal. Ele se matou não muito tempo depois de a sua mulher ter morrido ao dar à luz. Seu nome era Richard Jaffee e ele foi um advogado brilhante. Nunca perdeu um caso enquanto esteve aqui.

– Ah, perdão, eu não sabia.

– O Sr. Milton ainda está bastante perturbado com isso, como você bem pode imaginar que estejamos todos. Mas tê-lo aqui, se juntando a nós, Kevin – acrescentou, pondo a mão sobre o ombro do outro –, vai nos dar uma injeção de ânimo.

– Obrigado – respondeu Kevin. – Mas parece que vou ter de substituir um senhor advogado – completou.

– Você é capaz disso. Se o Sr. Milton acha que pode, então é porque pode – retrucou Paul, meneando a cabeça. Kevin quase riu diante da contrita expressão de fé, mas percebeu que Paul Scholefield estava falando sério.

Ele abriu a porta e Kevin entrou no que presumia ser seu novo escritório.

Quantas vezes, durante os últimos três anos, havia se recostado no cubículo que lhe servia de escritório na Boyle, Carlton e Sessler para sonhar com a sensação de ser um advogado famoso em Nova York, dono de uma sala requintada com janela para uma linda vista.

Agora, diante dele, havia uma escrivaninha em forma de L com uma cadeira giratória de couro macio, um canapé do mesmo couro e mais uma poltrona também de couro em frente à mesa. O tapete era tão luxuoso quanto o do saguão, e as cortinas tinham um tom bege pálido. As paredes eram forradas de painéis de nogueira clara, o que dava à sala um aspecto de frescor.

– Tudo parece novinho em folha.

– O Sr. Milton mandou redecorar o escritório. Espero que goste.

– Gostar? Eu adoro – respondeu Kevin. Paul aprovou com a cabeça. Para Kevin o escritório era estonteante, desde o sofisticado sistema de telefones até o conjunto de caneta e lapiseira em ouro maciço. Havia até porta-retratos de prata esperando por suas fotos de família e molduras nas paredes aguardando os diplomas e certificados de Kevin; o mesmo número de quadros que tinha em seu escritório de Blithedale. Que coincidência, pensou. Bom presságio.

Kevin caminhou até a janela atrás da mesa. Exatamente como Paul dissera, tinha uma vista magnífica da cidade.

– E então? – perguntou Paul.

– Lindo. – Atravessou a sala em direção ao banheiro e pôs a cabeça pela porta para ver as louças e metais reluzentes, o chão e as paredes em azulejos sofisticados. Havia até um boxe com chuveiro. – Posso me mudar imediatamente. – Kevin inspecionou os livros na estante que tomava a maior parte da parede esquerda. – Não preciso trazer nada. – Riu e olhou à volta do escritório mais uma vez. – Isso é... incrível.

– O Sr. Milton ficará contente em saber que está feliz com o que ele fez, Kevin. – Paul verificou seu relógio de pulso. – É hora de irmos encontrar o homem.

– Claro. – Deteve-se a fim de olhar para trás quando estavam saindo e sacudiu a cabeça. – É exatamente como sonhei que seria o meu escritório. É como se... – Voltou-se para um sorridente Paul Scholefield. – É como se ele tivesse entrado em meus sonhos...

DEPOIS DE BATER, Paul abriu a porta e recuou para que o outro entrasse primeiro. Kevin teve de confessar que estava nervoso. Paul havia construído uma imagem tal de John Milton em sua mente que ele não fazia ideia do que esperar.

O mesmo tapete que se estendia na área do saguão e se derramava pelo corredor transbordava pelo umbral da sala de John Milton e cobria o seu assoalho. Ao centro, na parte de trás da sala, havia uma escrivaninha de mogno escuro e uma cadeira de espaldar alto em couro num tom fechado de marrom. Dois conjuntos de poltronas ficavam em frente à mesa. Atrás dela havia três janelas grandes, quase da largura e altura da parede, oferecendo uma vista ampla e aberta da cidade e do céu, uma visão quase divina.

A princípio Kevin ficou tão arrebatado pelo esplendor e luminosidade da sala que não viu John Milton sentado em sua poltrona. Quando Kevin se adiantou mais para dentro e afinal o avistou, foi como se o homem tivesse se materializado das sombras.

– Bem-vindo à John Milton e Associados, Kevin – disse ele. Kevin ouviu de imediato um tom caloroso na voz jovial do homem; o som fez com que se lembrasse do mesmo tom franco, amistoso e tranquilizador que tinha o reverendo Pendleton da igreja episcopal de Blithedale, uma voz que logo o deixava à vontade. Kevin muitas vezes tentou imitá-la no tribunal, secretamente chamando-a de sua "voz dominical".

John Milton dava a impressão de ter uns 60 anos, numa curiosa combinação de juventude e maturidade. Tinha os cabelos espessos cuidadosamente aparados e escovados, mas todo grisalho. Quando Paul fechou a porta atrás deles, o Sr. Milton se levantou, o torso se desdobrando num esqueleto de 1,80 metro, e o sorriso explodindo no que parecera ser um rosto trancado numa máscara de alabastro. Usava um terno de palha de seda cinza-escuro com uma gravata da cor de rubi e o lenço de bolso combinando.

Kevin notou como seus ombros se elevaram quando lhe ofereceu a mão. Achava-se em estupenda forma física, o que só fazia acrescentar estranheza à interessante mistura de juventude e idade avançada. Chegando mais perto, Kevin pôde ver o rubor carmim em suas faces. Agarrou a mão de Kevin com firmeza, como se tivesse esperado séculos para encontrá-lo.

– Prazer em conhecê-lo, Sr. Milton.

Os olhos de John Milton pareceram se metamorfosear enquanto ele e Kevin fitavam um ao outro, mudando de um marrom embaçado, tranquilo, para uma cor ferrugem faiscante. Tinha o nariz reto, largo, com linhas suaves que de vez em quando faziam seu rosto parecer imune ao envelhecimento. Até as rugas em volta dos olhos davam a impressão de terem sido traçadas a lápis por alguém apenas poucos instantes antes. Seu lábios finos tinham um tom alaranjado e o maxilar era pontudo, a pele firme, mas ainda assim ele ostentava um ar paternal, um rosto cheio de sabedoria.

– Paul mostrou-lhe o seu escritório, espero.

– Ah, sim. É fantástico. Adorei.

– Fico feliz, Kevin. Por favor, sente-se. – Fez um gesto em direção à poltrona de encosto alto em couro caramelado com braços de mogno escuro. Esculpidas neles havia figuras da mitologia grega, como sátiros e minotauros. – Obrigado, Paul – acrescentou. Kevin olhou para trás a tempo de ver Paul Scholefield saindo.

John Milton voltou à sua própria poltrona. Kevin percebeu que havia uma firmeza nele. Sentou-se como um monarca assumindo o trono.

– Como sabe, estamos considerando a sua contratação há algum tempo, Kevin. Gostaríamos que começasse na semana que vem. De uma hora para outra, eu sei, mas é que já tenho um caso selecionado para você – acrescentou, tamborilando os dedos sobre uma pasta grossa à sua direita na escrivaninha.

– É mesmo? – queria perguntar como ele sabia que aceitaria um cargo ali, mas achou que isso poderia parecer descortês. – Do que se trata?

– Vou entregá-lo a você no tempo devido – disse John Milton com decisão. Kevin viu a facilidade com que o Sr. Milton se movia dos tons cálidos e amistosos para as inflexões determinadas e resolutas. – Primeiro, deixe-me explicar minha filosofia no que diz respeito a meus associados, os quais, como você vai aprender, são mais do que meros associados. Em todos os sentidos, eles são meus sócios, porém, ainda mais do que isso, constituem a minha família. Formamos aqui uma verdadeira equipe e nos dedicamos uns aos outros de muitas outras maneiras, que vão além de nosso mero relacionamento profissional. Cada um de nós se interessa por todos os outros e por suas famílias. Ninguém trabalha num vácuo; a casa, a vida, todos os problemas têm um efeito sobre o seu trabalho. Compreende?

– Sim, compreendo – disse Kevin, e não pôde deixar de pensar no homem que estava substituindo. O Sr. Milton estaria encaminhando o assunto para chegar até ele?

– Achei que entenderia – declarou, recostando-se até que seu rosto foi coberto por uma sombra, como se uma nuvem tivesse deslizado sobre o sol lá fora. – E, por esse motivo, não deve considerar estranho que eu faça sugestões, até tente ajudá-lo em assuntos que não estarão, ao que se diria, diretamente relacionados com seu trabalho aqui. Por exemplo – continuou –, certamente ajudaria muito se você morasse aqui na cidade. Tenho um prédio residencial bastante luxuoso numa parte ideal de Manhattan, e há um apartamento disponível nele, o qual eu gostaria que você aceitasse, sem despesas.

– Sem aluguel?

– Exatamente. Até nisso eu me comprometo com meus associados e suas famílias. Tenho também um modo de descontar todo esse tipo de despesa na contabilidade – acrescentou. – Não que seja importante. O importante é garantir que você e sua esposa tenham uma vida confortável, prazerosa, enquanto estiver conosco. Pelo que entendi, você e sua mulher têm laços de família onde vivem – continuou, com vivacidade –, mas não estarão tão longe de casa assim e – inclinou-se, saindo da sombra para dar um sorriso – encontrarão uma nova família aqui.

Kevin concordou com a cabeça.

– Parece... maravilhoso. Claro, tenho de discutir o assunto com minha mulher – lembrou depressa.

– É claro. Agora – disse John Milton, erguendo-se –, vamos só conversar sobre Direito por um instante e permita que eu lhe apresente minha filosofia.

"A lei deve ser estritamente interpretada e estritamente imposta. A justiça é um benefício que resulta disso, mas não a razão de existir do ordenamento jurídico. O sistema jurídico é planejado para manter a ordem, conservar todos os homens sob controle. – Deu a volta no canto da mesa a fim de baixar os olhos para Kevin e sorriu de novo. – Todos os homens, tanto os chamados agentes do bem, como o elemento criminoso.

"A piedade – continuou John Milton, tal como um professor de faculdade fazendo uma palestra – é admirável em sua devida hora, mas não tem lugar no sistema porque é subjetiva, imperfeita e passível de mudanças, enquanto a lei pode ser perfeita e se conservar atemporal e universal.

Fez uma pausa e olhou para Kevin, que assentiu depressa.

– Acho que entende tudo o que estou dizendo e concorda com isso.

– Sim – respondeu Kevin. – Talvez eu não colocasse as coisas exatamente nesses termos, mas concordo.

– Somos advogados, antes e acima de tudo, e, enquanto nos lembrarmos disso, teremos sucesso – afirmou John Milton, os olhos brilhando com a chama da determinação. Kevin estava hipnotizado. Quando John Milton falava, fazia-o em ritmos ondulantes, tão suave em certos momentos que ele se sentia como se estivesse lendo os lábios do homem e repetindo as expressões com sua própria voz. E então, de repente, ele se mostrava dinâmico, a voz forte e vibrante.

O coração de Kevin batia depressa, um rubor subindo-lhe ao rosto. A última vez que lembrava de ter se sentido tão excitado foi quando estava no time de basquete do ginásio e participou do jogo que definiria a liderança no campeonato da liga. O treinador, Marty McDermott, dera um sermão no vestiário que os havia feito singrar a quadra com fogo suficiente em seus corações para incendiar a liga inteira. Naquele dia, mal conseguira esperar para pôr as mãos na bola. Agora, mal conseguia esperar para voltar a uma sala de tribunal.

John Milton meneou a cabeça lentamente.

– Nós nos compreendemos um ao outro mais do que imagina, Kevin; assim que percebi isso, instruí Paul a empreender a abordagem inicial. – Fitou Kevin por um momento e depois sorriu. Foi um sorriso quase maroto. – Vejamos este último caso que defendeu... – John Milton acomodou-se de novo na cadeira, uma postura um pouco mais relaxada desta vez.

– Lois Wilson, a professora acusada de abuso sexual contra as crianças?

– Sim. Sua defesa foi brilhante. Você viu os pontos fracos na argumentação da promotoria e investiu pesado, concentrando-se neles.

– Eu sabia que o diretor não gostava dela e que as outras garotinhas estavam mentindo...

– É – disse John Milton, inclinando-se para a frente, os braços estendidos sobre a mesa como se quisesse abraçar Kevin. – Mas você sabia também que Barbara Stanley não estava mentindo e que Lois Wilson era culpada.

Kevin limitou-se a sustentar o olhar dele.

– Ah, você não tinha certeza absoluta, mas no fundo do seu coração achava que ela havia abusado de Barbara Stanley e que a menina, com medo de se apresentar sozinha, levou as amigas a um xilique de pânico e fez com que se juntassem a ela. Aquele diretor idiota estava ansioso para se livrar da professora e...

– Não tenho certeza absoluta quanto a tudo isso – disse Kevin, devagar.

– Tudo bem – retorquiu John Milton, sorrindo de novo. – Você fez o que tinha de fazer como advogado dela. – John Milton parou de sorrir. Na verdade, parecia zangado. – A acusação deveria ter feito o mesmo tipo de dever de casa que você. Você foi o único advogado *de verdade* naquele tribunal – acrescentou. – Eu o admiro por isso e o quero aqui, trabalhando comigo. Você é o tipo de advogado que pode fazer parte daqui, Kevin.

Ele tentou imaginar como John Milton sabia tanto a respeito do caso Lois Wilson, mas essa curiosidade não perdurou muito. Havia muitas outras coisas para distrair sua mente, coisas maravilhosas demais em que pensar. Continuaram conversando, e Kevin descobriu que Paul Scholefield não tinha exagerado sobre o salário. Era duas vezes o que estava ganhando na firma atual. O Sr. Milton disse que iria fazer os acertos a fim de que ele e Miriam se mudassem para o apartamento imediatamente, se ela aprovasse. Assim que terminou, o Sr. Milton chamou a secretária pelo telefone interno e pediu-lhe que fosse buscar Paul Scholefield. Este chegou no mesmo instante, como se tivesse ficado bem ali, do lado de fora da porta, esperando o tempo todo.

— Ele está de volta às suas mãos, Paul. Kevin, bem-vindo à nossa família — disse John Milton, estendendo a mão. Kevin aceitou-a e os dois trocaram um aperto vigoroso.

— Obrigado.

— E, como lhe disse, todos os acertos para que possa ocupar o apartamento estarão providenciados antes do final de semana. Pode trazer sua mulher para dar uma espiada assim que desejar.

— Obrigado de novo. Mal posso esperar.

John Milton assentiu, compreensivo.

— Que homem, não é? — disse Paul quando saíram do escritório.

— É extraordinário como ele vai direto ao cerne dos fatos. Não há perda de tempo em torno dele, mas ainda assim não me pareceu uma pessoa voltada exclusivamente para os negócios profissionais. Ele é muito caloroso também.

— Ah, sim. Para ser honesto — disse Paul, detendo-se no corredor —, nós todos adoramos o sujeito. Ele é como... um pai.

Kevin concordou com um movimento da cabeça.

— Foi assim que me senti. — Olhou para trás. — Era como se eu estivesse ali sentado, conversando com meu pai.

Paul riu e abraçou Kevin. Os dois continuaram descendo o corredor e pararam no escritório de Dave Kotein. Dave estava mais próximo da idade de Kevin. Tinha apenas 31 anos. Também era formado pela faculdade de Direito da Universidade de Nova York e os dois logo começaram a trocar reminiscências sobre os professores que haviam tido em comum. Era um homem esguio, de 1,75 metro, com o cabelo castanho-claro aparado bem curto, quase tão baixo quanto um corte militar. Miriam o acharia bonito, porque tinha olhos azuis de bebê e um sorriso suave, afável; além disso, em alguns traços, lembrava o irmão caçula dela, Seth.

Apesar da compleição magra, Dave tinha uma voz profunda, ressonante, o tipo de voz que os regentes de corais vendem a alma para ter entre seus pupilos. Kevin imaginou-o no tribunal, interrogando uma testemunha, a voz reverberando sobre as cabeças de uma plateia atenta. Logo que foram apresentados, Kevin sentiu que Dave Kotein era um homem perspicaz, altamente inteligente. Mais tarde Paul lhe contaria que Dave tinha se formado entre os cinco primeiros de sua turma na UNY e poderia ter ido trabalhar para inúmeras firmas de prestígio em Nova York ou Washington.

– Vamos continuar o passeio – pediu Paul. – Você e Dave terão muitas oportunidades para se conhecer, assim como suas mulheres.

– Ótimo. Vocês têm filhos? – perguntou Kevin.

– Ainda não, mas em breve – respondeu Dave. – Norma e eu estamos mais ou menos no mesmo ponto em que você e Miriam – acrescentou. Kevin começou a sorrir, mas em seguida pensou que era estranho o fato de eles saberem detalhes de sua vida pessoal também.

Paul se adiantou ao pensamento.

– Nós fazemos um estudo completo de todos os futuros associados – disse. – Portanto, não fique surpreso pelo quanto já sabemos a seu respeito.

– Tem certeza de que isto aqui não é um braço externo da CIA?

Dave e Paul se entreolharam e riram.

– Eu me senti da mesma forma quando Paul e o Sr. Milton me admitiram.

– Falamos com você mais tarde – disse Paul e saiu com Kevin a fim de ir até a biblioteca jurídica.

A biblioteca tinha duas vezes o tamanho da que existia na Boyle, Carlton e Sessler, além de estar plenamente atualizada. Havia um computador que Paul Scholefield explicou estar ligado aos registros de ocorrências policiais, e até a arquivos federais, assim como uma unidade de processamento central que alimentava os terminais com precedentes e informação investigativa de modo a poder compreender e examinar os relatórios policiais e as provas de medicina legal. Uma das secretárias estava ao teclado, dando entrada em novas informações fornecidas por um dos investigadores particulares da firma.

– Wendy, este é Kevin Taylor, nosso novo associado. Kevin, Wendy Allan.

A secretária girou a cadeira e, mais uma vez, Kevin se viu boquiaberto diante de um belo rosto e um corpo atraente. Wendy Allan parecia estar com 22 ou 23 anos. Tinha cabelos cor de pêssego, cortado em camadas com uma franja que caía como plumas sobre sua testa. Os olhos de um castanho vivo se iluminaram quando sorriu.

– Oi.
– Olá.
– Wendy vai trabalhar como sua secretária e de Dave até que contratemos mais uma – explicou Scholefield. Kevin sorriu consigo mesmo diante da ideia de que em breve teria sua própria secretária.

– Estou ansiosa por trabalhar com o senhor, Sr. Taylor.
– Da mesma forma.
– É melhor tentarmos pegar Ted – sussurrou Paul. – Acabo de lembrar que ele tem de tomar um depoimento esta tarde.
– Ah, claro.

Saiu, acompanhando Paul, e olhou para trás uma vez a fim de devorar o sorriso que Wendy Allan ainda lhe oferecia.

– Como conseguem se concentrar no trabalho com tantas mulheres lindas em volta? – indagou Kevin, meio de brincadeira. Paul se deteve e virou-se para ele.

– Wendy e Diane são bonitas e, como você vai ver, Elaine e Carla também, mas todas elas se qualificam, além disso, como secretárias de primeiro time. – Paul sorriu e voltou o olhar para a biblioteca. – O Sr. Milton diz que a maioria dos homens tem uma tendência a achar que as mulheres bonitas não são inteligentes. Certa vez, ele ganhou um caso porque o promotor pensava exatamente assim. Lembre-me de pedir a ele que lhe conte a história um dia desses. A propósito – acrescentou, baixando a voz –, o Sr. Milton contratou todas as secretárias pessoalmente.

Kevin assentiu e os dois seguiram em direção ao escritório de Ted McCarthy.

Em vários aspectos, McCarthy fazia Kevin lembrar-se de si mesmo. Era dois anos mais velho e mais ou menos da mesma altura e constituição de Kevin, só que tinha cabelo preto, pele muito mais morena, e olhos castanho-escuros. Mas ambos nasceram e foram criados em Long Island. McCarthy havia morado em Northport e frequentara a faculdade de Direito da Universidade de Syracuse.

Como Miriam, a mulher de Ted McCarthy também fora criada na ilha. Trabalhava como recepcionista no consultório de um médico em Commack. Também eles ainda não tinham filhos, mas estavam planejando aumentar a família em breve.

Kevin sentiu que Ted McCarthy era um homem meticuloso. Sentava-se atrás de uma imensa escrivaninha de carvalho escuro, seus papéis cuidadosamente organizados ao lado de uma fotografia da mulher emoldurada em prata, e de outro porta-retratos igual exibindo os dois no dia do casamento. O escritório era bastante espartano se comparado aos de Dave Kotein e Paul Scholefield, mas dava uma sensação de mais ordem e método.

– Prazer em conhecê-lo, Kevin – disse McCarthy, levantando-se de sua cadeira quando Paul os apresentou. Assim como Dave e Paul, Ted tinha uma voz impressionante, de dicção clara e entoada. – Pela maneira com que o Sr. Milton e Paul o descreveram, eu soube que logo estaria conosco.

– Parece que todo mundo soube antes de mim – disparou Kevin, com uma certa ironia.

– Foi a mesma coisa comigo – disse Ted. – Eu estava trabalhando na firma do meu pai e não tinha absolutamente nenhuma intenção de sair quando Paul me abordou. Quando vim até aqui para conhecer o Sr. Milton, eu já começava a maquinar um jeito de dar a notícia a meu pai.

– Extraordinário.

– Dificilmente se passa um dia sem que alguma coisa excitante aconteça. E agora, com você se juntando a nós...

– Estou realmente ansioso por isso – respondeu Kevin.

– Boa sorte e bem-vindo a bordo – Ted saudou. – Preciso sair correndo para pegar um depoimento envolvendo um cliente acusado de estuprar a filha adolescente da vizinha.

– Sério?

– Conto tudo a você em nossa reunião – propôs Ted.

Kevin fez um movimento afirmativo com a cabeça e se encaminhou para seguir Paul, que já estava de saída. Fez uma pausa no umbral.

– Uma coisa eu gostaria de saber, Ted – disse Kevin, tentando imaginar como Miriam, os pais dela e os dele iriam reagir à sua decisão.

– Claro.

– Como foi que você deu a notícia a seu pai?

– Contei a ele o quanto eu queria me especializar em direito criminal e como estava impressionado com o Sr. Milton.

– Mas você tinha a firma da família para herdar, não tinha?

– Ah... – Ted sorriu e sacudiu a cabeça. – Dentro de pouco tempo você verá que esta é uma firma familiar também.

Kevin assentiu, impressionado pela sinceridade de Ted.

Retornou à sala que iria ocupar e sentou-se atrás da grande escrivaninha. Recostou-se na cadeira, as mãos atrás da cabeça e, em seguida, rodopiou o assento a fim de olhar para a cidade lá embaixo. Isso o fez sentir como se valesse um milhão de dólares. Não conseguia acreditar em tanta sorte: uma firma rica, um apartamento de luxo isento de aluguel em Manhattan...

Retornou à posição anterior e inspecionou as gavetas da mesa. Blocos em branco, canetas novas, uma agenda – tudo estava ali. Estava prestes a fechar a gaveta lateral mais baixa quando algo atraiu seu olhar. Era um pequeno estojo de joia.

Tirou-o de lá, abriu-o e encontrou um anel de ouro para o dedo mínimo com a inicial "K" gravada.

– Experimentando para ver se a cadeira está na altura certa? – perguntou Paul à entrada da porta.

– O quê? Ah, é. O que é isso? – estendeu o anel.

– Já o encontrou, hein? É só uma lembrancinha do Sr. Milton, um presente de boas-vindas. Ele mandou fazer para todos nós.

Kevin, animado, tirou o anel do estojo e o experimentou. Serviu, no tamanho perfeito. Ergueu os olhos, surpreso, mas Paul não parecia nem um pouco espantado.

– São essas pequenas coisas, a maneira como ele se dá ao trabalho de nos mostrar o quanto está comprometido conosco como pessoas, que fazem toda a diferença aqui, Kevin.

– Estou vendo. – Kevin pensou por um momento e depois desviou os olhos do anel. – Mas como ele sabia que eu aceitaria a vaga?

Paul encolheu os ombros.

– Como eu disse, ele é um excelente juiz quando se trata de analisar personalidades.

– Assombroso. – Olhou à volta do escritório. – Este homem... Jaffee?

– O que tem ele?

– Ninguém conseguiu perceber o que estava para acontecer?

– Sabíamos que ele estava deprimido. Todo mundo se envolveu. O Sr. Milton contratou uma enfermeira para o recém-nascido. Fizemos tudo o que podíamos, telefonávamos para ele, íamos visitá-lo. Todos nos sentimos culpados; todos achamos que fomos responsáveis...

– Eu não estava insinuando...

– Ah, não – disse Paul. – Nós todos moramos no mesmo prédio de apartamentos. Deveríamos ter sido capazes de ajudá-lo.

– Todos vocês moram no mesmo edifício?
– E você vai morar também. Na verdade, ocupará o apartamento de Jaffee.
Kevin ficou apenas fitando o espaço. Não estava seguro de como Miriam ia encarar isso.
– Como foi que ele... fez?
– Pulou de sua varanda. Mas não se preocupe – disse Paul, com um sorriso rápido. – Não creio que o apartamento esteja amaldiçoado.
– Mesmo assim, pode ser prudente de minha parte omitir esta informação da minha mulher.
– Ah, certamente. Pelo menos até que tenham se instalado e ela possa ver por si mesma o quanto estão seguros e bem acomodados. Com o tempo, nem o estouro de uma manada de elefantes selvagens será capaz de arrastá-la de lá.

4

Foi só quando estava prestes a sair da autoestrada que Kevin se deu conta do quanto estava alterando a vida dele e de Miriam. Não que lamentasse nada daquilo – muito pelo contrário, não conseguia lembrar de algum dia ter se sentido tão animado com a própria vida e a carreira. Só que, ao se aproximar da idílica comunidadezinha na qual ele e Miriam haviam planejado passar toda a sua existência, Kevin percebeu que ele mesmo os estava levando para bem longe da vida que tinham imaginado.

Mas as mudanças eram todas para melhor, do tipo que Miriam deveria querer também, pensou. Como poderia não querer? Mais dinheiro significava uma casa dos seus sonhos ainda maior do que a planejada. Suas vidas se tornariam mais cosmopolitas e os dois se afastariam do que ele agora via como um sufocante provincianismo.

Talvez ainda mais importante, expandiriam seu círculo de amizades e conheceriam pessoas bem mais interessantes, muito acima da dita sofisticada classe alta de Blithedale. Simpatizara de imediato com os dois outros advogados que trabalhavam na firma de John Milton e estava confiante de que Miriam iria gostar deles também.

Voltou a seu escritório de advocacia, conferiu os recados. Miriam tinha telefonado, mas Kevin decidiu que só falaria com ela quando chegasse em casa.

Ele e Miriam moravam em Blithedale Gardens, um condomínio de casas em estilo urbano, mas construídas em madeira de cedro logo à saída do vilarejo propriamente dito, num cenário arborizado, bucólico. As casas eram na verdade confortáveis e espaçosos apartamentos de dois andares com lareiras de tijolos que queimavam lenha de verdade – nada de aquecimento elétrico. O condomínio tinha uma piscina comunitária e duas quadras de saibro para tênis. Kevin e Miriam não levavam uma vida rústica, mas quando olhou para a cidadezinha na rápida volta para casa, Kevin descobriu-se repentinamente crítico. Havia algo ali que nunca vira antes – aquela área tinha uma espécie de dom para embalar seus moradores, torná-los indolentes. Agora que buscava coisas mais grandiosas percebia como elas seriam inatingíveis se permanecessem ali.

Entrou na garagem de casa com uma só manobra do volante, mas antes que tivesse chance de tirar a chave do bolso Miriam abriu a porta da frente para ele. Em seguida recuou para o vestíbulo, um olhar de preocupação no rosto.

– Onde esteve? Pensei que fosse me telefonar antes do almoço e que a gente pudesse se encontrar. Você sabia que eu estava ansiosa para ouvir o que Sanford Boyle tinha a dizer.

Kevin deu um passo à frente e entrou, fechando a porta suavemente atrás de si.

- Esquece Boyle; esquece Carlton; esquece Sessler.
- O quê? – Miriam levou a mão direita à base da garganta.
- Por quê? Eles não lhe ofereceram a sociedade?
- Sociedade? Nem pensar. Foi exatamente o contrário.
- O que quer dizer com isso, Kevin?

Ele balançou a cabeça.

Não me despediram propriamente, mas sugeriram que eu procurasse alguma coisa mais adequada à minha... natureza – disse. Passou por ela em direção à sala e desabou no sofá.

Miriam ficou para trás, parecendo atordoada.

Por causa deste último caso, não foi?

- A gota-d'água, suponho. Olha, Miriam, eu não fui feito para eles, nem eles para mim.
- Mas Kev... depois de todos esses anos só com coisas boas acontecendo... Eu sabia que você não devia ter pegado aquele caso. Eu sabia. Agora, veja só o que aconteceu – gritou. Não conseguia impedir seu coração de disparar. O que ia parecer? Kevin defende uma mulher sabidamente lésbica e em seguida perde a posição de destaque na firma de maior prestígio da cidade? Ela podia até ouvir a voz de sua mãe repetindo: "Eu não disse?"

Relaxe – Kevin ergueu os olhos para ela, sorrindo.

Relaxe? – Miriam inclinou a cabeça. Por que ele não estava parecendo tão perturbado quanto deveria? – Onde esteve, Kevin? – Olhou para o relógio no aparador em cima da lareira.
- Você não está voltando para casa um pouco cedo demais?
- Hum-hum. Vem cá. Senta aqui. – Kevin deu um tapinha na almofada a seu lado. – Tenho muito o que lhe contar.
- Sua mãe telefonou – disse ela, quase como se prenunciasse as palavras do marido e quisesse começar a lembrá-lo dos laços que tinha com aquele lugar.

— Ligo para ela daqui a pouco. Está tudo bem?
— Ah, está. Ela queria lhe dar os parabéns pela vitória no tribunal — acrescentou Miriam secamente.
— Ótimo. Minha mãe vai ficar ainda mais contente agora.
— Por quê, Kevin? — Miriam decidiu sentar-se de frente para ele, dobrando as mãos no colo.
— Não fique tão nervosa, meu bem. Tudo o que vamos fazer de agora em diante é melhorar de vida.
— Como?
— Bem, obviamente eu vou sair da Boyle, Carlton e Sessler. Graças a Deus.
— Você costumava ter muito orgulho de trabalhar lá — comentou ela com tristeza.
— Costumava. O que é que eu sabia da vida? Era um garoto, recém-saído da faculdade de Direito, feliz por conseguir algo como aquilo, mas agora...
— O que é? Conta — pediu ela, insistindo.
— Bem — começou a responder, inclinando-se para a frente —, lembra daquele homem que veio até nós no bar do Bramble Inn, sexta-feira à noite, e me deu um cartão?
— Lembro.
— Bem, depois de minha divertida discussão com os "Três Patetas", resolvi investigar aquilo.
— O que foi que você fez?
— Telefonei para ele e fui de carro até Manhattan. Foi como... entrar num sonho acordado. Estamos falando daquelas firmas bem ricas de Nova York. Espere até você ver essa. Eles ficam no vigésimo oitavo andar. A vista é magnífica. Em todo caso, estão soterrados de trabalho; isso é para você ver como a reputação deles cresceu depressa em Nova York. Precisam desesperadamente de mais um advogado.
— O que você fez, Kevin?
— Primeiro deixe-me contar que Paul não estava brincando. Eles vão me pagar duas vezes o que eu receberia na Boyle,

Carlton e Sessler, mesmo que eles tivessem feito a coisa certa e me constituído sócio pleno. E isso é muito dinheiro, Miriam. Segundo, vou fazer só o que quero fazer, ou seja, defender causas criminais.

– Mas, se não der certo? Você está seguro aqui; vem construindo alguma coisa aqui há muito tempo.

– O que quer dizer com "não dar certo"? Que voto de confiança, e vindo de minha própria mulher... – Armou instantaneamente uma expressão de desapontamento, como se estivesse no tribunal.

– Estou apenas tentando...

– Eu sei. Qualquer grande mudança é assustadora, mas logo que você conhecer todo mundo... e esta é a melhor parte, no que diz respeito a você, Miriam: os outros associados, Ted, Dave e Paul, são todos casados, e nenhum deles tem filhos ainda. Dave e Ted, e as mulheres deles, são mais ou menos da nossa idade. Vamos poder manter um relacionamento social com pessoas que têm algo em comum conosco. Quero dizer, o que você tem em comum com Ethel Boyle, Barbara Carlton ou Rita Sessler? Você sabe que elas ainda se consideram superiores a nós porque eu não sou sócio, e não me diga que nunca se queixou por elas a tratarem como criança.

– Mas nós temos outros amigos, Kevin.

– Eu sei. Mas está na hora de expandirmos nossos horizontes, meu bem. Estas pessoas moram e trabalham em Nova York. Vão a shows, concertos, galerias de arte, tiram férias em ótimos lugares. Você finalmente vai fazer as coisas que sempre quis.

Ela se recostou, pensando. Talvez Kevin tivesse razão; talvez tivesse ficado enclausurada demais a vida inteira. Talvez fosse hora de romper o casulo.

– Você acha mesmo que este vai ser um bom passo, Kev?

– Ah, meu bem – exclamou ele, levantando-se e indo até ela. – Não é apenas um bom passo; é uma excelente passada.

– Beijou-a e sentou-se ao lado dela, prendendo as mãos da mulher nas suas. – Eu não faria nada que pudesse deixá-la triste, por mais feliz que isso fosse me tornar. Simplesmente não daria certo. Nós dois somos, muito... parte um do outro.

– É verdade. – Miriam fechou os olhos e mordeu delicadamente o lábio inferior. Kevin tocou seu rosto e ela abriu os olhos de novo.

– Eu te amo, Miriam. Não vejo como qualquer homem possa amar ainda mais uma mulher.

– Ah, Kev... – Beijaram-se de novo e, então, ela viu seu novo anel no dedo mínimo.

– Onde conseguiu isso, Kevin? – pegou a mão dele para aproximar mais o anel. – Sua inicial?

– Você não vai acreditar. É um presente do Sr. Milton, uma espécie de boas-vindas.

– Mesmo? Mas como ele podia saber que você iria aceitar a oferta?

– Quando conhecer o Sr. Milton você vai entender. O homem irradia confiança, autoridade, sucesso.

Ela balançou a cabeça e olhou outra vez para o anel.

– Ouro 24 quilates, maciço – comentou ele, balançando a mão.

– Você está realmente encantado com eles.

– Eu sei – confessou Kevin.

– Mas, Kevin, e as viagens de ida e volta? Você jamais quis ficar preso a esse vaivém.

Kevin sorriu.

– O Sr. Milton tem uma solução maravilhosa. – Balançou a cabeça, incrédulo. – Parece tudo perfeito demais para ser verdade, mas é.

– O quê? Conta – pediu Miriam, caindo com um suspiro no divã. Kevin riu da impaciência dela.

– Bem, parece que, em decorrência de um caso defendido por ele anos atrás, Milton recebeu um prédio de apartamentos em Riverside Drive, e tem um apartamento disponível lá neste exato momento.

– Em Riverside Drive? Quer dizer que nós nos mudaríamos para Nova York? – Miriam prestou mais atenção ao entusiasmo do companheiro. Kevin sabia que ela não era grande entusiasta de morar na cidade.

– Adivinha o preço de compra de um apartamento desse?

– Não faço a menor ideia.

– Seiscentos mil dólares!

– Mas Kevin, como é que nós poderemos pagar isso?

– Não precisamos pagar.

– Não estou entendendo.

– É nosso até que estejamos prontos para construir a casa dos nossos sonhos. Sem aluguel, nada. Nem mesmo uma conta de luz.

A boca de Miriam caiu de maneira tão teatral que ele teve de rir outra vez.

– E agora escuta essa... Ted McCarthy e a mulher dele, Jean; Dave Kotein e a mulher, Norma; Paul Scholefield com a mulher, Helen, todos moram no mesmo edifício também.

– Onde mora o Sr. Milton?

– Num apartamento de cobertura no mesmo prédio. É como Ted McCarthy me disse hoje... A John Milton e Associados é uma grande família.

A resistência dela começou a vacilar. Não conseguiu se impedir de ficar mais interessada.

– E quanto ao Sr. Milton? Ele não tem mulher, uma família só dele?

– Não. Talvez seja por isso que trata os associados como se fossem a sua família.

– Como ele é?

Kevin se recostou.

– Miriam – começou, devagar –, John Milton é o homem mais carismático, mais encantador, que eu já conheci. – À medida que Kevin ia descrevendo a reunião para ela, teve a misteriosa sensação de estar realmente revivendo tudo. Cada detalhe permanecera nítido em sua mente.

Mais tarde, depois de um jantar silencioso, os dois foram dormir mentalmente exaustos. De manhã, Kevin culparia o pesadelo agitado que tivera durante a noite pela exaustão mental. Estava no tribunal, defendendo o caso Lois Wilson de novo, só que desta vez, quando ergueu os olhos para o púlpito, o juiz era o Sr. Milton, que sorriu para ele com aprovação. Kevin voltou-se para Barbara Stanley, que se encontrava sentada, nua, no banco das testemunhas. Lois Wilson achava-se de pé bem atrás dela e inclinou-se para correr as pontas dos dedos pelos mamilos da garotinha. Depois levantou os olhos para ele e sorriu com lascívia antes de se abaixar de novo e pôr a mão entre as coxas da menina.

– Não! – gritou Kevin.
– Kevin?
– O que é isso?
– Hã?
– Você estava gritando.
– O quê? – Esfregou o rosto vigorosamente para afastar as imagens nítidas que perduravam em seus olhos. – Foi só um pesadelo.
– Quer falar sobre ele? – perguntou Miriam com a voz sonolenta.
– Não. Vou dormir de novo. Estou bem, não foi nada. – respondeu Kevin. Ela murmurou agradecida e adormeceu rapidamente. Momentos depois, Kevin permitiu que seus olhos se fechassem.

QUANDO ACORDOU, KEVIN ligou para o escritório e disse que não iria trabalhar e pediu a Mary que reprogramasse seu compromisso com os Setton. A secretária ficou surpresa e quis saber mais, mas Kevin encerrou a ligação de maneira abrupta.

Em seguida os dois se vestiram, tomaram o café da manhã e saíram para a cidade. Havia nevado mais de cinco centímetros, a segunda nevasca significativa do ano, e ainda não era nem dezembro. O tapete macio dos flocos recém-caídos, de um branco leitoso, triturando-se ruidosamente sob os pés, deixou Miriam num estado de espírito natalino. Sinos de trenós tilintaram em sua memória e, quando ergueu a cabeça, a caminho do carro, ela viu um retalho de céu azul por entre uma brecha nas nuvens. Os raios de sol vinham se derramando por ela e transformaram os galhos cobertos de neve em reluzentes torrões de açúcar.

O pesado tráfego de moradores dos subúrbios e cidades vizinhas na autoestrada da Grand Central, entretanto, logo transformou os mesmos flocos brancos e límpidos numa lama preta e marrom, de aspecto oleoso. Os automóveis à frente deles atiravam a sujeira congelada em seu para-brisa. Os limpadores a afastavam com monótona regularidade. Bem à sua frente, baixas nuvens cinzentas remanchavam-se, ameaçadoras, sobre o contorno dos edifícios ao longe.

– Esse vaivém não é para mim – resmungou Kevin quando se aproximavam da cabine do pedágio. – Eu não conseguiria lidar com toda essa tensão e o tempo desperdiçado.

– Por outro lado, morar na cidade não é sempre um paraíso, Kevin. Problemas de vaga para o carro, trânsito...

– Ah, nenhum problema de vaga, meu bem. Tem uma garagem particular muito segura no subsolo de nosso edifício.

– É mesmo?

– E também não vou precisar ir de carro para o trabalho. O Sr. Milton tem uma limusine que nos leva e traz do escritório todo dia. Ele me contou que o carro se torna uma espécie de segundo escritório... com Paul, Ted, Dave e eu discutindo os casos etc.

– E quanto ao Sr. Milton?

– Mantém horários diferentes, acho. – Miriam olhou para ele com ar inquisidor. – Ainda não sei de tudo ainda, meu bem. Mas vou saber. "Eu vou" – entoou ele, quase cantando.

Ela se recostou enquanto entravam na cidade. Assim que Kevin dobrou a esquina da avenida Blazer e entrou na Riverside Drive, Paul Scholefield desceu da limusine da John Milton e Associados que se encontrava estacionada em frente ao prédio e fez sinal para que ele entrasse na garagem do subsolo.

O portão se abriu e Kevin entrou com o carro.

– A de vocês é a do 15D – disse Paul, apontando para os espaços marcados. – Já podem ir ocupando logo a vaga certa.

Kevin deu ré e estacionou. Paul abriu a porta de Miriam e ajudou-a a sair do carro enquanto o novo associado dava a volta para cumprimentá-lo.

– Que bom vê-la de novo, Sra. Taylor.

– Ah, por favor, pode me chamar de Miriam.

– Miriam, por favor me chame de Paul – rebateu com um sorriso. – Há um elevador logo ali – indicou, apontando para a direita. – O portão da garagem se abre com controle remoto. – Tirou um do bolso de seu paletó e entregou-o a Kevin. – Vai encontrar outro em seu apartamento, em cima da bancada, na cozinha. – Voltou-se para Miriam. – Tenho certeza de que notou que esta garagem é aquecida – comentou com orgulho e apertou o botão para chamar o elevador. A porta se abriu instantaneamente, e Paul fez um gesto para que o casal entrasse primeiro.

– Há quanto tempo você e Helen moram aqui, Paul? – perguntou Kevin.

– Mudamos para cá logo depois que o Sr. Milton adquiriu o imóvel. Foi há... seis anos.

– Esta é uma área muito boa da cidade, não? – indagou Miriam.

Paul sorriu e concordou com a cabeça.

– Estamos perto do Lincoln Center, das galerias, não muito longe dos teatros. Nova York estará a seus pés, Miriam – respondeu ele, e a porta do elevador se abriu. Paul ficou segurando-a aberta para os dois e indicou que deveriam sair para a direita.

Paul parou diante do 15D, o qual, como os outros apartamentos, tinha uma porta ampla, de carvalho escuro, com um pequeno bastão de metal à guisa de tranca.

– Que curioso – disse Miriam, olhando para o bastão. – Eu simplesmente adoro antiguidades.

Paul sacou do bolso as chaves da porta, destrancou-a e deu um passo atrás depois de escancará-la. No lado oposto do amplo salão e visível desde a entrada ficava a sala de jantar, as cortinas num tom de azul-cobalto debruadas de dourado, repuxadas – de modo que as fileiras de janelas ficassem a descoberto. Mesmo num dia cinzento como aquele, a luz se derramava pelas vidraças.

– Luminoso... arejado – disse Miriam assim que entraram.

Passaram para dentro do saguão, que tinha o assoalho em tábua corrida. À direita, a cerca de 2,5 metros, estava o acesso em degrau para a sala de estar, incrustada num plano rebaixado e com uma lareira de mármore branco. O tapete, que parecia novo em folha, era de um azul-claro, não tão vivo quanto o que tinham em Blithedale. A sala não se achava vazia, no entanto. No canto direito havia uma espineta.

– Kevin! – exclamou Miriam. Levou a mão à base da garganta. – O que eu sempre quis! – Desceu os dois degraus da sala e dedilhou as teclas. – Está afinada! – Tocou os primeiros compassos de "Memory".

– Miriam sabe tocar bem – comentou Kevin. – Andamos falando em comprar um piano, mas planejávamos esperar até que tivéssemos nossa casa.

– Por que isso está aqui? – indagou Miriam.

— Pertence ao Sr. Milton — declarou Paul com simplicidade. Encolheu os ombros. — Ele sempre o manteve aqui.

Miriam correu amorosamente a mão sobre a tampa do pianinho e sorriu.

— Que surpresa maravilhosa — murmurou.

— Fico contente que vá fazer uso dela — disse Paul.

Miriam sacudiu a cabeça, admirada, e seguiu até a sala de jantar.

— Eu ia colocar um papel bem parecido com este em nossa sala de jantar. Na verdade, fui até uma loja lá perto e cheguei até a escolhê-lo.

Miriam olhou para o alto e contemplou o lustre faiscante. Depois continuou em direção à cozinha extensa, decorada em amarelo-limão, balançando a cabeça com assombro diante dos utensílios novos, da longa bancada e do espaço de trabalho. Havia uma janela ampla no recanto destinado ao café da manhã com a mesma vista que se tinha da sala de jantar.

No entanto, foi o quarto do casal que lhe tirou o fôlego. Até mesmo Kevin ficou sem fala. Tinha quase duas vezes o tamanho de seu quarto de casal em Blithedale, e ainda contava com uma comprida penteadeira construída sobre um patamar mais elevado, à direita do banheiro. Os espelhos se estendiam por toda a largura da parede.

— Nosso conjunto de cama e mesinhas vai parecer minúsculo aqui, Kevin. Precisaremos de alguma mobília nova.

— Uh-uh! — Kevin desviou os olhos para Paul. — Já começou. Vamos precisar disso, vamos precisar daquilo.

— Ora, vamos mesmo, Kev.

— Tudo bem, tudo bem.

— Não se preocupe com isso, Miriam. Kevin pode se dar a esses luxos agora — asseverou Paul.

— Muito grato pelo seu apoio, companheiro.

Paul riu.

– A mesma coisa aconteceu lá em casa, amigo. Minha mulher está até hoje na rua em um safári consumista.

Miriam continuava em oohs e aaahs no banheiro do casal, com sua banheira de hidromassagem e metais dourados. Em seguida, passou à inspeção do segundo banheiro.

Retornou declarando que o antigo morador obviamente havia transformado o banheiro de visitas num quarto de bebê.

– Puseram um papel de parede com personagens de desenhos animados – disse.

– Bem, você pode mudar o que lhe der vontade – observou Paul.

– Ah, não. Um quarto de bebê fica ótimo. Estávamos mesmo planejando começar nossa família em breve – disse ela, olhando para Kevin em busca de confirmação. Ele concordou em silêncio, sorrindo.

– Suponho, então, que isso queira dizer que você poderia ser feliz aqui? – Paul Scholefield provocou.

– Feliz? Quando podemos nos mudar? – exclamou Miriam e até Kevin teve de rir com seu inesperado entusiasmo. Havia previsto todo tipo de resistência, por melhor que fosse o apartamento. Muito embora Blithedale e redondezas tivessem se tornado consideravelmente mais urbanas durante a última década, ela gostava de se ver como uma garota do interior. Haveria sempre a questão da segurança e o problema de lidar com o congestionamento e a poluição. Tanto os pais dela como os dele enfatizavam estes pontos negativos, não apenas por acreditar que fosse tudo verdade como porque queriam manter Kevin e Miriam onde eles estavam. Mas Miriam parecia ter esquecido tudo aquilo. Pelo menos por enquanto.

– Ah, Kev, eu nem sequer notei a varanda – disse, encaminhando-se pela sala em direção às portas de vidro. Kevin olhou para Paul, mas o homem não demonstrou nenhuma emoção, embora daquela varanda um advogado altamente bem-sucedido e bom amigo tivesse aberto mão de sua vida. Miriam abriu as portas e foi para fora. – Kevin, venha cá.

O marido juntou-se a ela, e ambos ficaram de pé ali, como que inalando a vista magnífica.

– Isso me tira o fôlego – disse Miriam. – Imagine só, sentar aqui fora nas noites mais quentes, tomando vinho, olhando para as estrelas.

Kevin concordou, mas não conseguia parar de pensar em Richard Jaffee. O que pode passar pela cabeça de um homem para levá-lo a fazer uma coisa dessas? Pela forma com que a balaustrada era moldada, o advogado devia ter subido nela e se atirado por cima. Não era algo que se pudesse fazer com facilidade, num impulso. Ele precisaria ter pensado em tudo, considerado que não existia nenhum outro rumo a tomar. Que deprimente.

– Kevin, você não acha?

– Hã? Ah, é, é... Não tenho palavras... – esquivou-se. Sentiu-se grato ao ouvir o som da campainha.

– Visitas, já? – provocou Paul, brincando.

Os três foram até o vestíbulo e abriram a porta. Norma Kotein e Jean McCarthy entraram depressa, como a brisa fresca do ar de primavera, as duas mulheres rindo e falando ao mesmo tempo.

– Sou Norma Kotein.

– E eu sou Jean McCarthy.

– Obviamente você deve ser Miriam – disse Norma. – Não conseguíamos mais esperar. Dave disse para dar a vocês dois pelo menos a chance de se instalarem, mas Jean comentou...

– Para quê? Afinal, esse é o nosso trabalho: ajudá-los a se instalar.

– Oi – disse Norma, pegando a mão de Miriam, que se limitou a ficar no mesmo lugar, sorrindo. – Moro no 15B.

– E eu no 15C – completou Jean. Tomou a mão de Miriam no momento em que Norma a soltou.

82

Só então fizeram uma pausa para tomar fôlego.
- Paul? - reclamou Norma.
- Ah. Apresento Kevin e Miriam Taylor. Vocês já sabem quem eles são.
- Isso é bem coisa de advogado - resmungou Jean. - Não desperdiça uma palavra sequer, a menos que esteja sendo pago para falar.

As duas riram, quase em uníssono. De certa maneira, pareciam irmãs. Embora o cabelo de Norma estivesse cortado num estilo pajem bem-comportado e o de Jean fosse comprido e revirado nas pontas que lhe caíam suavemente na altura dos ombros, os dois tinham quase o mesmo tom castanho-claro, o de Norma numa cor muito ligeiramente mais fechada. Ambas tinham cerca de 1,65 metro, com silhuetas de tipo mignon, mas viçosas, Norma era um pouco mais cheinha.

Kevin achou que eram as duas mulheres mais agitadas que já tinha visto. Os olhos azul-claros de Norma cintilavam como joias sob o gelo e os verdes de Jean faiscavam com um brilho semelhante. Ambas tinham a pele suave e macia, com faces rosadas e saudáveis, lábios de um vermelho vivo. Vestidas de jeans e suéteres azul-escuros parecidos, com tênis LA Gear cor-de-rosa, era como se estivessem usando uma espécie de uniforme.

- Você agora vem até o meu apartamento para tomar um café. Comprei uns muffins sem açúcar, dietéticos, ótimos - disse Jean, passando o braço pelo de Miriam. - São de uma padaria logo ali na Broadway com a 63...
- Jean age como se isso fosse descoberta dela. Fui eu quem descobriu primeiro - Norma choramingou de brincadeira.

Miriam teve de rir quando as duas praticamente a giraram na direção da porta. Ela olhou com ar desamparado para Kevin.
- Tudo bem - acudiu o marido. - Paul e eu vamos até o escritório. Estarei de volta dentro de duas horas no máximo... para salvar você - acrescentou ele, e riu.

– Salvá-la? – Norma se aprumou. – Isso é o que nós estamos fazendo. Por que ela iria querer se meter com toda aquela baboseira jurídica chatérrima quando nós temos toneladas de informações interessantíssimas sobre compras prontas para serem despejadas dentro de sua cabecinha?

– Pelo menos não ficará entediada enquanto eu estiver fora – murmurou Kevin.

– Nunca mais haverá de novo um só dia de tédio na vida dela – disse Paul, mas com tamanha arrogância e determinação que Kevin teve de olhar para ele a fim de se certificar de que o novo colega não estava deliberadamente exagerando para se mostrar engraçado.

Não estava.

– Onde está sua mulher, Paul?

– Helen tem um comportamento um pouco mais contido do que essas duas, mas é igualmente afável depois que você a conhece melhor – respondeu. – De qualquer modo, vamos tomar nosso rumo. A limusine está estacionada lá embaixo.

Kevin assentiu. Olhou para trás antes de fechar a porta e ouviu o repicar das gargalhadas de Norma e Jean, seguidas pela de Miriam.

Isso tudo não era maravilhoso? Não era ótimo?

Ficou imaginando por que teria sentido a necessidade de fazer essas perguntas a si mesmo.

– Café? – perguntou Paul. Inclinou-se para servir a ambos uma xícara do bule que o motorista havia preparado e deixado no *réchaud* embutido no pequeno armário da limusine.

– Claro. – Kevin recostou no assento de couro preto, macio, e correu as mãos num gesto apreciador sobre as almofadas, enquanto a limusine se afastava do meio-fio. Era um Mercedes com parte do interior feita sob encomenda. – Isso é que é maneira de se passear por Nova York.

– Acho que sim. – Paul entregou-lhe a xícara. – Você nem sequer repara na a cidade daqui de dentro. – Sentou-se no banco em frente a Kevin e cruzou as pernas. — Todas as manhãs temos o nosso café aqui. Há sempre um exemplar do *Wall Street Journal* no banco, para que possamos relaxar um pouco antes de entrar na guerra. Venho fazendo isso há tanto tempo que já não dou grande valor.

— Está com o Sr. Milton há seis anos?

— Sim. Eu trabalhava no norte do estado, em um vilarejo chamado Monticello, lidando principalmente com questões imobiliárias e um ou outro acidente de tráfego. O Sr. Milton me notou quando defendi um médico do lugar num processo por imperícia.

— É mesmo? Como se saiu?

— Vitória total. — Inclinou-se para perto de Kevin. — Apesar de o filho da mãe ser culpado do mais arrogante, insensível e irresponsável comportamento.

— Como conseguiu ganhar em circunstâncias tão ruins assim?

— Confundi completamente o querelante no banco, para começar. O sujeito tinha sido tratado de uma lesão ocular e esse tal médico se esqueceu de examiná-lo durante vários dias. Viajou num feriado para ir jogar golfe e não lembrou de dizer a seu sócio para dar uma verificada no paspalhão. Nesse ínterim, o olho deixou de ser irrigado e ele o perdeu.

— Ai, meu Deus.

— Era um pobre-diabo, funcionário do departamento de estradas. A irmã foi quem o forçou a entrar com o processo, mas ele não conseguia se lembrar de quando o médico o havia examinado, o que o médico tinha feito de fato e, felizmente para nós, o hospital dispunha de um prontuário incompleto. Claro, fiz com que um especialista de Nova York fosse testemunhar a favor do médico, dizendo que seu colega tinha feito tudo certo. Paguei ao filho da mãe 5 mil dólares pelo trabalho de uma hora, mas salvei um bocado de grana para o doutor.

– E quanto ao pobre-diabo? – perguntou Kevin antes de ter a oportunidade de conferir o que ele próprio estava pensando.

Paul deu de ombros.

– Tínhamos feito uma oferta ao advogado dele, mas o filho da mãe, muito do ganancioso, achou que ia ganhar uma bolada. – Sorriu. – Nós fazemos o que temos de fazer, companheiro. Você sabe disso agora.

– De qualquer modo – continuou Paul –, pouco tempo depois disso o Sr. Milton deu uma passada por lá para me ver. Fomos almoçar juntos e conversamos; no dia seguinte eu vim à cidade para visitá-lo. Estou aqui desde então.

– Nunca se arrependeu, imagino.

– Nem por um instante.

– Bem, estou impressionado com tudo, especialmente com o Sr. Milton. – Kevin pensou por um momento. – Com toda a agitação de ontem, não cheguei a perguntar nada a respeito dele. De onde ele é?

– Boston. Faculdade de Direito de Yale.

– Uma daquelas famílias abastadas? Pai advogado também?

– Rico, mas o pai dele não era advogado. Ele não gosta muito de falar sobre seu passado. A mãe morreu ao dar à luz, e ele não se entendia bem com o pai, que acabou por botá-lo para fora de casa.

– Que horror.

– Ao que parece, foi a melhor coisa que podia ter lhe acontecido. Obrigado a se virar sozinho, ele trabalhou duro e conquistou uma reputação sólida bem depressa. É um *self-made man* na mais plena acepção da palavra.

– Por que ele não é casado? Ele não é...

– De jeito nenhum. Ele tem lá suas mulheres; é apenas um tanto esquivo a compromissos. Um solteirão convicto, mas feliz. Hugh Hefner deveria fazer o mesmo – Paul gracejou. Kevin riu e olhou pela janela para as pessoas que se aglomeravam nas esquinas antes de atravessar a rua. Era excitante estar ali, trabalhar em Nova York, se ver cercado de sucesso, e ter tanta coisa sendo oferecida a ele.

O que havia feito para merecer tudo isso? – teve vontade de saber, mas aferrando-se ao ditado preferido de seu avô – a cavalo dado não se olham os dentes – não questionou mais nada. Estava apenas ansioso para dar a partida.

Assim que entraram no escritório, Diane informou-lhes que o Sr. Milton, Dave e Ted estavam esperando por eles na sala de reunião.

– Ih, quase esqueci, temos uma reunião com a equipe. Na verdade, isso é ótimo – acrescentou Paul, dando um tapinha no ombro de Kevin. – Vai receber seu batismo de fogo imediatamente.

5

A sala de reunião era um espaço retangular cinza-escuro, profusamente iluminado, sem nenhuma janela. A não ser por um imenso relógio colocado bem no alto da parede dos fundos, o local não exibia nenhum dos quadros sofisticados que estavam pendurados no saguão e no corredor. As paredes sem graça e o chão de cerâmica cinzenta deram a Kevin a sensação de estar na sala de exames de um hospital. Não tinha cheiro algum, agradável ou não. O sistema de ar-condicionado quase silencioso forçava a entrada de um ar estéril, frio, para o interior da sala.

O Sr. Milton encontrava-se à cabeceira da comprida mesa preta que, junto com as cadeiras do conjunto, constituíam a única mobília ali. Dave e Ted sentavam-se um em frente ao outro no centro, com pastas e documentos meticulosamente arrumados diante deles. Havia um lugar vazio entre os dois advogados e o Sr. Milton. Carla estava servindo café.

– Bom dia – disse o Sr. Milton. – E sua esposa, gostou do apartamento?

– É fantástico. Não creio que vá conseguir tirá-la de lá hoje.

Dave e Ted menearam a cabeça com ar compreensivo, entreolhando-se. Era óbvio que tinham passado por experiência semelhante com suas próprias esposas. Kevin viu que John Milton tinha um modo de sustentar o sorriso apertando a pele em volta dos olhos, quase como se cada parte do seu rosto tivesse uma reação independente. A boca permanecia firme, as faces retesadas.

– Ah, e antes que eu me esqueça, muito obrigado pelo anel.

– Já andou remexendo as gavetas de sua escrivaninha, hein? – John Milton voltou-se para Dave e Ted, que abriram um sorriso amplo. – Eu disse a vocês que este era um jovem advogado muito entusiasmado. – Todos olharam para Kevin com aprovação. – Kevin, por que não se senta à direita de Dave?

– Ótimo – disse Kevin olhando para Dave. – Bom dia. – Tanto Ted como ele responderam. Paul pegou o lugar à direita do Sr. Milton e pôs os óculos de leitura antes de abrir a pasta.

– Estávamos quase começando – explicou John Milton. – Fico contente por ter conseguido chegar. Não é nada de formal, nós temos mesmo essas reuniões periodicamente, de modo a podermos estar sempre informados do que cada um está fazendo.

– Café? – perguntou Carla com voz macia.

– Não, obrigado. Já tomei várias xícaras esta manhã.

A moça se retirou agilmente para a cadeira atrás do Sr. Milton, onde pousara um bloco e uma caneta. Em seguida ergueu os olhos, acomodando-se.

– Ted, por que não começa? – disse o Sr. Milton. Ted McCarthy baixou os olhos para sua pasta.

– Tudo bem. Martin Crowley mora no segundo andar de um edifício na rua 83 com a York. É cozinheiro e prepara minutas no Ginger's Pub da rua 57 com a Sexta Avenida. Está nesse emprego há quase quatro anos. Os proprietários e o gerente só têm coisas boas a dizer a seu respeito: trabalhador, responsável. Solteiro a vida toda, sem família aqui em Nova York. É corpulento e mantém o cabelo bem curto, mais ou menos tão curto quanto o de Dave – acrescentou, erguendo os olhos para Dave e sorrindo. Dave não retribuiu o sorriso.

– Prossiga – disse o Sr. Milton com suavidade, as pálpebras se fechando como se as palavras de Ted lhe dessem um prazer sensual.

– Em todo caso, seus vizinhos, a não ser pelos Blatt, é claro, não têm muito a dizer sobre ele. É um solitário, amável, mas se mantém na sua. Tem um hobby... montagem de aeromodelismo. A casa é repleta dessas coisas.

– Que idade ele tem? – perguntou Dave.

– Ah, esqueci de informar. Quarenta e um.

– Vamos à garota – ordenou o Sr. Milton.

Seus vizinhos de porta, os Blatt, têm dois filhos, um menino de 10 anos e uma mocinha de 15. A filha, Tina, certa noite chegou em casa histérica, alegando que Martin a tinha convidado para o seu apartamento a fim de lhe mostrar seus aeroplanos e, quando ela estava lá, ele a dominou e estuprou. Os pais chamaram a polícia.

– Ela foi levada a um médico?

– Foi. Quando não encontraram nenhum vestígio de esperma, ela alegou que Martin estava usando preservativo. – Ted levantou os olhos. – Disse que, embora a estivesse estuprando, ele afirmara ter muita preocupação com a AIDS.

– Em pegar ou em transmitir? – gracejou Dave.

– Ela não disse.

– O que eles têm, então, além do depoimento da garota? – reclamou o Sr. Milton, o tom de voz colocando todo mundo de volta nos trilhos.

– Bem, há algumas escoriações nos ombros e braços da garota. As calcinhas dela tinham sido arrancadas. Uma busca subsequente no apartamento de Martin revelou um pente de cabelo com pérolas que a mãe de Tina alegou ser da menina.

– Mesmo que seja dela, isso prova apenas que a garota esteve no apartamento, não que foi estuprada – comentou Paul.

– Martin não disse nada que o incriminasse? – perguntou John Milton.

– Ele foi esperto o suficiente para se recusar a responder a qualquer pergunta sem a presença de um advogado.

– Estava em casa na hora em que a menina alega ter sido atacada?

– Sim. E sozinho; segundo afirma, trabalhando num novo aeromodelo.

– O que mais?

– Bem... – Ted conferiu suas anotações. – Há cerca de seis anos, ele foi acusado de violentar uma menina de 12 anos, em Tulsa, Oklahoma. O caso não chegou a ir a julgamento.

– Nenhum problema. Se o puser no banco para depor, ele não pode ser interrogado a respeito de acusações anteriores – apenas sobre condenações precedentes.

– Não creio que vamos precisar pô-lo no banco. Fiz algumas sondagens na área do colégio da menina hoje. Ela tem fama de ser promíscua. Descobri dois garotos do ginásio que estariam dispostos a testemunhar. Posso desacreditá-la num instante. Na verdade, estou vazando esta informação para a família agora. Talvez não tenhamos sequer de ir a julgamento.

– Muito bom, Ted. – O sorriso do Sr. Milton escorreu lentamente dos olhos, tremulou ao descer pelas faces e atingiu os cantos da boca. – Muito bom – repetiu, com delicadeza. – Mesmo assim, eu gostaria de ler os detalhes do incidente em

Tulsa – acrescentou, e fez um gesto discreto com a mão direita que lançou Carla rapidamente a rabiscar em seu bloco. – Dave?

Dave Kotein atendeu com um movimento da cabeça e abriu sua pasta. Em seguida, ergueu os olhos para fazer o preâmbulo de suas observações.

– Tudo indica que eu vou ganhar as manchetes desta semana.

– Bom, um pouco de publicidade nos fará bem – disse Paul. O Sr. Milton voltou-se para ele e os dois trocaram um olhar de satisfação.

– Dave está com um caso amplamente divulgado, Kevin – disse o Sr. Milton. – Talvez tenha lido a respeito dele: várias universitárias foram estupradas e assassinadas com requintes de perversidade: todas tiveram seus corpos mutilados; os assassinatos cobrem uma área que vai desde o alto do Bronx, passa por Yonkers e entra em Westchester. Um homem foi preso e acusado.

– Sim, li. Uma das vítimas não foi encontrada na semana passada?

– Terça-feira – respondeu Dave. – Num canto do estacionamento da pista de atletismo em Yonkers. Embrulhada num saco plástico de lixo.

– Eu me lembro. Foi uma coisa sinistra.

– E você só leu a metade dos fatos. – Puxou um maço de folhas e estendeu-as a Kevin. – Aqui está o restante. O relatório do legista descreve algo muito semelhante a uma câmara de tortura nazista, coisa que, a propósito – observou Dave, voltando-se para o Sr. Milton –, a acusação pretende salientar.

– Por que isso? – Kevin quis saber. Não conseguia conter seu espontâneo e imediato interesse.

– Meu cliente, Karl Obermeister, fez parte da Juventude Nazista de Hitler. Ele alega que era apenas uma criança na época, claro, e fazia o que lhe ordenavam, mas o pai dele se destacou como um dos guardas em Auschwitz.

– Não interessa. A família dele não está em julgamento aqui – observou o Sr. Milton dispensando as referências com um gesto.

– Certo – acatou Dave e retornou outra vez a seus documentos.

– No entanto, o que mais havia naquele relatório do legista? – indagou o Sr. Milton. – Talvez Kevin devesse ouvir.

Kevin virou-se para ele, surpreso.

– Bem, está certo, eu...

– Além de ter um corte em X sobre os seios, uma barra de ferro aquecida foi introduzida na vagina da mulher – Dave começou rapidamente.

– Aqui não podia mesmo haver esperma como prova – concluiu Ted.

– Jesus – disse Kevin.

– Todos nós precisamos ter estômago forte, Kevin. Lidamos com crimes horrendos do mesmo modo como trabalhamos com crimes de colarinho branco nesta firma – disse o Sr. Milton. Sua voz tinha agora um tom firme, inflexível. Foi a coisa mais próxima de uma repreenda que Kevin pôde imaginar.

– É claro – respondeu timidamente. – Sinto muito.

– Prossiga – determinou John Milton.

– Obermeister foi detido nas proximidades. Um patrulheiro o achou suspeito. Ele pareceu ansioso demais em aceitar uma multa por excesso de velocidade. De manhã, após o corpo ter sido descoberto, este patrulheiro se lembrou de Karl Obermeister. Dirigiram-se a seu apartamento para interrogá-lo, só que um jovem detetive exageradamente ambicioso foi bem mais longe. Revistou a casa dele sem um mandado e encontrou prendedores de arame semelhantes aos utilizados para amarrar as vítimas. Levaram Karl para a delegacia e o mantiveram numa sala de triagem por cinco horas, interrogando-o até que confessasse.

– Então ele confessou – murmurou Kevin.

– Sim – disse Dave e sorriu –, mas eu analisei detalhadamente tudo o que a polícia havia feito. Vamos tirá-lo do julgamento com certeza. Durante todo o tempo em que o mantiveram na delegacia, em momento algum lhe deram a oportunidade de telefonar para um advogado. Seus direitos não foram lidos para ele da maneira adequada, e o que eles alegam como prova, o material encontrado pelo detetive, é inadmissível. Eles não têm nada, na verdade. Karl logo estará andando livre por aí – acrescentou e voltou-se para o Sr. Milton, que o contemplou com um sorriso. Dave fechou e abriu os olhos como se estivesse recebendo uma bênção.

– Muito, muito bom, Dave. Isso é que é um bom trabalho; realmente, um bom trabalho.

– Minhas congratulações, Dave – disse Paul.

– Uma beleza – acrescentou Ted. – Uma beleza total.

Kevin fitou os associados, todos os quais pareciam muito contentes. Passou num lampejo por sua cabeça que Dave Kotein era judeu e que defender uma pessoa de passado nazista com tamanho sucesso deveria tê-lo incomodado. Mas não percebeu nenhum sinal disso. Se é que havia alguma coisa de diferente, eram os olhos dele irradiando orgulho.

– Mesmo assim – pediu o Sr. Milton –, eu gostaria de repassar aquele relatório do legista. Mande preparar uma cópia para mim, Carla – ordenou, sem se voltar para ela. A secretária fez uma anotação em seu bloco. O chefe olhou para Paul e em seguida para os demais. – E agora Paul tem um caso bíblico para considerarmos.

Ted e Dave sorriram.

– Bíblico? – indagou Kevin.

– Caim e Abel – respondeu Paul, e olhou para o Sr. Milton.

– Precisamente. Descreva-o, por favor, Paul.

Scholefield abriu sua pasta.

– Pat e Morris Galan já passaram em muito dos 40 anos. Pat é decoradora de interiores. Morris é proprietário e administrador de uma pequena empresa de envasamento. Os dois têm um filho de 18 anos, Philip, mas quando Pat estava com 41 anos o casal ganhou um segundo filho, Arnold. Foi uma decisão do tipo "vamos ter, não vamos ter". Pelo que dizem, os dois não conseguiram se definir e o tempo se esgotou. Tiveram o filho, mas a chegada de um bebê na idade deles pareceu um fardo pesado. Pat queria continuar a trabalhar e acabou por ficar com ressentimentos em relação à criança.

– Ela confessou isso? – indagou o Sr. Milton.

– Pat estava frequentando um psicólogo e é bastante franca para falar de seus sentimentos quanto ao bebê porque acha que isso contribuiu para o que veio a acontecer. Os Galan estavam tendo também problemas conjugais – continuou. – Um achava que o outro não estava fazendo o suficiente quando se tratava de cuidar do bebê. Pat acusava Morris de se sentir melindrado pelo trabalho dela. Finalmente, os dois entraram para uma terapia de casal.

– Nesse meio-tempo, muito da responsabilidade para com Arnold recaiu sobre Philip, o qual, sendo um adolescente ativo, com sua própria vida para levar, também se ressentiu do fardo. Pelo menos, é assim que eu vejo o quadro.

– Descreva o crime – orientou o Sr. Milton.

– Certa noite, quando dava banho no irmão, Philip perdeu o controle e o afogou.

– Afogou o irmão? – perguntou Kevin. Paul tinha dito aquilo num tom tão despreocupado...

– Ele estava lavando o cabelo do menino; Arnold estava com... – conferiu seus papéis – 5 anos na época. O garoto resistiu, reclamou... Philip perdeu a calma e segurou a cabeça do menino embaixo d'água por tempo demais.

– Meu Deus. Onde estavam os pais?

– Não se trata disso, Kevin. Os pais estavam fora, na cidade, como sempre, correndo atrás de suas próprias vidas. De qualquer modo, a Sra. Galan nos pediu que defendêssemos seu filho, Philip. O marido não quer mais saber dele.

– Philip tem uma história de violência? – indagou Dave.

– Nada fora do comum. Algumas brigas na escola, mas nenhum envolvimento anterior com a polícia. Bom aluno, também. De modo geral, as pessoas gostam dele. O caso é que ele não demonstra grandes remorsos.

– Como assim? – perguntou Kevin. – Ele não se dá conta do que fez?

– Sim, mas... – Paul voltou-se para John Milton. – Ele não está arrependido. Ficou tão claro que ele não sente nenhum pesar que a promotoria vai partir para assassinato premeditado. Estão tentando criar um roteiro no qual ele não recebeu ordem de dar banho no garoto. Fez isso apenas para matá-lo. Sob interrogatório, a mãe confessou não ter mandado que desse banho em Arnold.

– Não pretendo colocá-lo no banco. A maneira como o rapaz fala sobre o irmão morto... se estivesse no júri, até eu o condenaria.

– Ele pode ter planejado isso? – Kevin quis saber.

– Nosso trabalho é demonstrar que ele não planejou – respondeu depressa John Milton. – Nós o estamos defendendo, não trabalhando para a acusação. Como vai lidar com o caso, Paul?

– Acho que tinha razão sobre os pais. Vou trabalhar em cima deles, mostrá-los exatamente como são, e ilustrar o fato de que o rapaz foi colocado sob enorme pressão. Em seguida, trarei o Dr. Marvin para confirmar seu estado mental instável... confundindo papéis, tudo isso numa fase em que está passando por outras pressões adolescentes, o tipo de pressão que transformou o suicídio de adolescentes numa epidemia.

Voltou-se para Kevin.

– Não sei se ele poderia ter planejado, Kevin. Como diz o Sr. Milton, a Sra. Galan me contratou para defendê-lo, não para acusá-lo. Além disso, embora ainda esteja se mostrando um cabeça-dura em relação ao que fez, acho, de fato, que ele foi mal orientado e vitimizado pelos pais e suas atitudes. Quando os dois voltaram naquela noite, ele estava dormindo em sua cama. Os dois nem sequer foram dar uma espiada em Arnold. Só na manhã seguinte o Sr. Galan encontrou o filho de 5 anos na banheira.

– Jesus Cristo.

– Depois que estiver há algum tempo conosco, Kevin – comentou o Sr. Milton –, vai parar de repetir isso. Não deveria ser surpresa para você que o mundo esteja cheio de dor e sofrimento. E Jesus parece não andar fazendo muita coisa a esse respeito ultimamente.

– Eu sei. Mas simplesmente não consigo entender como podem se acostumar com isso.

– Você se acostuma ou, pelo menos, torna-se endurecido o bastante para fazer bem o seu trabalho. Você mesmo já sabe alguma coisa a esse respeito – disse John Milton, sorrindo. Sua insinuação foi uma clara referência à defesa de Lois Wilson. Kevin sentiu-se corar. Olhou à sua volta para ver como os outros o estavam observando.

Paul parecia tão sério quanto o Sr. Milton. Dave ostentava um ar de preocupação. Ted estava sorrindo.

– Acho que é só uma questão de tempo – respondeu Kevin – e mais experiência.

– Isso é absolutamente verdadeiro –, disse John Milton. – Tempo e experiência. E agora que ouviu tudo sobre a atual carga de trabalho da firma, pode começar a pensar em seu próprio caso.

John Milton deslizou uma pasta na direção de Dave, que a passou a Kevin. Apesar de seu desejo de começar com algo excitante, sentiu como se houvesse pedras de gelo escorregando por suas costas. Todos os olhares estavam agora sobre ele, e por isso Kevin abriu um rápido sorriso.

– Será um caso estimulante, Kevin; você terá seu batismo de fogo – disse John Milton. – Mas não há aqui nenhum homem que não tenha passado por isso, e olhe só para eles agora.

Kevin olhou de um para o outro. Cada um deles tinha a intensidade de um Ahab buscando a sua Moby Dick. Sentiu-se como se estivesse ingressando em algo que ia além de uma firma de advocacia; achou-se aderindo a uma espécie de confraria, uma irmandade onde o compromisso era selado com sangue, de advogados dos malditos. Eles construíam fortalezas com a lei e o Direito processual; se armavam com o próprio ordenamento jurídico. Em tudo o que escolhessem fazer, eram vitoriosos, bem-sucedidos.

Mais importante, mostravam-se todos ansiosos por agradar a John Milton, que agora se recostava, contente, saciado por suas histórias e planos para a batalha no tribunal.

– Na próxima vez em que nos reunirmos, Kevin, vamos ouvi-lo também. – disse John Milton e se levantou. Todos se ergueram e o assistiram sair, com Carla logo atrás. Assim que foram embora, Dave, Ted e Paul voltaram-se para Kevin.

– Por um instante, achei que ele fosse se aborrecer seriamente ali – comentou Dave – quando você disse "Jesus..."

– Por que isso iria enfurecê-lo?

– Se existe uma coisa que o Sr. Milton não suporta é um advogado com pena de alguma vítima quando tem um cliente a defender. Isso tem de vir em primeiro lugar, antes de mais nada.

– Isso vale especialmente para o caso de Dave – acrescentou Ted.

– Por que essa diferença?

– Porque o cliente de Dave, ao contrário dos de vocês, não tem sequer um penico velho para mijar dentro. O Sr. Milton está bancando o cliente em tudo.

– Não brinca.

– Não estamos brincando com você – respondeu Dave. – O Sr. Milton viu uma falha no sistema e correu atrás dela. É o estilo dele.

– E é por isso que temos tanto sucesso – acrescentou Ted, orgulhoso, até com certa arrogância.

Kevin assentiu e olhou mais uma vez para seus novos associados. Os advogados não eram cavaleiros e esta não era a távola redonda em Camelot, mas todos se tornariam igualmente lendários, pensou Kevin. Tinha certeza disso.

MIRIAM RECEOU QUE seu rosto ficasse permanentemente vincado num sorriso. Estava sorrindo ou às gargalhadas desde que Kevin saíra. Norma e Jean mostravam-se incansáveis na tarefa de distraí-la. Quando uma reduzia o ritmo, a outra o recuperava. Em princípio Miriam achou que aquelas duas deviam ter tomado alguma coisa, um estimulante qualquer. Como duas mulheres podiam se manter com tamanha energia, ser tão falantes, segurar tal estado de exaltação por um período tão longo sem o auxílio de alguma vitamina?

Mas suas filosofias de vida pareciam sugerir o contrário. Ambas eram fanáticas por saúde, o que explicava os muffins isentos de açúcar; e Miriam teve de admitir que pareciam exemplares de primeira linha da vida saudável: silhuetas bem-torneadas, peles macias, belos dentes brancos, olhos brilhantes, autoimagens mais do que positivas.

Embora nenhuma das duas trabalhasse ou tivesse uma carreira, ambas pareciam levar uma vida plena. Chegavam ao ponto de programar e organizar seus dias a fim de poder fazer tudo o que queriam. Limpar e cozinhar eram tarefas da parte da manhã, seguidas por suas aulas de aeróbica às segundas, quartas e sextas. A terça-feira era dedicada às compras de supermercado. Às quintas, iam a museus e galerias; e, claro, aos sábados e domingos, iam ao teatro e ao cinema. A maior parte de suas noites era ocupada com jantares, shows e reuniões sociais que frequentavam regularmente.

Além disso, ficou imediatamente óbvio para Miriam que Norma e Jean, junto com a ainda não conhecida Helen Scholefield, formavam um grupo fechado e autossuficiente. As duas não conversavam sobre nenhuma outra pessoa. Aparentemente, os três casais iam a todo lugar juntos, tirando até férias ao mesmo tempo, sempre que a programação da justiça o permitia.

Como Kevin havia sugerido, estas mulheres da cidade estavam continuamente em movimento, com suas vidas confortáveis, interessantes. Miriam não conseguia imaginá-las passando uma tarde folheando revistas, assistindo a novelas, apenas esperando que os maridos voltassem do trabalho, como ela própria vinha fazendo ultimamente. Estava se tornando cada vez mais difícil convencer qualquer das suas amigas de Blithedale a vir até a cidade para um show, uma tarde de compras, ou seja lá o que fosse. Era sempre "um esforço tão grande enfrentar o tráfego e as multidões".

Mas as duas eram absolutamente inabaláveis, indiferentes a quaisquer dificuldades que a cidade pudesse apresentar e moravam igualmente bem aqui – nenhuma sensação de incerteza ou medo por sua segurança, nenhum inconveniente e, mais importante, talvez, para alguém como Miriam, nenhuma impressão de estar trancada em algum lugar. Suas casas eram exatamente tão espaçosas e claras quanto a dela.

O apartamento de Norma era decorado em estilo tradicional, bem parecido com o dela e de Kevin em Blithedale, só que as cores escolhidas por ela e Dave eram mais conservadoras. O apartamento de Jean era mais luminoso, com cores claras e espaços mais amplos, mobília ultramoderna, muitos quadrados e cubos, acrílico e vidro. Embora Miriam não apreciasse o estilo, era mesmo assim interessante. Os dois apartamentos tinham as mesmas vistas lindíssimas oferecidas pelo que ia ocupar com Kevin.

– Estamos falando sem parar – Norma finalmente se deu conta. Estavam sentadas na sala de estar, bebericando vinho branco. – E não demos nenhuma chance a você.

– Tudo bem.

– Não, isso é descortês – disse Jean, recostando-se e cruzando as pernas. Eram longas e esguias e ela tinha uma correntinha pontilhada de pequenos diamantes no tornozelo esquerdo. Não haviam escapado a Miriam muitos de seus sinais ostensivos de riqueza. Os dois apartamentos continham objetos caros, desde os aparelhos de televisão em tamanho gigante e os equipamentos de som que eram verdadeiras obras de arte, até as mobílias, decorações e enfeites.

– Para falar a verdade, estive aqui só descansando e admirando os apartamentos de vocês. As duas têm coisas lindas demais.

– E você também terá – disse Norma.

Miriam começou a balançar a cabeça, seus olhos lacrimejando.

– Qual é o problema, Miriam? – indagou Jean prontamente.

– Problema nenhum. É só que não consigo acreditar na rapidez com que isto está acontecendo. Sinto-me como se estivesse sendo arrancada de um mundo e instalada em outro completamente diferente, da noite para o dia, não que ele não seja absolutamente maravilhoso... é só... só...

– Assustador – concluiu Norma, meneando a cabeça, a expressão séria. – Foi a mesma coisa para mim.

– E para mim também – interrompeu Jean num gorjeio.

– Mas não se desgaste com isso – aconselhou Norma, inclinando-se para dar um tapinha no joelho de Miriam. – Você nem vai acreditar em como a adaptação é rápida; logo estará adorando tudo. Não é, Jean?

- Ela está dizendo a verdade – corroborou Jean e as duas riram. Miriam teve de sorrir, sua ansiedade recuando outra vez para o fundo da mente.
- Em todo caso, vamos voltar a você. O que vinha fazendo consigo mesma enquanto seu belo e jovem marido incendiava o ambiente jurídico de – como foi que você chamou? Blithedale? – perguntou Norma.
- É, Blithedale. Comunidade pequena, mas nós adoramos aquilo lá. Adorávamos, devo dizer – fez uma pausa. – Engraçado, é quase como se eu já tivesse saído e vivesse aqui há meses – comentou Miriam timidamente. A sensação fez com que levasse os dedos à garganta. As duas mulheres continuaram olhando fixamente para ela, com sorrisos semelhantes, de puro divertimento, dançando em seus lábios. – De todo modo – Miriam continuou –, por algum tempo, tentei trabalhar em moda, como modelo, mas tudo o que fiz foi uma apresentação aqui e ali, para uma ou outra loja de departamentos. Logo me dei conta de que aquilo não era a carreira que eu realmente queria para mim. Ajudei meu pai...
- Que é dentista?
- É. Trabalhei como recepcionista por quase seis meses e, então, decidi me concentrar em Kevin e em nossa vida doméstica. Nós pretendemos ter um filho ainda este ano.

Nós também – disse Norma.
- Como?
- Também pretendemos ter um filho este ano – repetiu ela, olhando para Jean. – Na verdade...
- Andamos conspirando para tê-los mais ou menos na mesma época, embora os rapazes não saibam disso. – As duas riram. – Talvez queira se juntar a nós agora.

Me juntar a vocês? – o sorriso de Miriam se alargou numa expressão atordoada.
- Na verdade, foi o Sr. Milton quem sugeriu isso a Jean em uma de suas festas. Espere só até ver a cobertura. Ele deve estar

para dar uma festa a qualquer momento, já que há um novo associado na firma.

– Ah, ele dá festas maravilhosas, o buffet é feito por gourmets; há música e convidados interessantes...

– O que quer dizer com "o Sr. Milton sugeriu"? – Miriam voltou-se para Jean.

– Ele tem um senso de humor um tanto distorcido, às vezes. Sabia que estávamos planejando iniciar nossas famílias este ano e me puxou de lado, perguntando se não seria o máximo, caso Norma e eu tivéssemos nossos bebês mais ou menos na mesma época, quem sabe até na mesma semana. Contei a Norma e ela achou que era uma ótima ideia.

– Estivemos planejando como uma campanha, marcando em nossos calendários os dias em que os ataques vão começar – acrescentou Norma e as duas riram de novo. E então Jean parou de repente.

– Vamos lhe mostrar nossos planos e talvez queira se reunir a nós, a menos que você e Kevin já tenham...

– Não, não começamos nada ainda.

– Bom – encerrou Jean, reclinando-se no sofá.

Miriam percebeu que elas não estavam brincando.

– Vocês disseram que seus maridos não sabem?

– De nada – confirmou Norma.

– Você não conta a seu marido tudo o que faz, conta? – perguntou Jean.

– Nós dois somos muito ligados e uma coisa tão importante quanto esta...

– Nós também... somos ligados, quero dizer – interrompeu Norma –, mas Jean tem razão. Precisamos ter nossos segredos, coisas de mulher.

– Nós três temos de ficar sempre unidas – disse Norma.

– Os homens são maravilhosos, especialmente os nossos homens, mas eles são, afinal de contas, homens! – e arregalou os olhos.

– Você deveria dizer "quatro" – corrigiu Jean. Norma ficou olhando para ela com ar de espanto. – Nós *quatro* precisamos ficar unidas. Você está esquecendo Helen.

– Ah, sim, Helen. É só que a temos visto tão pouco ultimamente. Ela se tornou... muito introspectiva – comentou Norma, erguendo as mãos num gesto dramático. Tanto ela como Jean riram.

– O que querem dizer?

– Na verdade, estamos sendo injustas. Helen teve uma espécie de colapso nervoso depois da morte de Gloria Jaffee, e precisou recorrer a medicação. Ela está fazendo terapia, mas é uma pessoa maravilhosa, boa e muito cativante – afirmou Norma.

– Gloria Jaffee?

Norma e Jean se entreolharam depressa.

– Ah, desculpe – disse Jean. – Eu imaginei que você soubesse a respeito dos Jaffee. – Voltou-se para Norma. – Falei mais do que a boca de novo, não é?

– Parece que sim, parceira.

– Quem são os Jaffee? – perguntou Miriam.

– Não vejo como seria possível evitar que você descobrisse logo, de qualquer modo. Só que não queria ser eu a jogar água fria no fogo de todo esse entusiasmo e felicidade – lamentou Jean.

– Tudo bem. Eu precisava mesmo de alguma coisa para me fazer voltar ao chão de novo. É ingênuo pensar que tudo vai ser sempre um mar de rosas – replicou Miriam.

– Atitude muito positiva – disse Norma. – Gosto disso. Já é hora de contarmos com alguém em nosso grupo que tenha alguma perspectiva sensata. Jean e eu às vezes nos deixamos levar, e com Helen tão deprimida ultimamente, a gente tende a evitar qualquer coisa desagradável.

– Conte-me a respeito dos Jaffee – insistiu Miriam.

– Richard Jaffee é o advogado que seu marido está substituindo. Ele se matou depois que a mulher morreu durante o parto – contou Jean.

– Meu Deus!

– É. Eles tinham... todos os motivos para viver. O bebê nasceu saudável, um menino – disse Norma –, e Richard era brilhante. Dave diz que Richard foi o advogado mais inteligente que já conheceu, incluindo aí o Sr. Milton.

– Que coisa trágica – pensou Miriam por um instante e depois ergueu rapidamente os olhos. – Eles moravam em nosso apartamento, não é? – As moças confirmaram em silêncio. – Foi o que imaginei... o quarto de bebê.

– Ah, estou me sentindo tão mal por ter deprimido você – disse Jean.

– Não, está tudo bem. Como foi que o Sr. Jaffee morreu?

Norma sorriu com afetação e balançou a cabeça.

– Ele pulou da varanda – respondeu Jean depressa. – Olha, agora eu já lhe contei todos os detalhes horríveis e, se você ficar triste, Ted vai botar a culpa em mim.

– Ah, não, tenho certeza...

– Dave também não vai ficar propriamente em êxtase com minha participação nisso – pensou Norma em voz alta.

– Não, sério, está tudo bem. Posso lidar com os fatos. Kevin deveria ter me contado logo de início, só isso.

– Ele está apenas tentando protegê-la – defendeu Norma. – Como um bom marido. Dave e Ted são do mesmo jeito, certo, Jean?

– Certo. Não se pode culpá-los por isso, Miriam.

– Mas nós não somos crianças! – exclamou Miriam. Em vez de ficarem aborrecidas com a resposta dela, as duas riram às gargalhadas.

– Não, não somos – concordou Norma. – Mas somos amadas, cuidadas, protegidas. Você pode não se dar conta ainda do quanto isso é importante, Miriam, mas acredite em mim... acredite em nós: depois de algum tempo verá como é maravilhoso. Ora, Jean e eu nem sequer fazemos mais perguntas sobre os detalhes pavorosos dos casos defendidos por nossos maridos e os rapazes não conversam sobre esses assuntos perto de nós.

– Isso não é atencioso? – acrescentou Jean.

Miriam olhou de uma para a outra. Depois recostou-se no sofá. Talvez fosse atencioso da parte deles; talvez, se ela não tivesse se envolvido tanto com os detalhes do caso de Lois Wilson, não houvesse ficado tão perturbada pelo modo como Kevin lidou com aquilo, e poderia ter aproveitado mais o sucesso dele, um sucesso que havia contribuído para tudo isso.

– Afinal – continuou Norma a martelar no mesmo ponto –, eles estão trabalhando duro para tornar tudo maravilhoso para nós.

– O mínimo que podemos fazer – concluiu Jean – é tornar isso mais fácil para eles. – As duas riram em uníssono e bebericaram um pouco de vinho.

Miriam não disse nada por um momento.

– Fale-me sobre Helen Scholefield – pediu. – Como é ela?

– Ah, ela está melhorando. A terapia ajudou muito. O Sr. Milton recomendou alguém assim que soube que ela estava tendo problemas – contou Norma.

– Ela está pintando outra vez, também, e isso, igualmente, só ajuda – acrescentou Jean.

– Ah, sim. E ela é boa nisso. Tenho certeza de que ficará feliz em lhe mostrar seus trabalhos.

– Na verdade, ela é muito boa. Faz lembrar Chagall, pelo menos para mim, mas com um toque de Goodfellow. Lembra aquele artista abstrato que vimos na Simmons Gallery, no SoHo, o mês passado – avaliou Jean. Norma concordou.

Miriam balançou a cabeça e riu para elas.

– Qual é o problema? – perguntou Jean.

– Vocês duas parecem... tão cosmopolitas – disse ela, pensando nas palavras de Kevin. – Encaram tudo tão calmamente e não têm medo de fazer as coisas. É maravilhoso. Admiro muito as duas.

– Sabe, acho que foi você quem, na verdade, ficou enclausurada lá fora, em seu mundo de Long Island – disse Jean, a expressão se tornando mais calma e com ar mais sério. – Estou certa?

Miriam pensou por um momento. Algumas vezes ela se sentia daquela maneira. Seus pais a haviam mandado para uma escola particular quando estava com 12 anos e, de lá, ela seguira para um colégio muito seletivo, depois para o ensino médio e para a escola de modelos, sempre mimada, sempre protegida. Kevin certamente a tratara do mesmo modo quando se casaram. Agora estava quase acreditando que ele entrara para a Boyle, Carlton e Sessler, e planejara uma vida para os dois em Blithedale apenas a fim de fazer a vontade dela. Será que estivera impedindo o crescimento do marido? Ele não poderia tê-los trazido para este mundo ainda mais cedo? Detestava pensar que tinha sido egoísta durante todo esse tempo e ainda assim...

– Suponho que esteja.

– Não que Norma ou eu tenhamos levado uma vida dura antes. O pai de Norma é um cirurgião plástico na Park Avenue. Ela morou no sofisticado East Side toda a sua vida e eu venho de uma família abastada em Suffolk. – Recostou-se novamente. – Meu pai trabalha com câmbio e minha mãe é uma agente imobiliária que provavelmente conseguiria vender a ponte do Brooklyn – acrescentou.

– Conseguiria. Eu a conheci – disse Norma.

– Mas não se preocupe – completou Jean. – Em questão de dias, estará exatamente como nós, fazendo as mesmas maluquices. Queira você ou não – acrescentou, profética. Houve um momento de silêncio e, então, Norma riu. Jean aderiu à risada e, bem como havia previsto, Miriam começou a rir também.

6

Do lado de fora da sala de reuniões, os associados se separaram e cada um partiu para trabalhar em seu caso. Kevin despediu-se de todos e se encaminhou para a sala que lhe fora destinada, enquanto dava uma espiada superficial na pasta de arquivo passada a ele por Milton. Sentou-se na confortável cadeira de couro da escrivaninha e continuou a folhear a pasta, formulando táticas e fazendo anotações à medida que prosseguia. Quase uma hora depois, recostou-se, balançou a cabeça e sorriu. Se os outros sabiam o que o Sr. Milton havia entregado a ele, não haviam demonstrado nada. Era o tipo de caso que podia construir a reputação de um jovem advogado da noite para o dia, porque com certeza atrairia uma boa atenção da mídia. E John Milton decidira entregá-lo a ele.

A ele! Nem mesmo seu ego inflado e a ambição permanentemente ávida o haviam preparado para tal oportunidade, especialmente com três outros advogados na firma, todos bem mais experientes do que ele em Direito criminal.

Não era de estranhar que John Milton quisesse vê-lo iniciando o trabalho imediatamente. Este caso estava apenas começando a dar manchete no jornal. Na verdade, o que John Milton fazia, na introdução às peças do processo, era adiantar quem seria o seu cliente, esperando que ele viesse a ser acusado pelo assassinato da esposa.

Pouco mais de vinte anos antes, Stanley Rothberg, de 41 anos, tinha se casado com Maxine Shapiro, filha única de Abe e Pearl Shapiro, proprietários de um dos maiores e mais famosos resortes da montanha Catskill, o Shapiro's Lake House, localizado em Sandburg, uma pequena comunidade ao norte do estado de Nova York, não muito longe de onde Paul Scholefield tinha começado a exercer a advocacia. Na verdade, ocorreu a Kevin que Paul teria sido uma escolha mais lógica para assumir este caso, já que era familiarizado com a área. Entretanto, o Shapiro's Lake House tinha criado fama nacional por causa das celebridades que circulavam ali, da longevidade do hotel, e da introdução, cerca de dez anos antes, do bolo de passas Shapiro's Lake House, uma receita supostamente atribuída a Pearl Shapiro. Era um artigo popular nos supermercados e contava com farta publicidade na televisão.

Tanto Abe como Pearl já estavam mortos. Stanley Rothberg tinha começado como garoto de recados e depois se tornou garçom no salão de jantar do Lake House. Conhecera Maxine, iniciara um romance com ela e (não era segredo para ninguém), sem a bênção inicial de Abe e Pearl, casara-se com a herdeira, tornando-se consequentemente gerente-geral de uma das maiores empresas do setor de turismo no país.

Maxine revelou-se uma mulher doente, finalmente vindo a desenvolver uma severa diabetes. Havia perdido uma perna e esteve confinada a uma cadeira de rodas durante os últimos anos de vida. Contava com uma enfermeira em tempo integral. No último fim de semana havia sido encontrada morta, em decorrência de uma overdose de insulina. O Sr. Milton tinha certeza absoluta de que Stanley Rothberg seria acusado por homicídio qualificado. Todo mundo parecia saber que ele tinha uma nova namorada. Os Rothberg não tinham filhos, portanto ele era o único herdeiro dos multimilionários empreendimentos turísticos e da confeitaria. Havia um motivo claro e uma oportunidade mais óbvia ainda.

Kevin sentiu a presença de John Milton no umbral de sua porta e desviou rapidamente os olhos da pasta. Uma das coisas que estava começando a deixá-lo aturdido naquele homem era como Milton parecia mudar de aparência a cada vez que Kevin o via. Neste exato momento dava a impressão de estar maior, mais alto, um pouco mais velho. Viu rugas em seu rosto que não tinha percebido antes ou isso seria apenas uma peça pregada pela iluminação?

– Já caiu de cabeça, hein? Isso é bom, Kevin. Gosto quando um de meus associados se atira tenazmente ao trabalho – disse ele, armando o punho. – Conserve esta mente aguçada, conserve esta ânsia, e você será sempre formidável no tribunal.

– Bem, eu vi esta reportagem no jornal de domingo. Até onde sei, ninguém foi acusado ainda; mas concluo a partir disso que espere para breve a indiciação de Stanley Rothberg.

– Não há dúvida quanto a isso – replicou John Milton, dando mais um passo adiante. As rugas sumiram de seu rosto. – Minhas fontes dão conta de que a detenção dele é questão de dias.

– E obviamente o Sr. Rothberg também está prevendo isso. Quando esteve com ele?

– Ah, eu ainda não o conheço, Kevin.

– Perdão?

– Queria que você estivesse familiarizado com o caso para quando ele chegar. Rothberg vai se mostrar um pouco nervoso por alguém tão jovem como você estar assumindo a defesa dele, é claro; mas assim que vir como você é competente...

– Não estou entendendo. – Kevin fechou a pasta e veio mais para a frente na cadeira. – Está dizendo que ainda não temos efetivamente este caso?

– Formalmente, não; mas teremos. Por que não vai em frente e agenda uma reunião entre nós e Stanley Rothberg para o início da semana que vem? É de meu conhecimento que ele não será detido até lá de qualquer modo. Eu trato da denúncia e da fiança.

– Mas como sabemos que virá até nós? Ele telefonou?

John Milton sorriu com ar confiante, os olhos mudando outra vez para aquele vago tom de ferrugem, só que um pouco mais brilhantes desta vez.

– Não se preocupe com o lugar para onde ele vai quando se vir em dificuldades. Ele vai saber. Temos alguns conhecidos em comum que já falaram com ele. Confie em mim. Em todo caso, é bom você ir se aprofundando nas informações médicas que dizem respeito à mulher dele.

– Sim – acatou Kevin, com o olhar fixo, seus pensamentos complicados pela confusão. Kevin estava animado pela perspectiva de um caso assim, mas também se sentia inquieto quanto aos fatos. Por que o Sr. Milton tinha dado tão depressa a ele, um associado recém-chegado, um caso de tamanha importância? Ele não deveria estar pegando alguma coisa mais simples, preparando-se para assumir uma causa como esta?

– Aposto que já tem alguma ideia para a defesa dele. Pipocou algo aí na sua cabeça, não foi?

– Bem, eu estava pensando... depois de ler como Maxine Rothberg sofreu. O casal não tinha filhos; ela estava confinada a uma cadeira de rodas e levava uma vida cheia de restrições em meio a um mundo glamouroso e excitante. Deve ter sido uma mulher terrivelmente frustrada e infeliz.

– Precisamente a minha teoria... suicídio.

– De acordo com o que temos aqui, ela de fato aplicava as próprias injeções ocasionalmente, muito embora contasse com uma enfermeira em tempo integral.

John Milton sorriu outra vez e balançou a cabeça.

– Você é um jovem muito perspicaz, Kevin. Sei que vou ficar mais do que satisfeito com o seu trabalho. Investigue a enfermeira também. Há muita coisa que podemos usar, você verá.

Estava indo embora.

– Sr. Milton?

– Sim?

– Como conseguiu tudo isto... – Correu a palma da mão sobre a pasta fechada – ...toda esta informação já detalhada?

– Tenho investigadores particulares a meu serviço em tempo integral, Kevin. Irei apresentando cada um deles a você, de tempos em tempos, de modo a que possam lhe oferecer relatórios; além disso eu guardo alguma coisa nos arquivos de meu computador. – Ele riu, uma risada curta, quase silenciosa. – Já ouviu falar de perseguidores de ambulâncias; bem, nós somos perseguidores de crimes. É importante ser agressivo no mercado lá fora, Kevin. Compensa, de maneiras que você não poderia sequer imaginar.

Kevin assentiu e observou o Sr. Milton sair. Depois voltou a se recostar.

Estivera com a razão naquela primeira conversa com Miriam. O mundo urbano era diferente, mil vezes mais excitante. Isto era Nova York, onde os melhores competiam uns com os outros, e somente os melhores podiam competir. Boyle, Carlton e Sessler desapareceriam ao lado de uma firma como a John Milton e Associados; e pensar que, em dado período de sua neófita existência na advocacia, estivera convencido de que eles eram algo de muito especial, eles e sua ilusória, estupidificante, vidinha de classe média alta. Eles eram frouxos, isso sim; na verdade, estavam morrendo, chafurdando em seu conforto. Onde estava o desafio? Em que momento eles se encontravam para valer na beira do abismo, correndo riscos? Ora, Kevin já estava com muitos corpos de vantagem sobre os três. Nenhum deles tivera garra suficiente para representar Lois Wilson e agora estavam aborrecidos porque suas reputações virginais, imaculadamente brancas, poderiam ter sido manchadas. A maior aventura de suas vidas era ir ao novo restaurante da moda entre os gourmets. E pensar que quase se tornara um deles!

John Milton o salvara. Isso era o que tinha feito: ele o havia salvado.

Kevin levantou-se depressa, apertando a pasta bem firme debaixo do braço, e partiu em direção à porta.

– Oh, Sr. Taylor – Wendy chamou, erguendo-se de trás da sua mesa como uma sereia saindo das águas assim que Kevin surgiu na porta de seu escritório. – Desculpe, não o vi entrar.

– Está tudo bem. Eu pretendia ficar só por alguns instantes, mas me perdi, mergulhado numa leitura.

Ela concordou com um movimento da cabeça, os olhos castanhos escurecendo como se tivesse uma compreensão instantânea do que havia prendido a atenção dele com tanta intensidade. Afastou o cabelo para trás e olhou para a pasta sob o braço dele.

– Ah, espere. – Ela se virou e correu até um armário atrás de sua mesa para tirar de lá uma maleta executiva de couro rubi. – Eu ia lhe dar isso quando começasse oficialmente, mas como o senhor já está trabalhando... – Entregou-a a ele. Um lado estava gravado com letra manuscrita em marrom-escuro, da cor de sangue seco. Dizia: "John Milton e Associados." No canto inferior direito achava-se impresso "Kevin Wingate Taylor".

– Isto é lindo. – Correu os dedos sobre as letras em alto-relevo.

Wendy sorriu.

– Todos os associados têm uma igual. Presente do Sr. Milton.

– Preciso me lembrar de agradecer a ele. Obrigado, Wendy.

– Sim, senhor. Há algo que possa fazer para lhe ajudar?

Ele pensou por um instante.

– Sim. Levante tudo o que puder a respeito de diabetes e descubra o que for possível sobre a história do Shapiro's Lake House, o resort de Catskill.

O sorriso de Wendy se alargou.

– Isso tudo já foi feito, Sr. Taylor

– Como?

- O Sr. Milton nos pediu na última quarta-feira.

- Ah, ótimo. Bem, vou levá-la comigo para começar a ler. Obrigado.

- Tenha um bom dia, Sr. Taylor.

Kevin partiu pelo corredor e, na passagem, meteu a cabeça pela porta de Ted McCarthy, que estava ao telefone. Ele acenou e Kevin prosseguiu. A porta do escritório de Dave Kotein estava fechada e assim ele continuou até a mesa da recepção para pedir a Diane que chamasse a limusine.

- O carro estará esperando pelo senhor bem em frente à portaria principal, Sr. Taylor. Use como desejar. Charon só precisa estar aqui no final do dia.

- Obrigado, Diane.

- Tenha um bom dia, Sr. Taylor.

- Você também.

Kevin saiu quase aos pulos sobre o tapete grosso. As secretárias não eram apenas bonitas e amáveis; mostravam-se também calorosas, francas... provocantes. Tudo no lugar era agradável: as cores, a exuberância de luxo, a novidade. Detestou ter de sair.

Kevin cantarolou no elevador e acenou para o segurança no saguão, que respondeu ao gesto como se já fossem velhos amigos. Assim que passou pelas portas giratórias, deteve-se e apertou os olhos. A pesada cobertura de nuvens havia se dissipado consideravelmente e os raios do sol de meio-dia refletiam-se no vidro, na calçada e na superfície reluzente da limusine. Charon abriu a porta do carro e ele entrou.

- Obrigado, Charon. Vou voltar ao apartamento primeiro e em seguida iremos ao Russian Tea Room para almoçar.

- Muito bem, Sr. Taylor. - Fechou a porta delicadamente, e momentos depois estavam a caminho. Tinha tanta coisa para contar a Miriam que estava certo de que iriam falar pelos cotovelos durante o almoço e por todo o trajeto de volta a

Blithedale. Quando descrevesse seu primeiro compromisso como associado da John Milton...

Abriu os olhos e passou a mão sobre a maleta executiva, abrindo o fecho com um estalo e fitando a pasta de arquivo lá dentro. Em breve ela estaria muito maior. Isso era certo. Kevin riu consigo mesmo. Isso é que se chama de um advogado bem-preparado. Todo aquele material já reunido e esperando por ele. Que escritório... investigadores particulares, uma biblioteca informatizada, secretárias eficientes... Kevin se recostou no assento, sua autoconfiança crescendo a cada momento. Com tamanha rede de apoio o amparando, tinha de se sair bem.

Então algo que Wendy havia dito disparou um pensamento curioso. Ele devia ter ouvido mal, pensou, mas abriu a pasta e verificou os dados associados a alguns fatos para se certificar.

Ela dissera que o Sr. Milton pedira as informações sobre diabetes e o Shapiro's Lake House na última quarta-feira?

Maxine Rothberg só fora encontrada morta em sua cama no fim de semana passado. Por que o Sr. Milton estaria interessado nisso já na quarta-feira anterior?

Era possível que Wendy houvesse se enganado, ou talvez ele não tivesse ouvido bem, considerou, fechando a maleta.

Afinal de contas, o que mais poderia ser?

– Mais vinho? – Norma ofereceu. Inclinou a garrafa para o copo de Miriam.

– Não, acho melhor voltar ao meu apartamento. Kevin deve estar me procurando.

– E daí?

– Deixe que ele a encontre – sugeriu Jean. Olhou para Miriam e balançou a cabeça. – Estou vendo que temos um trabalho para fazer aqui, Norma.

– Os homens na maioria das vezes têm uma tendência a ver suas mulheres como coisa garantida – aconselhou Norma. – Precisamos conservá-los sempre em alerta, manter o mistério vivo, deixá-los com a pulga atrás da orelha. Se não for assim, você acaba se tornando mais um objeto de posse dele.

– Kevin não é assim – disse Miriam.

– Bobagem – respondeu Jean. – Ele é homem. Não consegue deixar de ser igual aos outros.

Norma e Jean riram de novo. Por um instante as duas pareceram a Miriam um tanto infantis, seus olhos brilhando maldosamente.

Antes que alguém pudesse dizer mais alguma coisa, ouviram a campainha da porta.

– Deve ser Kevin – disse Miriam. Todas se levantaram. Quando se encaminhavam para a porta da frente, Norma abraçou Miriam.

– Mal posso esperar que se mude para cá – disse. – Deixá-la a par de tudo vai nos dar uma chance de reviver nossas próprias descobertas maravilhosas. – Jean abriu a porta para saudar Kevin.

– Oi. Quer dizer que nos encontrou. – Virou-se para Miriam e piscou. – Achamos que finalmente iria nos encontrar, mesmo.

– Foi apenas dedução simples – respondeu ele e olhou para Miriam. – Divertiu-se?

– Sim, me diverti.

– Você não precisa se preocupar – disse Jean, sorrindo, depois piscando outra vez para Miriam. – Ela já é uma de nós.

– Espero que isso seja bom – brincou Kevin. Deu uma piscada, e as duas caíram em risadinhas. Norma abraçou e beijou Miriam e em seguida Jean fez o mesmo.

– Vejo vocês em breve – disse Miriam. As duas se puseram lado a lado no umbral, sorrindo, enquanto ela e Kevin recuavam na direção do elevador.

– Parece que vocês três tiveram um belo começo, hein? – exclamou Kevin.

– É.

– Não parece muito entusiasmada – comentou Kevin cautelosamente.

Miriam continuou calada quando entraram no elevador, mas logo antes de ele se abrir no andar do lobby, a mulher virou-se para ele.

– Por que não me contou a respeito dos Jaffee?

– Hã... – Kevin fez um sinal de reconhecimento com a cabeça. – Eu devia ter imaginado que elas iriam contar. Bem – disse ele, tomando um fôlego profundo enquanto saíam para o saguão –, é uma história deprimente e eu não quis impor este ônus ao apartamento. – Virou-se para ela. – Em algum momento, mais tarde, eu teria lhe contado. Desculpe. Não foi correto omitir isso de você. É que quero cercá-la apenas de coisas bonitas, felizes. Quero que esta seja a melhor época de nossas vidas, Miriam.

Ela assentiu. Era exatamente como Norma e Jean tinham dito – Kevin queria protegê-la de toda tristeza ou depressão. Decidiu não recriminá-lo por isso.

– É uma história trágica, mas não vejo porque ela deveria nos afetar – concluiu Miriam.

Ele ficou radiante.

– É exatamente como me sinto. – Abraçou a mulher.

– Por que estamos descendo aqui? – perguntou ela, dando-se conta de que tinham saído no lobby. – Não deveríamos ir para a garagem?

– Tenho uma surpresa. – Fez um sinal com a cabeça, indicando a portaria da frente. Quando se aproximaram, Philip saiu de trás da sua mesa para cumprimentá-los. – Ah, este é Philip, Miriam. Trabalha na segurança durante o dia.

– Prazer em conhecê-la, Sra. Taylor. Se tiver algum problema ou precisar de qualquer coisa, não hesite em me procurar.

– Muito obrigada.

Philip segurou a porta para eles e, quando saíram, Charon abriu a limusine para os dois.

– O que é isso? – perguntou Miriam, olhando da limusine para Charon.

– É a limusine do escritório, sempre à disposição dos associados. Charon, esta é minha mulher, Miriam.

Charon baixou a cabeça num cumprimento, os olhos amendoados examinando-a de maneira tão intensa que ela se sentiu constrangida e instintivamente cruzou os braços sobre os seios.

– Olá – Miriam cumprimentou-o e entrou depressa. Olhou para trás enquanto Kevin a seguia.

– Para onde estamos indo?

– Ao Russian Tea Room – respondeu ele. – Fiz a reserva pelo telefone da limusine logo que saí do escritório. Um coquetel, senhora? – perguntou, abrindo o armário de bebidas. – Posso preparar o seu favorito, um bloody mary.

Coquetéis nesta limusine ultraluxuosa, almoço no Russian Tea Room, um apartamento maravilhoso na Riverside Drive, novas amigas, jovens e exuberantes – Miriam balançou a cabeça. Kevin riu da expressão em seu rosto.

– Acho que vou preparar dois e acompanhar você – disse ele. A bebida só fez aumentar a espécie de embriaguez paradisíaca que Miriam estava experimentando. – Então – pediu Kevin, recostando-se depois de aprontar os drinques –, conte-me mais sobre sua visita. Como elas são?

– Um pouco sufocantes, de início, especialmente quando penso nas mulheres que conheço em Blithedale. Às vezes são tão cosmopolitas e profundas, e, logo depois, estão falando e agindo como adolescentes. Mas são muito divertidas, Kev.

– Desculpe ter ficado fora tanto tempo, mas...

– Ah, eu nem vi o tempo passar. Elas me mantiveram bem ocupada.

Miriam começou a descrever o apartamento de Jean e Ted, passando em seguida ao de Norma. Tagarelou sem parar, contando a ele cada detalhe sobre as novas amigas, exceto, é claro, seus planos para os nascimentos simultâneos e como as duas ficaram felizes ao descobrir que ela ainda não estava grávida.

Queria contar a Kevin sobre isso; quase falou, em um ou dois momentos do almoço, mas, a cada vez que ia começar, pensava nas imagens de Norma e Jean e em como elas se sentiriam se descobrissem que a nova amiga havia traído seu primeiro segredo. Isso poderia destruir a amizade, antes mesmo de ela ter sido realmente iniciada, e que diferença fazia, afinal? Era uma ideia inofensiva e até mesmo engraçada, e provavelmente tinha muito poucas chances de sair como planejavam.

Depois do almoço, retornaram ao apartamento para mais uma espiada antes de partirem de volta a Blithedale. Miriam teve necessidade de confirmar aquela realidade. Kevin esperou junto à porta da frente enquanto ela percorria a casa de novo.

– É um belo apartamento, não é, Kev? – perguntou, como se precisasse ter suas sensações reafirmadas. – Como ele pode se dar ao luxo de entregá-lo a nós sem cobrar aluguel? Ele poderia ganhar uma fortuna alugando isso aqui, não é mesmo?

– O Sr. Milton declara o apartamento como despesa para ter direito a uma dedução fiscal. Como dizia meu avô, a cavalo dado...

– Eu sei, mas ainda assim... – Uma agitação apreensiva a perpassou. O maravilhoso emprego novo de Kevin, esta bela casa nova, ótimas amigas novas... As coisas maravilhosas de fato acontecem realmente assim?

– Por que lutar contra a boa sorte? – perguntou Kevin.

Miriam virou-se para ele e Kevin encolheu os ombros. Ela sorriu. O marido tinha razão. Por que não relaxar e aproveitar?, disse a si mesma. Kevin abraçou-a.

– Eu te amo, Miriam. Quero fazer o melhor que conseguir e dar tudo o que puder.

– Eu não estava me queixando antes, Kev.

– Eu sei, mas por que não deveríamos ter estas coisas, se podemos usufruir delas?

Beijaram-se, olharam mais uma vez para o apartamento e partiram.

COMO ERA DIFERENTE voltar a Blithedale em contraste com a vinda para a cidade naquela mesma manhã, pensou Kevin. Na ida, ele pôde contar as palavras de Miriam nos dedos de uma só mão. Mas, desde o momento que foram almoçar no Russian Tea Room, até o instante em que manobraram o carro na entrada de sua casa em Blithedale Gardens, Miriam mal parara a fim de tomar fôlego. Todo e qualquer temor que tivera quanto à felicidade da mulher com relação às mudanças que estava propondo para suas vidas achava-se agora totalmente apagado pelas evidências de seu descontrolado entusiasmo.

Algumas vezes, a caminho de casa, tentou contar a ela a respeito dos casos discutidos na reunião, e a respeito de seu próprio caso, mas sempre que ia iniciar uma frase, Miriam interrompia com mais uma sugestão para o novo apartamento. Geralmente ela queria saber todos os detalhes de cada caso, até daquelas tediosas negociações imobiliárias que eram as mais corriqueiras. Finalmente, Kevin balançou a cabeça, acomodou-se no assento e continuou a dirigir.

Foi só quando Blithedale surgiu inteira em seu campo de visão que Miriam reduziu o ritmo do monólogo ininterrupto. Foi quase como se tivessem cruzado de volta uma linha de fronteira invisível e retornado de seu mundo de sonhos para a realidade. As nuvens da manhã tinham se dissipado completamente, e o céu daquela tarde de final de novembro mostrava-se de um azul-claro, cristalino. As crianças estavam acabando de saltar do ônibus escolar, suas vozes animadas precedendo os corpos miúdos na descida dos degraus e no pulo para a calçada.

O calor do sol já amolecera e derretera muito da neve caída na noite anterior; assim, ela perdurava apenas em remendos espalhados pelos gramados, ou aqui e ali ao longo das calçadas. Quase imediatamente depois de descer do ônibus, os meninos, e até algumas meninas, começaram a atirar bolas de neve uns nos outros. Kevin sorriu para a brincadeira inocente. Uma fila de tráfego lento acompanhava o ônibus que se desfazia de sua carga preciosa pela rua ampla margeada de árvores. Aquele esplendor e a paz relativamente rústicos achavam-se em agudo contraste com o mundo da cidade agitada, apressada, cheia de energia de onde acabavam de sair. Tinha um efeito calmante. Miriam se recostou, um doce sorriso angelical em seu rosto.

– Queria que a gente pudesse ter os dois, Kev – disse, voltando-se lentamente para ele. – A agitação de Nova York e o ritmo tranquilo de Blithedale.

– Nós podemos. Vamos ter! – ele se deu conta, virando-se para ela, os olhos arregalados de excitação. – Se não precisamos pagar por um apartamento na cidade, podemos pensar seriamente numa casa de veraneio para os fins de semana na ilha.

– É isso mesmo. Ah, Kevin, vamos fazer isso, não vamos? A gente vai ter tudo!

– Por que não? – riu. – Por que não?

Kevin decidiu que só contaria a ela a respeito de seu primeiro caso na John Milton e Associados quando retornasse da Boyle, Carlton e Sessler, muito embora estivesse explodindo de entusiasmo por causa dele. Ela ficaria igualmente entusiasmada e orgulhosa quando ouvisse, pensou.

Assim que estacionaram na entrada para carros em Blithedale Gardens, disse a Miriam que era melhor ir logo ver Sanford Boyle e contar a ele o que decidira.

– Mal posso esperar para esfregar isso na cara dele – duas vezes o salário! E eles são tão presunçosos...

– Não seja arrogante, Kev – advertiu Miriam. – Você é superior a eles e, de qualquer modo, pessoas arrogantes sempre acabam tendo o que merecem, pelo menos a longo prazo.

– Tem razão. Vou me conter exatamente como... como o Sr. Milton faria – disse. – O homem tem classe.

– Estou louca para conhecê-lo. Pelo jeito que Norma e Jean falam dele, e pelo que você diz a seu respeito, parece que o Sr. Milton é Ronald Reagan, Paul Newman e Lee Iacocca, todos reunidos num só.

Kevin riu.

– Tudo bem, tudo bem, posso estar exagerando um pouquinho, confesso. Sinto-me apenas excitado, acho, e você sempre teve os pés mais bem fincados na terra do que eu. Em todo caso, fico feliz por você estar aqui para me ajudar a manter as coisas em perspectiva, Miriam.

– Eu devo dar essa impressão – disse ela. – Norma e Jean fizeram um comentário parecido a meu respeito.

– Comentaram, é? Elas reconhecem uma pessoa perspicaz e inteligente logo à primeira vista?

– Ah, Kev.

Ele beijou-a no rosto.

– É melhor eu ir telefonar para meus pais – disse ela, saindo do carro. – E quanto aos seus?

– Ligo para eles hoje à noite.

Miriam observou-o enquanto se afastava, a excitação aumentando num crescendo dentro dela também. Tomou fôlego e olhou em volta. Não conseguia deixar de gostar dali. A serenidade, a característica singular da cidadezinha, a simplicidade de sua vida davam-lhe uma sensação de equilíbrio e a deixavam em paz consigo mesma. Tinham muito a favor deles ali, bem mais do que a maioria das pessoas em sua faixa etária. Estariam sendo gananciosos, ou Kevin tinha razão quando ficava imaginando por que outras pessoas, gente que não era nem um pouco mais inteligente ou mais esperta do que ele, estavam desfrutando mais?

Era errado tolhê-lo, pensou Miriam, mas ainda assim não conseguia impedir aquela leve aflição no peito. Mas não havia nada com que se preocupar. Aquilo tinha de ser uma reação natural, concluiu. Quem não se sentiria desse jeito depois de ver tanta coisa acontecer de repente?

Miriam se apressou, enchendo sua mente com pensamentos e planos para a mudança que logo estaria por vir.

AS SECRETÁRIAS NA Boyle, Carlton e Sessler haviam sentido que alguma coisa estava acontecendo com Kevin. Ele percebeu isso no rosto de Myra assim que entrou no escritório.

– O Sr. Boyle está aí, Myra?

Seus grandes olhos castanhos o examinaram atentamente, mas ele sustentara o sorriso retesado como uma máscara.

– Está.

– Verifique se posso vê-lo dentro de dez minutos, por favor, sim? Estarei em meu escritório.

Como sua sala lhe parecia pequena, insignificante, até abafada, agora. Kevin quase riu alto quando entrou nela. A escrivaninha dava a impressão de ter a metade do tamanho de sua mesa na John Milton. Sentiu-se como um homem que passava de um pequeno Chevette ou Ford para um Mercedes, da noite para o dia.

E o que esperava por ele aqui, desde sua bem-sucedida conclusão do caso Lois Wilson? Olhou para as pastas em sua escrivaninha – aquele adolescente que saíra dirigindo alegremente, um testamento que precisava redigir para os Benjamin e uma multa por excesso de velocidade que tinha de liberar para Bob Patterson. Oba-a-a.

Recostou-se na cadeira e pôs os pés sobre a mesa. Adeus a este cubículo, pensou. Adeus a suas frustrações, aos sonhos acordado e à inveja, adeus às mentes tacanhas de cidade pequena, com seus futuros também tacanhos, de cidadezinha.

Olá, Nova York!

Myra estava na linha.

– O Sr. Boyle pode vê-lo agora, Sr. Taylor.

– Ora, ótimo, Myra – cantarolou em resposta. – Obrigado.

Levantou-se rápido, encolheu a barriga, olhou seu antigo escritório mais uma vez, e partiu para a sala de Sanford Boyle a fim de dizer a ele que estava se demitindo.

– Ah, entendo. Então houve esta oferta muito boa para você, não foi? – As sobrancelhas de Boyle foram uma de encontro à outra como lagartas se contorcendo em sofrimento.

– Pelo dobro do dinheiro que eu ganharia aqui, mesmo com uma sociedade plena, Sanford. – As sobrancelhas de Boyle quase se ergueram de sua cabeça e saíram voando. – Vou ficar com a John Milton e Associados.

– Não posso dizer que já tenha ouvido falar deles, Kevin – comentou Sanford.

Kevin deu de ombros. Não era surpresa para ele. Estava na ponta de sua língua dizer: "Você e seus parceiros 'plenos' não sabem de nada do mundo além desta sua preciosa Blithedalezinha, mas creia-me, Sanford, existe um mundo maior, mais vasto e bem mais interessante lá fora."

Não disse. As advertências de Miriam contra a arrogância o mantiveram sob controle. Em vez disso, retornou a seu escritório e embalou a maior parte de seus pertences pessoais. Myra, Mary e Teresa não apareceram para lhe desejar boa sorte. Quando carregou seus objetos para o carro, elas ergueram os olhos do que estavam fazendo com expressões de decepção e censura. Kevin ignorou a reprovação. Eram caipiras, intolerantes com qualquer tipo de ambição, mentalidades estreitas e antissociais. Mentes típicas de cidade pequena, pensou, condenando-me por querer melhorar meu quinhão nesta vida, rápida e radicalmente. Tinha certeza de que o consideravam ingrato. E esperam que eu dê com os burros n'água, pensou. Vão ficar bem surpresas quando lerem a meu respeito no *New York Times* assim que o caso Rothberg começar.

Kevin teve uma sensação de alívio e exaltação quando finalmente entrou em seu carro. Mas Mary Echert não conseguiu controlar sua indignação tão bem quanto as outras duas. Teve de acompanhá-lo até lá fora para se despedir.

– Todos estamos muito desconcertados e tristes por vermos as coisas terminarem desta maneira, Sr. Taylor – adiantou-se ela.

– Eu tinha a esperança de que alguém fosse ficar feliz por mim, Mary. Sabe, não é exatamente para o inferno que eu estou indo. – Entrou em seu carro e bateu a porta. Ela ficou ali, os braços cruzados, olhando-o de cima para baixo. Kevin baixou o vidro da janela. – De qualquer modo, obrigado por tudo o que fez. Você sempre foi uma secretária eficiente e competente, Mary, e eu realmente gostava de você. – Não conseguiu evitar o tom condescendente; aquilo veio naturalmente. Ela meneou a cabeça, sem sorrir. Kevin deu partida no carro, e Mary virou as costas. De repente, voltou, lembrando-se de algo.

– Eu não ia lhe contar – disse ela. – Ele foi tão desagradável ao telefone.

– Quem?

– Gordon Stanley, o pai de Barbara Stanley.

– Ah, sim. O que foi que ele disse? Não que faça alguma diferença agora.

– Ele disse que um dia você vai se dar conta do que fez e vai odiar a si próprio – disse. Kevin pôde perceber que, para ela, o comentário se aplicava à ocasião, como um desses cartões com dizeres que servem para qualquer situação. Apenas balançou a cabeça e engrenou a marcha, deixando-a ali com ar perdido.

Aquilo de fato acrescentou uma nota de depressão e derrubou seu estado de espírito. Mas, felizmente, John Milton veio em seu socorro, quase como se soubesse pelo que Kevin estava passando. Em casa, Miriam veio saudá-lo na porta. Seu rosto estava luminoso, em êxtase, como na primeira vez em que pusera os olhos no apartamento de Nova York.

– Ah, Kevin. Você nem imagina! Quanta consideração!

– O quê?

– Olhe só – disse ela, conduzindo-o para a sala de estar. – Chegou minutos depois de você sair.

Ali, na mesinha da sala de visitas achava-se um imenso buquê de duas dúzias de rosas vermelho-sangue.

– E ele as mandou para mim! – exclamou Miriam.

– Quem?

– O Sr. Milton, seu bobo. – Miriam pegou o cartão e leu. – "Para Miriam, no início de uma fantástica vida nova. Bem-vinda à nossa família. John Milton."

– Uau.

– Ah, Kevin. Nunca pensei que fosse ser tão feliz.

– Nem eu – respondeu ele. – Nem eu.

E como uma tocha queimando para afastar a escuridão, o oportuno e atencioso presente de John Milton consumiu qualquer hesitação que pudessem ter sentido por ir embora de Blithedale.

7

Norma e Jean estavam esperando do lado de fora do apartamento de Kevin e Miriam quando os dois chegaram com os homens da mudança. Vestiam jeans e camisetas, as mangas enroladas até os ombros, prontas para o trabalho.

– É tão gentil de vocês! – exclamou Miriam.

– Bobagem – respondeu Norma. – Somos como os três mosqueteiros. – Deram-se os braços e cantaram: "Um por todos e todos por um." Miriam riu e todas começaram a abrir as caixas de papelão enquanto Kevin orientava o pessoal da mudança até que toda a mobília tivesse sido levada para cima. Assim que Kevin instalou seu aparelho de som na sala, Norma sintonizou-o numa estação de antigos sucessos e ela e Jean começaram a cantar junto com o rádio, atraindo Miriam para o seu estado de espírito festivo, rindo e dançando ao ritmo da música enquanto empurravam os móveis de um lado para o outro. Kevin sacudiu a cabeça e sorriu. As três já estavam agindo como se tivessem se conhecido a vida inteira.

Sentia-se muito feliz por Miriam. Suas amigas de Blithedale eram reprimidas, muito conservadoras. Raramente Miriam tinha uma oportunidade de se soltar e fazer bobagens, se quisesse.

Deram uma parada para o almoço, para o qual pediram pizza. Depois, Kevin tomou um banho e trocou de roupa a fim de dar uma passada no escritório. As mulheres discutiram a respeito da colocação de cada quadro, gravura e bugiganga, e depois começaram a rearrumar toda a mobília. Quando Kevin ficou pronto para sair, postou-se no umbral da sala de visitas e anunciou sua partida.

– Tenho a impressão de que isso vai dar mais certo se eu não ficar atrapalhando o caminho – declarou. Nenhuma delas discordou. – Ninguém vai insistir para eu ficar? – as três mulheres, todas com a mesma expressão, pararam o que estavam fazendo e olharam para ele como se Kevin fosse um estranho acabando de entrar pelo corredor. – Tudo bem, tudo bem, não implorem. Não consigo resistir a esses apelos. Até mais tarde, meu bem – concluiu, beijando Miriam no rosto.

Ouviu o riso das moças quando fechou a porta do apartamento e se encaminhou para o elevador. Animado porque tudo estava saindo tão bem, sentia uma nova energia e estava ansioso por chegar ao escritório.

No exato momento em que apertou o botão para chamar o elevador, ouviu uma porta se abrir e fechar no corredor.

Virou-se a tempo de ver uma mulher sair do apartamento dos Scholefield. Imaginou que fosse Helen Scholefield. Estava carregando um quadro embrulhado em papel pardo. Como uma pessoa em transe, ela se movia lentamente, com passos determinados. Quando emergiu da área de sombra para a luz, Kevin divisou suas características físicas.

Era uma mulher alta, quase da estatura de Paul, com cabelo louro cor de palha e pele clara. Usava um penteado preso por fivelas dos lados e tinha o cabelo comprido escovado até o meio das omoplatas. Embora parecesse um tanto retesada, sua postura era imponente. Vestia uma blusa leve, de algodão branco, com gola e mangas que terminavam em babados. A blusa era tão fina que dava para perceber facilmente o desenho do busto. Seus seios eram altos e firmes, e, muito embora estivesse usando uma saia comprida e estampada de flores, em estilo camponesa, Kevin pôde ver que tinha pernas longas e quadris estreitos. As sandálias de couro marrom eram amarradas com tiras que serpenteavam em volta de seus tornozelos.

A porta do elevador se abriu, mas Kevin estava hipnotizado pela aproximação dela e nem sequer notou as portas se fechando novamente. Helen virou-se para ele, seu sorriso começando em torno dos suaves olhos aquosos e descendo rapidamente até os lábios de um tom alaranjado-claro. Havia minúsculas sardas cor de abricó sobre a ponte do nariz e no alto dos malares. Sua pele era tão fina nas têmporas que foi possível divisar a teia diminuta de vasos capilares.

Kevin fez um cumprimento de cabeça.

– Olá. É a Sra. Scholefield?

– Sim, e você é o novo advogado – disse, declarando com tanta firmeza que foi como se o estivesse rotulando para o resto da vida.

– Kevin, Kevin Taylor. – Estendeu a mão e ela a pegou com a que estava livre. Seus dedos eram longos, mas graciosos. A palma dava uma sensação morna, até quente, como de alguém com febre. Havia um ligeiro rubor em seu rosto.

– Eu estava justamente a caminho de seu apartamento, com um presente de boas-vindas. – Ergueu o quadro para indicar que aquele era o presente. Como estava embrulhado, Kevin não conseguiu ver de qual gênero de pintura se tratava. – Fiz especialmente para vocês.

– Obrigado. É muito gentil. Miriam me contou que é artista. Miriam é minha mulher – acrescentou depressa. – Quando viemos ver o apartamento, ela esteve com Norma e Jean, e imagino que as duas tenham feito alguns mexericos a respeito de tudo e de todos. Não que os homens não façam o mesmo. É só que... – deteve-se, com a sensação de estar tagarelando. Helen manteve o sorriso, mas seus olhos ficaram menores e moveram-se de um lado para o outro enquanto esquadrinhava o rosto dele. – Estão todas lá dentro – Kevin se apressou em dizer, apontando para a sua porta – no apartamento... girando os móveis de um lado para o outro.

– Com certeza. – Fitou os olhos dele de maneira tão intensa que Kevin se sentiu envergonhado e acenou nervosamente com a cabeça.

– Preciso... preciso ir até o escritório por um minutinho.

– Claro.

Kevin apertou de novo o botão para chamar o elevador.

– Estou certo de que vamos nos ver muito – comentou quando as portas se abriram mais uma vez.

Ela não retrucou. Apenas deslocou o peso sobre os pés, de modo a poder se virar e olhar diretamente para ele dentro do elevador enquanto as portas se fechavam. Kevin achou que a mulher ostentava uma expressão de pena. Sentiu-se como um mineiro de carvão descendo às entranhas da terra para contrair alguma doença de nome pavoroso como pneumoconiose.

Que contraste ela representava em relação às outras duas, pensou. Tão reprimida. Provavelmente tratava-se do que Paul havia insinuado – ela era tímida, retraída. E ainda assim, não conseguia se lembrar de ninguém que o tivesse examinado tão de perto. Talvez isso fizesse parte do fato de ser artista. Claro, os artistas estão sempre estudando os rostos das pessoas, buscando novas ideias, novos temas, concluiu. E daí? Na verdade, ele a achara bastante atraente. Havia uma suavidade em seu rosto, uma tranquilidade que fazia com que parecesse angelical. E apesar de só tê-la visto por um curto período, ficou intrigado pelo mistério de suas pernas compridas e do busto firme. Gostava de mulheres que tinham uma aura sexy, mas de maneira sutil. Mulheres como as que trabalhavam nos escritórios da John Milton eram provocantes, mas pareciam óbvias, não existia nada de especial nelas. Eram erotizadas, mas não profundas, conjeturou. Sim, foi isso. Helen Scholefield era profunda.

Afastou-a de seus pensamentos e andou a passos rápidos pelo saguão até a limusine que o aguardava.

TODO MUNDO, DO PORTEIRO às secretárias, o cumprimentou de maneira tão calorosa e olhou para ele com tamanha admiração, que Kevin não pôde deixar de se sentir muito importante. Não havia chegado no escritório nem há cinco minutos quando John Milton o chamou pelo telefone interno e pediu-lhe que viesse até a sala dele.

– Kevin, está tudo correndo bem?

– Perfeito. E Miriam fez questão que eu viesse lhe agradecer pelas rosas adoráveis. Foi muita consideração.

– Ah, fico feliz por Miriam ter gostado delas. Você precisa se lembrar de fazer coisas desse tipo, Kevin – aconselhou em tom paternal. – As mulheres gostam de ser paparicadas. Deve se lembrar sempre de dizer-lhe o quanto ela é importante para você. Adão se descuidou de Eva no paraíso e pagou caro por isso mais tarde.

Kevin não sabia se ria ou concordava. John Milton não estava sorrindo.

– Vou me lembrar.

– Em todo caso, tenho certeza de que trata sua esposa muito bem, Kevin. Sente-se. Bem – John Milton começou, recostando-se –, aconteceu exatamente como eu lhe disse que seria. Esta manhã Stanley Rothberg foi detido e autuado, acusado pelo assassinato de sua mulher. Estará nos jornais e no noticiário o dia inteiro.

Kevin assentiu, prendendo a respiração. Então tudo aquilo ia mesmo acontecer. Com a maior simplicidade, ele seria lançado no que grande parte dos advogados consideraria o caso mais excitante de suas carreiras. Muitos trabalhavam anos para conseguir algo assim, e a maioria jamais alcançava nada parecido, pensou.

– Sei que as coisas estão um tanto tumultuadas para você neste exato momento, com a mudança e tudo o mais, mas acha que poderia estar pronto amanhã cedo para nossa reunião com Rothberg?

– Claro – respondeu Kevin. Trabalharia o dia e a noite toda se fosse preciso.

– Como lhe disse, terá de se aprofundar no estudo de todos os aspectos do caso, mostrar ao cliente que é uma pessoa informada e provar-lhe que vai ser agressivo na defesa dele.

– Vou começar agora mesmo.

– Ótimo. – John Milton sorriu, os olhos se iluminando. – Esta é a atitude que eu esperava de você. Bem, não deixe que eu o prenda. E não hesite em me telefonar a qualquer hora se tiver alguma pergunta. A propósito – acrescentou, estendendo a mão para a gaveta de cima e tirando um cartão de visitas –, este é o meu número de casa. Não está na lista telefônica, é claro.

– Ah, obrigado – Kevin pegou o cartão e se levantou. – A que horas Rothberg estará aqui?

– Às dez em ponto, na sala de reuniões.

– Tudo bem – Kevin engoliu em seco. Seu coração estava disparado com a excitação. – É melhor eu mergulhar no trabalho. Obrigado pela confiança em mim – acrescentou e saiu da sala.

Wendy já havia deixado as pastas que pedira sobre a sua mesa. Primeiro, Kevin leu tudo sobre diabetes, familiarizando-se com sintomas e tratamentos.

Uma segunda pasta fora dedicada à enfermeira de Maxine, uma negra de 52 anos chamada Beverly Morgan. Beverly trabalhara como enfermeira da mãe de Maxine durante os últimos anos de vida da senhora, a qual havia sofrido um derrame. Sua experiência em enfermagem era impecável, mas a vida pessoal era repleta de tragédias. Tivera dois filhos, mas o marido a abandonara quando os meninos eram pequenos. Um deles possuía uma ficha criminal considerável já com pouco mais de 20 anos e cumprira sentença duas vezes. Finalmente, o rapaz veio a morrer com 24 anos em consequência de uma overdose de heroína. O outro se casara, tivera dois filhos e, como o pai, abandonara a família. Trabalhava agora na Costa Oeste.

Aparentemente, a vida difícil de Beverly Morgan acabara por afetá-la e, embora não fosse uma alcoólatra comprovada, ela bebia pesado, ao menos o suficiente para chamar atenção. De que outra maneira os investigadores do Sr. Milton teriam descoberto os incidentes no bar do hotel e o fato de que ela guardava uma garrafa em seu quarto? Kevin raciocinou. Não era de espantar que o Sr. Milton houvesse dito a ele para verificar esta informação. Beverly poderia facilmente ter cometido um erro com a insulina de Maxine Rothberg. Em todo caso, aquilo fornecia um bom material para jogar areia nos olhos dos que acusavam o marido, algo para confundir o júri e distorcer a causa da promotoria. Se a acusação pretendia usar Beverly Morgan como testemunha contra Stanley Rothberg, ele já sabia, desde agora, como desacreditar o depoimento dela.

O fato mais prejudicial era o caso amoroso de Stanley Rothberg. Aparentemente, pelo que Kevin lera, o romance havia começado mais ou menos na mesma época em que Maxine ficou doente. Teria de optar por uma estratégia quanto a isso. Sua intuição inicial era de que o melhor caminho seria fazer com que Stanley assumisse rapidamente o fato e desenvolvesse o argumento de que não conseguira se forçar a abandonar a mulher, especialmente depois de ela ter ficado tão doente; mas, ainda assim, ele era um homem, com as necessidades de um homem. Geraria uma argumentação em torno dessa linha, pensou consigo mesmo. Jurados apreciam honestidade, mesmo quando alguém está confessando um ato imoral. Visualizou Stanley desmoronando no banco dos réus, pesaroso pela tragédia de sua vida. Stanley Rothberg amara, tivera prazeres, mas, ah, como sofrera ao longo de tudo isso.

Em sua mente, ouvia o som de violinos. Kevin balançou a cabeça. Olhe, disse ele à própria consciência, poderia ser verdade, poderia muito bem ter acontecido desse jeito. Ainda tinha de conhecer Rothberg e decidir a estratégia depois de ver o sujeito, mas pensando de seu ponto de vista, como homem, era possível enxergar isso como um argumento viável.

Abriu a terceira pasta, para ler sobre a história clínica e pessoal de Maxine Rothberg, e logo percebeu como o médico dela, Dr. Cutler, poderia constituir uma eficiente testemunha para a defesa. Ele teria de depor afirmando que havia instruído Maxine Rothberg a respeito de como aplicar em si mesma a injeção de insulina e qual a dose. E aparentemente o médico contava também com algumas coisas negativas para dizer sobre Beverly Morgan, tendo sugerido enfaticamente que ela fosse substituída. Claro, Kevin ainda precisava ver o que a promotoria dispunha, mas toda essa informação preliminar animou sua confiança.

Ergueu o olhar quando ouviu uma batida na porta. Paul Scholefield enfiou a cabeça pela fresta.

– Como vai indo?

– Ah, muito bem, ótimo. Entre, vamos.

– Não quero interromper. Sei que lhe jogaram um caso muito importante no colo.

– Importante não é palavra que dê conta disso. O caso Rothberg!

Paul sorriu e se sentou, mas Kevin achou que ele não estava parecendo lá muito surpreso.

– Sabe qual é o caso, aquele que tem aparecido nos jornais quase todo dia, há mais ou menos uma semana – enfatizou.

Paul assentiu.

– É o jeito do Sr. Milton. Quando ele tem confiança em alguém...

Kevin espiou para a passagem da porta, que continuava aberta, e depois se inclinou para a frente, por sobre a mesa, a fim de falar baixinho com Paul.

– Com o risco de soar ingrato ou falsamente modesto, Paul, não compreendo por que ele tem tanta confiança em mim. O Sr. Milton mal me conhece e o tipo de trabalho que fiz até aqui...

– Tudo o que posso lhe dizer é que ele até hoje não se enganou com pessoa alguma, seja em relação a um de nós, a um cliente ou a uma testemunha. Em todo caso, passei por aqui para dizer que se houver algo em que eu possa ajudar...

– Ah, mas você tem seus próprios casos...

– Tudo bem, mas é assim mesmo. Todos nós arranjamos tempo para os demais. Cada um de nós pode estar destacado para uma incumbência à parte, mas todos fazemos um mutirão. O Sr. Milton nos compara aos tentáculos de um polvo. De certo modo, ele tem razão – ao nutrirmos a firma, estamos realimentando a nós mesmos. E então... tudo certo lá no seu apartamento?

– Ótimo. Ah, conheci sua esposa quando estava de saída, hoje.

– Foi mesmo?

– Uma mulher muito atraente.

– Ela é, sim. Nós nos conhecemos em Washington Square. Acho que me apaixonei antes mesmo de virar a cabeça para vê-la passar.

– Parece ter uma aura de paz em torno dela.

– Sim, ela tem – confirmou Paul, sorrindo. – Lembro-me de como eu era agitado, exagerado, logo que nós casamos. Tudo virava uma tragédia, sabe como é. Você acha que está carregando o mundo nas costas. Mas, no momento em que chegava em casa, era como se tivesse deixado o mundo do lado de fora da minha porta.

Kevin fitou-o por um momento. Era bom ver que outro homem amava uma mulher tão intensamente quanto ele amava Miriam.

– Ela estava nos trazendo um quadro, algo que fez especialmente para nós.

– É mesmo? Nem imagino o que possa ser. Não vi nada de novo lá em casa. – Pareceu perturbado pela informação. Hesitou um instante e depois baixou os olhos.

– Algum problema?

– Receio que sim. Tivemos uma péssima notícia ontem.

– Ah, sinto muito. Alguma coisa em que eu possa ajudar?

– Não, ninguém pode fazer nada. Nós tentamos ter filhos e não conseguimos. O médico de Helen agora confirmou que ela... não pode ficar grávida.

– Ora, que pena.

– Acontece. Como disse o Sr. Milton esta manhã, quando contei a ele: temos simplesmente de seguir daqui. Jogar com as cartas que recebemos, sejam elas quais forem.

– Suponho que seja um bom conselho. – Kevin ficou pensando durante alguns minutos em como ele próprio reagiria ao descobrir que não podia ter filhos com Miriam, por esterilidade de um ou de outro. Ter um filho sempre fora algo muito importante para ele. Como qualquer pessoa com o projeto de ser pai, frequentemente se pegava sonhando acordado, imaginando como seria levar o filho aos jogos de basquete ou comprar bonecas para a filha. Começaria a poupança de cada um para custear a universidade no dia em que nascessem. Já tinham decidido que queriam um menino e uma menina, e estavam dispostos a tentar até quatro vezes para formar pelo menos um casal. Com o dinheiro que passaria a ganhar, podia se dar ao luxo de ter quatro filhos, caso fosse necessário.

– É, bem, nós discutimos a ideia da adoção.

Kevin meneou a cabeça.

– O que aconteceu ao filho dos Jaffee?

– O irmão de Richard ficou com ele e imagine só... o irmão de Richard é advogado também. Ele disse ao Sr. Milton que faria todo o possível para que o filho de Richard seguisse os passos do pai.

– O Sr. Milton o conhecia?

– Ele assumiu as coisas depois que Richard... depois do suicídio de Richard. É bem o jeito dele. Bom – concluiu, levantando-se –, vou deixá-lo voltar ao trabalho. Boa sorte. Ah – virou-se quando já estava no umbral –, o boato por aqui é que o Sr. Milton vai oferecer uma festa em sua homenagem, na cobertura dele, dentro de alguns dias. E, pode crer, quando o Sr. Milton dá uma festa, é uma festa mesmo.

MIRIAM DESABOU NO SOFÁ, exausta. Exceto pelo almoço, não tinha parado um minuto desde o momento que acordara naquela manhã. Norma e Jean haviam sido uma ajuda maravilhosa, mas Miriam achou que tinham se comportado de maneira um pouco boba no fim do dia, discutindo para saber quem iria convidar Kevin e ela para jantar primeiro. Afinal, Miriam sugeriu que tirassem cara ou coroa e Norma ganhou. Kevin e ela teriam de ir lá na noite seguinte, e na outra noite iriam à casa de Jean para o jantar.

Mas os momentos mais dolorosos da tarde foram quando Helen Scholefield passou pelo apartamento. Foi estranha a maneira como ela subitamente se materializou, tal e qual um fantasma. Ninguém escutou a campainha da porta ou a ouviu chegar. Norma, Jean e ela própria tinham acabado de fazer uma pausa por um instante, depois de empurrar o sofá de um lado para o outro da sala, e em seguida trazê-lo de volta, rindo às gargalhadas de tamanha indecisão. Miriam sentiu que havia mais alguém na sala e se virou na direção da porta. Achou que Kevin pudesse ter voltado porque esquecera alguma coisa.

Ali estava ela, apertando a pintura embrulhada contra o corpo e olhando fixo para a cena das três amigas entregues ao trabalho, um riso suave no rosto. Fez Miriam pensar numa mulher bem mais velha, apanhada no flagrante de um sorriso invejoso ao ver crianças brincando.

– Oh – exclamou Miriam. Dirigiu os olhos depressa para as outras moças.

– Helen – disse Norma. – Não ouvimos você chegar.

– Como é que você está? – perguntou Jean rapidamente.

– Muito bem – disse ela, e voltou a atenção para Miriam.
– Olá.

– Oi.

– Helen, esta é Miriam Taylor – Norma se apressou em apresentar. – Miriam, Helen Scholefield.

Miriam cumprimentou com a cabeça mais uma vez.

– Trouxe para você, um presente de boas-vindas – disse Helen, adiantando-se e entregando a ela o quadro embrulhado.
– Espero que goste.

– Obrigada.

– Tenho certeza de que foi pintado pela própria Helen – comentou Jean.

Miriam ergueu de imediato os olhos do embrulho.

– Sim, fui eu, mas não se acanhe em dizer, caso não goste. Meu trabalho é... especial, diferente. Nem todo mundo aprecia, eu sei – explicou, olhando incisivamente para Norma e Jean.

Se esse era o caso, Miriam pensou, fitando Helen, por que trazer para alguém um de seus quadros como presente de boas-vindas? Por que não descobrir primeiro se a pessoa aprecia o tipo de arte que você faz?

– Kevin e eu não temos absolutamente nenhuma obra de arte autêntica para pendurar na casa. Receio que nós dois sejamos um pouco ignorantes no que diz respeito a esse tipo de coisa.

– Não o serão por muito tempo – advertiu Norma.

– Talvez Helen queira vir conosco ao Museu de Arte Moderna esta semana – comentou Jean.

Todos os olhares se achavam sobre Helen. Ela alargou o sorriso.

– Talvez – respondeu, num tom hesitante.

– Posso lhe trazer uma xícara de café? – perguntou Miriam, ainda sem desembrulhar o quadro.

– Ah, não, por favor. Você está muito ocupada.

– Devíamos dar um tempo – sugeriu Jean. – Estamos ficando meio cansadas, mudando peças de mobília à toa, de um lado para o outro.

– De qualquer modo, não vou poder ficar – explicou Helen. – Tenho hora marcada com o médico.

– Ah, que pena – disse Miriam.

– Quis apenas dar uma passadinha para dizer oi.

– Talvez possa aparecer mais tarde, quando voltar do médico – sugeriu Miriam.

– É – disse Helen, mas não havia nenhuma promessa ou esperança na resposta. Inspecionou o espaço à sua volta. – Seu apartamento vai ficar lindo, tão lindo quanto... – Olhou de Norma para Jean. – Quanto os nossos.

– Estou muito animada por vir morar aqui... a vista, a proximidade de tantos museus e bons restaurantes...

– É. Estamos perto de tudo, tanto das coisas boas como das ruins.

– Não queremos pensar em nada de ruim – disse Jean depressa, numa voz carregada de censura.

– Não, não... tenho certeza que não querem. Por que desejariam? Por que alguém iria querer pensar em coisas ruins? – perguntou, retoricamente. De repente, foi como se estivesse sozinha, pensando alto. Miriam voltou-se para Norma, que balançou a cabeça. Jean levantou os olhos para o teto e depois desviou-os para outro lado.

– Charon vai levá-la a seu compromisso? – perguntou Norma, obviamente ansiosa por mudar de assunto.

– Charon nos leva a toda parte – disse Helen. – É para isso que está aí.

Os olhos de Miriam se arregalaram. Que maneira estranha de situar as coisas, pensou.

– Bem, talvez ele já esteja esperando por você lá embaixo – sugeriu Jean.

Miriam notou a expressão de Helen mudar de um olhar brando, espiritualizado, para um ar agudamente penetrante, enquanto concentrava o foco nas outras duas mulheres. Em seguida, sorriu com ar afável outra vez e voltou-se para Miriam.

– Desculpe por minha primeira visita ser tão rápida, mas fiz questão de vir para dizer um olá e lhe dar as boas-vindas antes de sair para o meu compromisso.

– Obrigada. E muito obrigada também pela pintura. Ah, eu nem mesmo a desembrulhei. Que grosseria. Eu estava apenas...

– Tudo bem – Helen se apressou em tranquilizá-la. Tocou a mão de Miriam, a qual, fitando a outra bem no fundo dos olhos, enxergou o que pensou ser uma excruciante angústia mental. – O trabalho é diferente – admitiu – mas tem algo a dizer.

– É mesmo? Isso parece interessante. – Começou a desfazer o embrulho. Helen deu um passo atrás e olhou para Norma e Jean, ambas fixadas na pintura sendo desembrulhada. Miriam puxou todo o papel antes de erguer o quadro.

Por um longo momento ninguém disse nada. As cores eram vibrantes, tão brilhantes que davam a impressão de haver uma lâmpada por trás da tela. Em princípio, Miriam não teve certeza de qual dos lados ficava para cima. Como Helen não afirmou o contrário, presumiu que a estivesse segurando da maneira correta.

O alto do quadro era feito de longas e suaves pinceladas de safira, emergindo de uma mandala no centro que era da mesma cor e textura da hóstia de comunhão. Logo abaixo do azul havia uma área verde-escura em forma de paliçadas, as extremidades pontiagudas, num plano inclinado muito íngreme. Derramando-se sobre as estacas via-se uma figura feminina distendida e contorcendo-se numa forma líquida, mas havia um rosto nítido, capturado numa expressão de agonia e pavor, enquanto seu corpo transbordava da beira do precipício, num movimento de queda para dentro do que parecia ser um mar de sangue fervente. Havia minúsculas bolhas de um branco-marfim explodindo do mar.

— Bem — ousou Norma —, isso certamente quer dizer alguma coisa.

— Que cores! — observou Jean.

— Nunca vi nada parecido — exclamou Miriam e depois ficou pensando se teria soado negativa —, mas eu...

— Se não o quiser, eu vou entender — declarou Helen. — Como eu disse, meu trabalho é especial.

— Não, não. Eu o quero. Quero muito. Mal posso esperar para ver a reação de Kevin... a reação de qualquer pessoa que vier aqui, aliás. — Voltou-se para Helen. — Definitivamente, é o tipo de obra que chama atenção e faz com que todo mundo comece logo a comentá-la. Obrigada. — Fitou Helen por um instante. — Ela foi muito especial para você, não é verdade?

— Sim.

— Então, isso a torna ainda mais valiosa para mim — rebateu Miriam, tentando parecer sincera, mas se dando conta de que estava soando condescendente demais. — É mesmo — acrescentou.

– Se não é valioso agora, um dia o será – afirmou Helen em tom profético. Miriam olhou para Norma e Jean. As duas comprimiram os lábios ao mesmo tempo, como que para conter o riso. – Bem, lamento ter de sair tão depressa, mas...
– Ah, não... não. Eu compreendo. – Mais do que você imagina, Miriam pensou consigo mesma. – Vá indo. A gente põe a conversa em dia outra hora. Assim que eu me instalar aqui, quero que você e Paul venham jantar conosco.

Helen sorriu como se Miriam tivesse dado a mais ridícula das sugestões.

– Obrigada – disse e foi saindo.
– E obrigada – exclamou Miriam depois dela. Ninguém disse nada até Helen desaparecer no elevador.

Então Norma e Jean se entreolharam e caíram na gargalhada. Miriam balançou a cabeça, sorrindo.

– O que é que eu vou fazer com isso?
– Pendure no armário do corredor.
– Ou na porta da frente, pelo lado de fora. Vai servir como espantalho, desencorajando qualquer ladrão ou vendedor de tentar entrar.
– É que eu senti tanta pena dela. Está visivelmente perturbada. Este quadro – Miriam ergueu-o de novo – é um pesadelo!
– Ele tem algo a dizer – Norma zombou e começou a rir junto com Jean de novo.
– É, ele diz 'aaarrggh!' – exclamou Jean, agarrando a própria garganta e caindo de joelhos. Norma e Miriam acharam graça.
– Vou só deixá-lo ali no canto até Kevin chegar em casa. Assim que o vir, ele vai entender por que eu preferiria não o pendurar.
– E, no entanto, você foi maravilhosa – comentou Norma. – Saiu-se muito bem com ela.
– Helen estava indo para a consulta com seu terapeuta, imagino.

– É. Paul tem andado ocupadíssimo com ela. Sinto pena dele. Nós tentamos ajudar, não foi, Jean?

– Durante semanas, após a morte de Gloria, telefonávamos para Helen e a convidávamos para ir a todos os lugares conosco, mas ela se trancou no apartamento e ficou remoendo seu luto. Até que o Sr. Milton obrigou Paul a fazer alguma coisa. Se achou que ela está estranha agora, você devia tê-la visto logo depois da morte de Gloria. Helen veio ao meu apartamento uma vez e deu um ataque histérico, gritando que nós todas tínhamos de nos mudar daqui, que estávamos em perigo... como se o edifício tivesse provocado a morte de Gloria e o suicídio de Richard. Eu não conseguia entender o que ela estava balbuciando e finalmente chamei Dave, que localizou Paul, e ele veio a fim de levá-la de volta para casa.

– Eles chamaram um médico que a deixou à base de sedativos – continuou Norma. – Obviamente, ainda está um pouco sedada.

– Ela deve ter sido muito íntima de Gloria Jaffee.

– Não mais do que qualquer uma de nós – respondeu Jean em tom cáustico, uma nota dissonante de ressentimento na voz.

– Achei apenas...

– O problema é que Helen... parece muito sensível – explicou Norma, pressionando as costas da mão contra a testa. – Porque ela é artista e a alma do artista acha-se em constante turbulência. Afinal – prosseguiu, assumindo a voz de uma professora universitária pedante – ela enxerga a trágica ironia que jaz sob todas as coisas. – Suspirou alto.

– Ainda assim, não consigo deixar de ter pena dela – insistiu Miriam, olhando na direção da entrada principal como se Helen ainda estivesse de pé ali.

– Nós também – disse Jean. – Só que estamos ficando um pouco cansadas disso tudo. É tão pra baixo. Está certo, Gloria

Jaffee teve um fim trágico, e o suicídio de Richard foi horrível, mas tudo isso já passou, e não há nada que nenhuma de nós possa fazer para mudar o que aconteceu.

– Temos de continuar com nossas vidas – acrescentou Norma.

– A melhor coisa que podemos fazer é parecer emocionalmente animadas sempre que Helen estiver por perto – sugeriu Jean. – O Sr. Milton nos disse isso, lembra, Norma?

– Huh-huh. Bom... – Norma consultou o relógio. – Acho que é melhor eu ir tomar um banho e preparar o jantar.

– Eu também – Jean acompanhou-a.

– Não sei como vou conseguir agradecer a vocês algum dia.

– Bobagem, você encontra um jeito – respondeu Norma, e todas riram de novo.

Era bom se sentir feliz, pensou Miriam, e estas duas podiam fazer qualquer um se sentir assim rapidamente. Abraçou cada uma e elas saíram.

Assim que foram embora, Miriam atirou-se no sofá e fechou os olhos. Deve ter adormecido, porque só deu por si quando Kevin já estava de pé diante dela, sorrindo e sacudindo a cabeça. Ainda estava com a pasta executiva na mão.

– Matando trabalho, hein?

– Ai, Kev – esfregou o rosto com a palma das mãos ressecadas e olhou em torno de si. – Devo ter cochilado. Que horas são?

– Seis e pouco.

– Sério? Então, eu cochilei mesmo. Norma e Jean saíram há mais de uma hora.

– Mas estou vendo que as meninas fizeram um bocado de coisas – comentou, analisando a sala. – Você merece um fabuloso jantar. A caminho de casa, na limusine, Dave e Ted me falaram de um restaurante que fica só duas quadras à esquerda daqui, um lugarzinho italiano administrado por uma família.

Tudo lá tem aquele sabor caseiro, e é bem informal. Parece maravilhosamente relaxante, não é?

– É.

– Vamos tomar banho... juntos.

– Se fizermos isso, Kev, pode ser que a gente fique horas sem comer.

– Estou no jogo, pago pra ver – respondeu, estendendo os braços para puxá-la do sofá. Abraçou-a e se beijaram. – Afinal, precisamos inaugurar nosso quarto. A primeira noite aqui. – Ela riu e beijou-o na ponta do nariz. Foram se encaminhando para o interior do apartamento, cada um com o braço passado em volta da cintura do outro.

– Epa... – exclamou Kevin de repente. – O que é aquilo? – baixou os olhos para a pintura de Helen Scholefield. Miriam pusera o quadro no chão, encostado à parede no fundo da sala.

– Ai, Kev... A mulher do Paul passou aqui. Foi... estranho. Ela nos trouxe esse quadro como presente de boas-vindas. Não sei o que fazer com ele.

– Você não deixou que ela percebesse, nem fez com que se sentisse mal, não foi? – perguntou logo Kevin.

– É claro que não, Kevin, mas olhe só para isso. É horroroso.

– Bem, vamos pendurá-lo por algum tempo e mais tarde a gente tira da parede, com uma desculpa qualquer.

– Você não está falando sério, Kevin. Não posso ter essa coisa pendurada na minha parede. As pessoas vão...

– Só por um tempinho, Miriam.

– Mas ela vai entender. A própria Helen disse isso. Ela admitiu que o trabalho era especial, diferente, e afirmou que compreenderia se alguém não gostasse dele.

– Não pode fazer isso – repetiu ele, balançando a cabeça em negativa.

– Por que não? Esta é a minha casa, Kevin. Eu deveria poder decidir o que colocar ou não dentro dela.

– Não estou dizendo que você não decide, Miriam. – Pensou por um instante. – Não quero magoar Paul e Helen Scholefield para deixá-los ainda mais tristes do que já estão.
– O quê? Do que está falando?
– A caminho do escritório, encontrei Helen no corredor e percebi que ela estava com problemas emocionais. Paul deu uma passada pela minha sala e conversamos. Ele me contou que os dois receberam uma notícia muito triste um dia desses. Parece que ela não pode ter filhos.
– Que pena.
– Isso, para coroar todos os outros problemas deles...
– Sim. – Miriam olhou para o quadro. – Não é de estranhar que esteja fazendo coisas como essa. Tudo bem. Por um tempo, vamos pendurá-lo. Vou colocar num canto onde fique um tanto difícil de ser notado... não que seja possível para qualquer um que entre aqui ignorá-lo por muito tempo.
– Esta é a minha garota – disse Kevin, e beijou-a. – Agora, vamos tratar daquele banho, hein?
Ela sorriu, e os dois continuaram a caminho do quarto. Miriam olhou para trás mais uma vez e balançou a cabeça.
– Não é uma ironia, Kev? A tragédia de uma mulher foi dar à luz e, a da outra, é não poder dar.
– É... Bem, a melhor coisa que podemos fazer é nos mostrarmos entusiasmados sempre que Helen estiver por perto – disse ele.
A frase soou conhecida e Miriam lembrou de ter sido o que Jean comentou sobre o conselho do Sr. Milton para elas.
– Foi o Sr. Milton quem lhe disse isso?
– O Sr. Milton? – Kevin riu. – Sei que tenho delirado quando falo sobre o cara, mas, francamente, Miriam, eu consigo pensar alguma coisa sozinho, também.
– É claro que consegue – respondeu depressa, mas ainda assim aquilo continuou lhe parecendo estranho.

8

Stanley Rothberg recostou-se na cadeira à direita do Sr. Milton. Assim que entrou na sala de reuniões, Kevin analisou-o rápida mas detalhadamente. Rothberg parecia ter consideravelmente mais idade do que 41 anos. Tentava disfarçar a parte prematuramente calva no centro da cabeça penteando por cima dela os fios mais longos do cabelo ralo, de um tom louro-sujo. Embora fosse um homem alto, com uma estatura de pelo menos 1,90 metro, tinha os ombros tão acentuadamente curvados que parecia quase corcunda. As bolsas sob os olhos, os vincos profundos no rosto, a barba escura e falhada, tudo isso lhe dava o aspecto maltratado de um dono de bar que trabalhasse até altas horas da madrugada.

Assim, a despeito de estar vestido com um conjunto esportivo azul-escuro, de calça e jaqueta Pierre Cardin, Rothberg tinha uma aparência mal-arrumada que disparou toda sorte de alarmes na mente de Kevin. Não gostou da expressão sonolenta nos olhos dele. Conhecia jurados que interpretariam aquilo como um olhar de culpa, dissimulação, engano. Até o sorriso do homem o deixou gelado. Um canto da boca se erguia mais do que o outro, fazendo com que aquilo parecesse mais um esgar de deboche do que propriamente um sorriso.

O pai de Kevin costumava dizer a ele para nunca julgar um livro pela capa. Estava se referindo a todos os clientes abastados de sua empresa de contabilidade que pareciam e se vestiam como pobres. Mas, depois que Kevin se formou na faculdade de Direito, e o pai usou aquela expressão de novo, o rapaz teve de discordar.

– Entendo o que quer dizer, papai – disse –, mas, se eu precisasse levar algum daqueles clientes ao tribunal, iria vesti-lo de modo a fazer com que tivesse um ar distinto. Os jurados efetivamente julgam um livro pela capa.

Primeiras impressões com muita frequência eram também impressões definitivas, pensou Kevin, e sua primeira impressão de Stanley Rothberg foi de que o homem era culpado. Parecia capaz de empurrar a esposa da beira do abismo. Dava a ideia de ser um boa-vida, arrogante e grosseiro.

– Stanley – John Milton apresentou-o –, este é Kevin Taylor.

– Como vai, Sr. Rothberg – disse Kevin, estendendo a mão. Rothberg fitou-o por um instante e depois alargou o sorriso quando se esticou sobre a mesa para o aperto de mãos.

– Seu chefe diz que você é o garoto prodígio daqui. Afirma que não tenho de me preocupar por estar pondo minha vida em suas mãos.

– Darei o melhor de mim, Sr. Rothberg.

– A questão é – retrucou depressa Rothberg: – o seu melhor será suficiente? – o sorriso murchou.

Kevin voltou-se para o Sr. Milton, cujos olhos estavam tão intensamente focalizados nele que sentiu como se ardessem dentro de sua alma. Kevin se aprumou.

– Mais do que suficiente – respondeu, sem conseguir evitar um toque de arrogância – e, se me ajudar, vamos liquidar tão completamente a argumentação da promotoria contra o senhor que não restará qualquer dúvida quanto a sua inocência.

Rothberg sorriu e concordou.

– Isso é bom. – Virou-se para John Milton. – Isso é bom – repetiu, com um gesto na direção de Kevin.

– Eu não o colocaria nas mãos de Kevin se não tivesse absoluta confiança na capacidade dele para ganhar a sua causa, Stanley. E pode ficar seguro de que você contará com os plenos recursos de meu escritório a seu dispor.

"Além disso, a juventude de Kevin vai trabalhar a seu favor. Todo mundo está esperando que contrate um dos mais prestigiados advogados criminalistas da cidade, que use sua riqueza para comprar um nome já consagrado e, deste modo, armar uma derrota para o promotor público. Mas você está confiante em sua inocência. Não precisa de um advogado caro com imagem na mídia. Necessita, sim, de um defensor competente que possa apresentar os fatos e confrontar qualquer prova circunstancial que venha a sugerir a sua culpa. As pessoas ficarão impressionadas.

– É – Rothberg meneou a cabeça. – É, entendo o que quer dizer.

– O que elas não sabem – acrescentou John Milton, sorrindo – é que Kevin é mais talentoso do que a maior parte dos advogados bajulados pela mídia desta cidade. Ele tem uma espécie de instinto natural no que diz respeito à perícia numa sala de tribunal. – Milton relanceou os olhos para Kevin com admiração. – Ele pode ser tenaz e implacável quando se trata da defesa de seus clientes. Se eu próprio estivesse sendo julgado, iria querer um homem como ele para me defender.

Muito embora a adulação de John Milton soasse sincera, Kevin sentiu-se desconfortável com aquilo. Era quase como se estivesse sendo cumprimentado por ser um bom matador de aluguel. Rothberg, no entanto, parecia muito impressionado.

– Ah, entendo. Bem, está ótimo, ótimo. Então, o que posso fazer para ajudar a mim mesmo? – perguntou Rothberg.

– Este é o espírito da coisa – completou o Sr. Milton. Levantou-se. – Vou deixá-lo nas mãos competentes de Kevin. Ele sabe onde me encontrar se precisar de mim. Eu lhe diria "boa sorte", Stanley – acrescentou, baixando os olhos para Rothberg –, mas isso não é uma questão de sorte. É uma questão de habilidade e você está nas mãos de um homem muito hábil. – Deu dois tapinhas no ombro de Kevin. – Prossiga – concluiu.

Kevin concordou com a cabeça, sentou-se e abriu sua maleta para passar a fazer exatamente o que o Sr. Milton queria que ele fizesse: impressionar Stanley Rothberg com sua rápida apreensão dos fatos. Começou por discutir a doença de Maxine e em seguida fez perguntas sobre a enfermeira. Kevin notou que as respostas de Rothberg eram contidas, cautelosas. O homem já se comportava desde agora como se estivesse no banco dos réus, sendo interrogado pelo promotor público.

— Espero que compreenda, Sr. Rothberg...

— Pode me chamar de Stanley. Vamos viver bastante próximos um do outro por algum tempo.

— Stanley. Espero que compreenda: para eu fazer o melhor que posso, é inadmissível que ocorra qualquer surpresa.

— Surpresa?

— Não pode omitir de mim nada que o promotor público tenha como saber.

— Claro. Sem problemas. Se eu não puder me mostrar honesto com meu advogado, devo ser culpado, hein?

— Não é sempre a culpa que torna as pessoas reservadas, reticentes ou as leva a contar apenas meias-verdades. Às vezes, a pessoa fica com medo de que possa parecer culpada se um fato for conhecido, então ela esconde isso até mesmo de seu advogado. Deixe que eu seja o juiz de tudo. Saberei o que omitir e o que não omitir. — Rothberg concordou em silêncio, seus olhos abrindo-se um pouco mais. Kevin sentiu que o estava impressionando. — Há quanto tempo você e sua esposa ocupavam quartos separados?

— Ah, logo depois que Maxine ficou gravemente doente. Fiz isso para tornar as coisas mais confortáveis para minha mulher. O dela foi transformado num quarto de hospital como qualquer outro, especialmente depois que sua perna teve de ser amputada: remédios, equipamento especial, instrumentos, um leito hospitalar. Como sabe, Maxine contava com uma enfermeira em tempo integral.

Kevin assentiu e se recostou.

— Talvez a coisa mais prejudicial que o promotor público tenha para usar contra você seja o fato de que mantinha um suprimento de insulina e agulhas guardado à parte, em seu quarto. – Fez uma pausa e consultou suas anotações. – No fundo de um armário. Mas nunca se exigiu de você, nem lhe foi pedido, que desse alguma injeção em sua esposa, não é?

– Não. Nem eu conseguiria. Não suportava sequer ver a enfermeira aplicando.

– Então, por que pôs a insulina em seu armário? Por que não no quarto de sua mulher?

– Eu não a coloquei ali.

– Mas não nega que o medicamento estava lá, não é? As autoridades da investigação a encontraram. Está dizendo que nunca soube da insulina em seu armário?

Rothberg hesitou por um instante.

– Olha, eu de fato a vi ali um dia antes de Maxine morrer, mas esqueci completamente.

– Não a pôs ali, mas viu a insulina no armário e esqueceu? Em algum momento perguntou à enfermeira por que o medicamento estava lá?

– Tenho muitas coisas na cabeça, Kevin. Dirijo um importante resort e um próspero negócio com o bolo de passas. Estamos abrindo lojas no Canadá – comentou, orgulhoso. – Simplesmente esqueci.

– Eles recuperaram a receita, e parte dela está faltando, exatamente os frascos que se achavam em seu armário, o suficiente para fornecer uma dose letal. Obviamente, vão desenvolver a argumentação de que aquela foi a insulina utilizada para provocar a morte da sua mulher. Não se encontrou nenhuma seringa com suas digitais, mas se alguma for...

Rothberg limitou-se a fitá-lo.

– O suprimento no quarto de sua mulher não estava baixo. Não havia nenhum motivo para que alguém recorresse ao que havia no seu armário e depois deixasse o resto lá – acrescentou Kevin para enfatizar a importância do argumento que estava apresentando. – Percebe o que isso sugere?

Rothberg fez um movimento afirmativo com a cabeça.

– Bem, qual é a sua explicação, Stanley? Vou precisar de um pouco de ajuda – acrescentou Kevin com aspereza.

– Tenho de confessar uma coisa – disse finalmente Rothberg. – Não queria que isso viesse à tona durante o julgamento, mas não vejo como posso evitá-lo agora.

– Continue.

– Maxine descobriu sobre mim e... soube que eu estava saindo com outra pessoa, uma garota chamada Tracey Casewell. Ela trabalha no escritório de contabilidade do hotel.

– É, não acho que isso seja um segredo tão grande quanto você pensa. Tem de compreender que, aos olhos da acusação e, talvez, aos olhos do júri, isso acrescenta um motivo. Tenho anotado aqui que devo discutir seu casinho romântico com você, para saber como vamos lidar com isso, mas o que ele tem a ver com a insulina encontrada em seu quarto?

– Maxine e eu tivemos uma discussão. Foi horrível. Eu não queria que ela descobrisse a respeito de Tracey. Achava que ela já sofria bastante. Não foi, na verdade, uma discussão. Ela berrou e eu fiquei lá, parado, só ouvindo. Maxine ameaçou todo tipo de coisa, sabe como é. Mas eu pensei que estivesse apenas com o sangue quente, por causa do momento, e não fosse levar ameaça nenhuma adiante. Quer dizer, ela já era uma mulher muito doente naquele momento e isso estava afetando sua condição mental.

– E?

– Uma das ameaças foi de que ela se mataria e armaria tudo para que eu fosse acusado. Parece que fez isso mesmo. – Recostou-se, satisfeito com a própria explicação.

KEVIN OUVIU UMA barulheira no fim do corredor logo depois de concluir sua entrevista com Stanley Rothberg e de os dois terem se despedido com um aperto de mãos na sala de espera.

– O que está havendo? – perguntou a Diane.

– O Sr. McCarthy – a secretária resplandecia. – Conseguiu que eles abandonassem as acusações contra seu cliente.

– É mesmo? – desceu o corredor depressa, em direção ao escritório de Ted. Dave, Paul e o Sr. Milton estavam de pé, em frente à mesa de Ted, que se levantara de sua cadeira. Todos erguiam taças nas mãos e havia uma garrafa de champanhe aberta sobre a escrivaninha.

– Kevin, você acabou bem a tempo – disse John Milton. – Venha se juntar a nós num brinde. Sempre fazemos um brinde juntos depois que um de nós se sai bem num caso. – John Milton serviu uma taça e entregou-a a ele. – A Ted – disse, levantando seu copo.

– O que aconteceu, exatamente? – indagou Kevin, engolindo depressa.

– Os Blatt desistiram da acusação contra Crowley. Quando eles descobriram como sua garotinha era promíscua, e compreenderam que tudo viria à tona no julgamento, deram para trás – respondeu Ted. Dave e Paul riram. O sorriso de John Milton ficou mais amplo. Kevin pensou consigo mesmo que a comemoração o fazia parecer mais jovem, as rugas em seu rosto se tornando mais tênues, a luz em seus olhos mais brilhante. Em seguida, a expressão dele mudou rapidamente.

– Há uma lição aqui – disse John Milton numa voz modulada. – Nem todas as manobras legais precisam ter lugar no tribunal. – Voltou-se para Kevin. – Pense na preparação de toda causa que vá levar a tribunal da maneira que pensaria em dois pesos pesados se preparando para o desafio de campeão do mundo. Existem maneiras de tirar o oponente de seu equilíbrio emocional, deixá-lo abalado antes de efetivamente se lançar ao enfrentamento, de modo a que ele perca um pouco da confiança em si e em sua causa.

"Bem – concluiu, sorrindo –, isso acrescenta mais um motivo para se fazer uma comemoração. Primeiro, vamos comemorar o fato de Kevin ter vindo se juntar à nossa firma e, segundo, o sucesso de Ted. Festa na cobertura este fim de semana. – Kevin notou como os outros se iluminaram de animação. – Todo mundo está livre?

– Nenhum problema para nós – Dave apressou-se em responder.

– Nem para nós – disse Ted.

– Ótimo – declarou Paul. Todos olharam para Kevin.

– E os convidados de honra? Já é hora de eu conhecer Miriam.

– Estaremos lá. Obrigado.

– Então, com tudo acertado, cavalheiros, vamos voltar ao trabalho.

Todos cumprimentaram Ted mais uma vez e saíram da sala. Dave e Paul foram direto para seus escritórios, ambos parecendo bastante espicaçados pelo sucesso de Ted e a breve celebração. John Milton pôs o braço em volta dos ombros de Kevin quando foram descendo o corredor.

– Não tive a intenção de deixar parecer que eu o estava abandonando lá com o Rothberg, Kevin, mas quis que ele entendesse de imediato que este caso é seu. É você quem está à frente da defesa.

– Ah, não houve problema algum. Obrigado por todas as coisas elogiosas que disse a meu respeito.

– Estava sendo sincero em cada palavra. E então... Como foi sua reunião com Rothberg?

– A teoria dele é de que a mulher se matou e armou para que fosse acusado. Alega que ela ficou sabendo de seu caso extraconjugal e montou um plano de vingança e suicídio, plantando a insulina fatal no quarto dele.

– Parece plausível – comentou John Milton. – Como é aquele verso: "O inferno não conhece fúria igual à da mulher desprezada."

Kevin se deteve a fim de ver se ele estava falando sério. Não conseguiu evitar um riso de soslaio.

– Há algum problema com a teoria de Rothberg?

– Ele alega que viu a insulina no armário, onde a mulher a plantou, mas esqueceu o assunto porque estava muito ocupado, administrando o hotel e os negócios da confeitaria. Mesmo depois de a esposa ter ameaçado forjar uma situação para incriminá-lo. Eu teria certo problema para acreditar nisso, sim.

– A pergunta é: você pode apresentar isso de modo a que o júri compre a ideia? É preciso que tenha confiança em sua própria argumentação – advertiu John Milton.

Kevin se deu conta de que, se não dissesse as coisas certas neste momento, John Milton poderia muito bem tirar o caso dele e entregá-lo a Ted, que agora estava disponível.

– Bem, vai ajudar se Rothberg não tiver nada a ver com o ato de providenciar o suprimento de insulina em si. Vou checar isso. Mais provavelmente, o medicamento era entregue no hotel e a enfermeira assinava o recibo. Vou ver a tal mulher e descobrir se ela sabia a respeito do relacionamento de Stanley. Talvez a Sra. Rothberg tenha feito confidências a ela, deixado escapar o quanto desprezava Stanley pelo que o marido estava fazendo ou, talvez, por um descuido do casal, a enfermeira tenha ouvido a discussão entre Stanley e Maxine Rothberg. Se escutou a mulher dizer que ia dar o troco a ele, que se mataria e faria parecer que tinha sido o marido...

– Isso é bom. Tenho certeza de que ela se abrirá com você se insinuar que pode vir a ser acusada pela morte de Maxine. Deixe escapar nas entrelinhas que o problema dela com a bebida é coisa que todo mundo sabe – aconselhou John Milton. – Garanto que ficará mais propensa a cooperar. Já identificamos por onde andava Stanley Rothberg durante o período em que a dose fatal de insulina foi dada?

Kevin fez um gesto afirmativo com a cabeça, mas não parecia satisfeito. John Milton entendeu logo.

– Estava com a amante?

– Para um homem tão ocupado a ponto de não se lembrar que um suprimento de insulina fora colocado em seu armário, ele com certeza tinha bastante tempo para ficar vagabundeando por aí.

– Acho que deveríamos seguir seus instintos neste caso, Kevin. Vamos atacar com a abordagem da honestidade. Faça com que Rothberg confesse seu caso, coloque-o com a namorada no momento do crime, leve-a a testemunhar quanto a isso. Permita ao júri condená-lo por adultério na mente de cada um, mas não deixe que o condenem ou punam por assassinato, só porque foi um marido infiel. Além disso, não poderemos mostrar a esposa como vingativa e suicida se primeiro não desenvolvermos a premissa da infidelidade e dermos a ela o motivo.

– Acho que posso conseguir alguma ajuda do médico dela nisso também – acrescentou Kevin. – Em seus relatórios, ele fez menção à depressão de Maxine Rothberg.

– Sim, sim – disse John Milton, uma luz lhe surgindo no rosto. – Isso é muito bom. – Era como se a excitação do homem pudesse viajar como eletricidade, saindo do seu coração acelerado, descendo pelo braço e chegando até o coração de Kevin. – É claro – concluiu, detendo-se na porta da sala –, ajudaria muito as coisas se ele estivesse cheio de remorsos, ainda se culpando pela morte da mulher. Ele está?

– Não tive essa impressão – respondeu Kevin.

– Bem, dê um jeito para que o júri a tenha – aconselhou o Sr. Milton. Ele sorriu, só que seu riso agora era travesso, quase moleque. Mais parecia um adolescente que tivesse inventado uma brincadeira esperta para o Halloween do que um magistral advogado elaborando uma estratégia legal.

– Espero que eu consiga fazer isso – disse Kevin quase num sussurro. Estava fascinado pelo brilho nos olhos daquele homem.

John Milton deu tapinhas no ombro de Kevin.

– Você se sairá bem, muito bem. Mantenha-me informado – disse e seguiu em direção a seu próprio gabinete. Kevin observou-o por um momento e a seguir entrou em seu escritório.

Depois de se instalar atrás da escrivaninha, pensou no conselho de John Milton. "Acho que deveríamos seguir seus instintos neste caso... Vamos atacar com a abordagem da honestidade", dissera ele. De fato, eram esses seus instintos, mas não se recordava de tê-los contado a John Milton. Lembrava-se apenas de ter pensado naquilo.

Encolheu os ombros. Devia ter mencionado suas ideias de algum modo, em algum momento. Que outra resposta haveria?, concluiu. Não era possível que o homem lesse os pensamentos alheios.

Kevin voltou às suas pastas e começou a rever sua entrevista com Rothberg. Os outros passaram por sua sala para perguntar se queria ir almoçar com eles, mas Wendy já havia indagado a esse respeito e, a seu pedido, encomendara um sanduíche. A secretária se ofereceu para tomar anotações e fazer pesquisas também durante sua própria hora de almoço. Kevin estava impressionado com a dedicação e energia que todo mundo demonstrava na John Milton e Associados. Isso o estimulou a se esforçar ainda mais.

Por conta do sucesso que Ted tivera com seu caso, o trajeto de volta ao prédio de apartamentos onde todos moravam, no final do dia, foi bastante alegre. Kevin notou que Paul e Dave se mostravam tão felizes quanto Ted. Pareciam mais uma família do que um grupo de advogados trabalhando na mesma firma. Mais tarde, Kevin lamentou ter sido o único a introduzir uma nota sombria e quebrar o ânimo de contentamento geral na limusine, mas estava interessado na reação de Ted ao sucesso, de modo a poder mensurá-la em comparação com a maneira como ele próprio havia se sentido ao final do caso Lois Wilson.

— Apesar disso, você acreditava que Crowley era culpado, Ted? Quero dizer, embora a garota fosse promíscua, ele a estuprou mesmo? – perguntara.

Todos pararam de rir e, por um momento, o ar ficou cheio de tensão.

— Eu não obriguei os Blatt a desistir da acusação. Isso foi uma decisão deles – disse Ted na defensiva.

— O promotor público deveria tê-los convencido a prosseguir com a ação – acrescentou Paul.

— Ted estava apenas fazendo o que é pago para fazer e o que foi treinado para fazer – afirmou Dave de maneira incisiva. – Exatamente como você, quando defendeu Lois Wilson.

— Ah, não pretendi insinuar o contrário. Estava apenas curioso quanto a seus sentimentos em relação ao homem, Ted.

— Nós temos de colocar nossos sentimentos, moralidade, juízos de valor, tudo de lado, se queremos ser advogados de defesa, Kevin. Foi uma das primeiras coisas que aprendi com o Sr. Milton, e deu bem certo comigo.

— Com todos nós – disse Paul, anuindo.

— É como um médico tratando um paciente – explicou Dave. – O Sr. Milton fez esta analogia para mim logo que cheguei. O médico não julga a moralidade, a ideologia política ou o estilo de vida de seu paciente. Ele trata a doença, diagnostica os sintomas e age a partir daí. Para ter sucesso como advogado de defesa, você tem de separar o cliente da causa. Tratar as acusações, analisar os fatos e agir. Se tivesse de gostar e acreditar em todo mundo que defende, você morreria de fome.

Ted e Paul riram. Kevin assentiu. Lembrou-se de ter dito coisa semelhante a Miriam quando ela questionou a vigorosa defesa que fizera de Lois Wilson.

— Se não consegue conviver com isso, provavelmente deveria trabalhar no gabinete do promotor público – disse Paul Em seguida, sorriu. – Mas você sabe o que aqueles caras fazem.

Todo mundo riu mais uma vez, até Kevin. Paul serviu a cada colega um coquetel e eles se recostaram, a atmosfera relaxada voltando rapidamente.

– A propósito – perguntou Kevin –, como o Sr. Milton vai e volta do trabalho?

Na limusine. O homem é um viciado em trabalho. Chega ao escritório muito antes de nós e frequentemente fica lá até tarde da noite – disse Paul. – Charon leva seu jantar. Mas que casa ele tem quando resolve voltar do trabalho! Espere só até ver a cobertura. É puro luxo e hedonismo.

- São três banheiros, todos eles com hidromassagem! – comentou Dave.

– E a vista – acrescentou Ted. – É como estar de pé sobre o topo do mundo. Sempre me sinto...

– Como Deus – completou Paul.

– É – Ted sorriu consigo mesmo. – Lembro da primeira vez em que subi até lá. Milton passou o braço em volta dos meus ombros e nós dois ficamos olhando para a cidade lá embaixo. Então, ele disse: "Ted, você não está apenas olhando aqui do alto. Você *está* acima de tudo; está acima e tudo isso será seu." Fiquei tão exaltado que não conseguia nem falar, mas ele compreendeu. Ele compreendeu – repetiu Ted. Kevin viu Paul e Dave anuírem, as expressões sóbrias.

Havia algo de especial nisso, alguma coisa diferente, muito singular, pensou Kevin. Talvez fossem todos parar mesmo no topo do mundo. De repente, deu-se conta de que os outros três olhavam fixo para ele.

– Pensa que estamos exagerando? – perguntou Dave. – Bajulando demais o homem?

Kevin encolheu os ombros.

– Ele é impressionante. Eu mesmo me deixei empolgar um pouco quando descrevi, pela primeira vez, tudo sobre a firma e o Sr. Milton para Miriam.

— Ele é um em um milhão – disse Paul. — Nós todos temos sorte por estar com ele.

— Ei, ei – Ted chamou e ergueu seu copo. — Ao Sr. Milton.

— Ao Sr. Milton – entoaram Dave e Paul. Todos olharam para Kevin outra vez.

— Ao Sr. Milton – correspondeu ele, e todos beberam. Não conseguiu evitar sentir-se como se tivesse participado de uma espécie de ritual. – Então – mudou de assunto –, ele dá ótimas festas, é?

— As secretárias vêm e ele sempre convida gente interessante – comentou Dave. – Você e Miriam vão se divertir muito. Aliás, vai ser tão bom que vocês não vão nem perceber como o tempo passa depressa.

— Parece divertido – disse Kevin. Os três olharam para ele, todos sorrindo ao mesmo tempo, as expressões tão parecidas que, na verdade, era quase como se estivessem usando máscaras idênticas.

Quando Charon estacionou a limusine em frente ao edifício e abriu a porta para que saíssem, todos estavam rindo às gargalhadas de novo. Dave acabara de repetir uma piada que lhe fora contada por Bob McKensie, assistente do promotor público. O grupo continuou rindo até o saguão e Dave contou a piada de novo, desta vez para Philip, o segurança.

Kevin desfrutou com prazer o momento de camaradagem. Eles o levaram para dentro do elevador, brincando de provocar uns aos outros por conta de seus antecedentes universitários. Ainda estavam fazendo piadas ao se separarem, cada um tomando o rumo do próprio apartamento.

Quando Kevin chegou ao seu, encontrou Norma e Jean de pé, uma de cada lado da pianola, ouvindo Miriam tocar. Ergueram os olhos quando ele entrou, ambas fazendo sinal para que não a interrompesse. Miriam estava tão entretida em sua música que de fato não o ouviu chegar. Estava tocando

Beethoven, e as moças pareciam entusiasmadas. Kevin foi na ponta dos pés até o sofá e se sentou. Quando ela terminou, aderiu aos aplausos, e Miriam se voltou, resplandecente.

– Ah, Kevin. Nem sequer o ouvi entrar. Há quanto tempo está aí?

– Duas dezenas de compassos – respondeu, dando de ombros.

– Ela é maravilhosa – declarou Norma. – Estava dizendo a Miriam que há um grande piano de cauda na cobertura do Sr. Milton e assim que ele der uma festa...

– Vai dar uma na sexta-feira à noite.

– Ah, que maravilha – guinchou Jean. – Você vai tocar para todo o mundo neste fim de semana!

– Não sou tão boa assim – retrucou Miriam.

– Sem falsa modéstia. Você é boa e sabe disso – disse Norma com um rigor de professora. Voltou-se para Kevin. – Vamos a um concerto no Lincoln Center amanhã à tarde: Mahler, sinfonia nº 2, "Ressurreição".

– Pode imaginar uma coisa dessas, Kev? Finalmente encontrei outras pessoas que também gostam de música clássica.

– Assim como de rock – acrescentou Jean.

– E não esqueça, ainda, um pouco de música country – completou Norma. As três riram. Pelo modo como se abraçavam e se cutucavam de brincadeira, Kevin pensou que de fato davam a impressão de serem amigas de infância. Miriam parecia realmente feliz. Tudo estava indo bem.

– É melhor eu ir engrenando uma primeira – disse Norma. – Se Kevin está em casa, isso significa que Dave já chegou.

– E Ted.

– Ah – Kevin comentou quando estavam saindo. – Ted vai estar em ótimo estado de espírito, Jean. Conseguiu um nocaute hoje, sem sequer entrar na luta.

– Como é? – Jean fez uma careta, como se ele estivesse prestes a lhe contar uma coisa terrível, em vez de dar uma notícia boa. Kevin olhou para Miriam depressa e pensou tê-la visto acenando um não com a cabeça.

– O caso é dele e suponho que deveria ter deixado Ted lhe contar primeiro.

– Ah, não. Ted nunca me conta os detalhes bobos e desagradáveis. Ele sabe o quanto odeio ouvir essas coisas. Nem sequer leio sobre os casos quando saem nos jornais.

– Nem eu – disse Norma. – É melhor deixar os acontecimentos desagradáveis deste mundo do lado de fora da porta, do mesmo modo que você limpa os pés antes de entrar – explicou. Voltou-se para Jean. – Não foi essa a expressão que o Sr. Milton usou?

– Hum-hum.

As duas se viraram outra vez para ele, sorrindo. Kevin arregalou os olhos, surpreso.

– É claro – disse depressa.

– Tchau, Miriam. Falo com você mais tarde – cantarolou Jean.

– Eu também – entoou Norma, em coro, e as duas saíram.

Por um momento, Kevin ficou apenas olhando fixamente para a porta fechada. Depois voltou-se para Miriam.

– Tivemos um dia maravilhoso – a mulher começou antes que ele pudesse dizer uma palavra. – Primeiro fomos ao Museu de Arte Moderna. Está com uma exposição maravilhosa de pinturas vindas de Moscou, nunca vistas antes no Ocidente. Fomos ao Village para almoçar. Norma conhecia um lugarzinho que tinha uma variedade maravilhosa de quiches. Depois voltamos para o centro e fomos a uma matinê, para pegar aquele filme australiano pelo qual todo mundo anda delirando. O filme tinha essa trilha sonora ótima, tirada de Beethoven; então, quando voltamos, toquei um pouco para elas. Ah – acrescentou, mal conseguindo parar um instante a fim de recuperar o fôlego –, sabíamos que não estaríamos de volta a tempo de preparar o jantar, por isso paramos numa delicatessen ótima e eu trouxe uma salada de lagosta, pão francês e uma garrafa de Chardonnay. Está bem assim?

– Claro – Kevin balançou a cabeça.

– Está aborrecido?

– Não. – Ele riu. – Estou apenas... feliz porque você está feliz.

– Teve um dia bom também?

– Tive.

– Tudo bem – acrescentou Miriam, rápida. – As meninas me disseram que é tudo o que devo perguntar a você. Preciso me exercitar nisso de levá-lo a afastar os problemas de sua mente e realmente relaxar quando chegar em casa. Então... tome um banho, fique confortável. Vou pôr a mesa e descobrir uma boa música para ouvirmos durante o jantar. – Partiu antes que ele pudesse responder, deixando-o com um sorriso de perplexidade no rosto.

Kevin sentiu-se contente por ver Miriam se adaptando tão rapidamente, mas havia algo naquilo tudo que o estava incomodando, uma espécie de dor breve e aguda no peito. Podia não ser nada ou, como às vezes era o caso, tratar-se do primeiro aviso de algo letal.

Afastou o pensamento e se dirigiu ao chuveiro.

Antes que o fim de semana chegasse, a John Milton e Associados já contava com outro motivo de comemoração. Dave Kotein obteve mais um sucesso ao conseguir que o juiz desprezasse a confissão de Karl Obermeister com base no fato de que os policiais responsáveis pela detenção e o assistente da promotoria não tinham dado a ele a oportunidade de telefonar para um advogado antes de o levarem a confessar. O juiz recusou-se também a permitir que o promotor público usasse a prova encontrada no apartamento de Obermeister, já que uma busca completa em toda a casa fora efetuada sem mandado policial ou ordem judicial, e sem que quaisquer acusações concretas fossem apresentadas de antemão.

Sem a confissão nem a prova que os policiais tinham recolhido no apartamento, o promotor público estava considerando seriamente a ideia de desistir da causa. O Sr. Milton previa que as acusações contra Obermeister seriam abandonadas na segunda-feira.

– Quando isso acontecer – disse Dave –, Obermeister sairá da cidade.

– Mas, Dave – perguntou Kevin depois da reunião geral. – Não acha que ele vai cometer o mesmo crime em qualquer lugar para onde for?

– Kevin, você sai por aí mandando prender todo mundo que acha ter potencial para cometer um crime? Isso entupiria as cadeias até elas explodirem. Além disso, Obermeister, para mim, será um caso encerrado. Quanto a sentimentos de culpa mais tarde, foi Bob McKensie quem estragou esse caso para a promotoria, Kevin. Deixe que ele conviva com a culpa – enfatizou Dave.

Kevin assentiu. Não era um conceito que tivesse dificuldade para compreender. Havia defendido o mesmo argumento quando Miriam se preocupou com seu trabalho para Lois Wilson. A defesa que fizera da professora tinha deixado um peso em sua consciência maior do que gostaria de confessar, mas quando sentia esse tipo de coisa, recorria à explicação do Sr. Milton sobre o que era a lei e quais eram suas responsabilidades para com ela e o cliente. Estes, sim, constituíam os padrões à luz dos quais avaliar seus atos. Consciência, quando se tratava de lei, era apenas excesso de bagagem. Já havia trabalhado sob essa filosofia; estava trabalhando dessa maneira agora.

Mas acreditava verdadeiramente nela? Tentava com todas as suas forças evitar essa pergunta. Havia um excesso de fatores em jogo. Queria fazer sucesso no escritório e corresponder às expectativas do Sr. Milton. Não era hora de questionar a filosofia jurídica de ninguém, muito menos de se mostrar fraco. Tinha um caso importante indo a julgamento.

Além disso, a cada dia que passava Miriam ficava mais apaixonada pela vida que tinham escolhido para eles. Todas as tardes, quando voltava do escritório para casa, Kevin a encontrava tão animada, feliz e cheia de energia quanto na véspera. Raramente falava sobre Blithedale, das amigas que deixara para trás ou da vida que levava antes. Tinha parado de dar retorno aos telefonemas e não escrevia cartas a ninguém. Qualquer pesar que pudesse ter manifestado no início desaparecera por completo. Talvez ainda fosse o período de lua de mel, mas Kevin não conseguia se lembrar de um só momento sombrio entre eles desde que haviam chegado.

Mesmo assim, ficou atônito pela maneira como ela falou com a mãe ao telefone, defendendo tudo o que tinham feito, atacando as opiniões da mãe como ideias tolas e prejudiciais, chamando-a até de tacanha e intolerante. E quando os pais dela vieram para jantar na quinta-feira, Miriam os surpreendeu, primeiro, preparando uma primorosa ceia de gourmet. (Norma conseguira para ela as receitas de um chef do Four Seasons.) Depois, exibiu a eles todos os programas de teatro e concertos a que comparecera com as amigas desde que se mudara para a cidade. Tagarelou sem parar sobre suas incursões aos museus, os restaurantes a que tinha ido, as pessoas que havia conhecido. Sua conversa foi toda pontuada pelas referências a Norma e Jean, tendo como única nota dissonante um breve comentário a respeito de Helen Scholefield.

Kevin ficou surpreso ao ver como Miriam evitara contar aos pais o motivo da depressão de Helen, atribuindo tudo à descoberta de não poder ter filhos.

– É por isso que estamos com aquele quadro horrendo pendurado, ali, mãe. Na verdade, Kevin sugeriu que o deixássemos na parede por um tempo, para não ferir os sentimentos dela – voltou-se para o marido. – Ele não é, no fundo, um grande coração mole? Mas eu o amo por ter tanta consideração pelas pessoas.

– Bem, é muito atencioso de sua parte, Kevin – disse a mãe de Miriam –, mas a pintura é tão horripilante que simplesmente não consigo olhar para ela. É de dar arrepios.

– Ah, não vamos pensar nisso. Olhe só – chamou Miriam, levantando-se e tirando o quadro do lugar. – Vou deixá-lo aqui no chão, virado para a parede, até você ir embora. Vou tocar sua peça preferida.

Foi até o piano e tocou, mais lindamente, com mais sentimento do que Kevin jamais a tinha visto fazer. Quando olhou para os pais dela, viu assombro nos rostos deles também.

Na saída, ao final da noite, a mãe de Miriam puxou-o de lado enquanto a filha se despedia do pai.

– Ela está realmente feliz aqui, Kevin. Não pensei que Miriam fosse ficar assim logo que eu soube de tudo isso, mas parece que você tomou uma decisão maravilhosa. Estou feliz por vocês dois.

– Obrigado, mãe.

– Vou telefonar a seus pais e transmitir a eles minhas impressões – cochichou.

– Eles virão aqui na semana que vem, mas tenho certeza de que mamãe está louca para ouvir o que você tem para contar.

– Está sim. Cinco estrelas – acrescentou, e deu-lhe um beijo no rosto.

Quando saíram, Miriam foi até a cozinha para lavar a louça e Kevin voltou à sala. Seu olhar vagou até o quadro de Helen Scholefield no chão. Pegou-o e pendurou-o de novo na parede. Em seguida, deu um passo para trás. Por um longo momento, ficou ali, fitando-o. Sentiu-se atraído para o rosto da mulher. Quase podia ouvir os gritos dela enquanto era atirada por uma força invisível, da beira do abismo para o mar vermelho e fervente lá embaixo. À medida que se fixava na imagem, as características faciais da mulher foram assumindo formas mais nítidas e, por um instante, o rosto dela se pareceu com o de Miriam. Kevin sentiu uma onda de calor e em seguida um arrepio percorrer sua espinha; precisou fechar os olhos. Quando os abriu de novo, a pintura estava do jeito que sempre fora: abstrata. O rosto de Miriam tinha desaparecido. Mas que ilusão estranha, ainda que só por um momento, pensou.

Kevin se encaminhou para a cozinha a fim de encontrar Miriam e a tomou em seus braços. Voltou-a para si e beijou-a como se fosse pela última vez.

– Kev – perguntou ela, retomando o fôlego –, o que foi?

– Nada... você deu um grande jantar. Foi uma noite ótima e quis que soubesse o quanto a amo. Farei tudo o que puder para tornar você a mulher mais feliz do mundo, Miriam.

– Ah, Kev, sei disso. Basta ver o que já fez. Não me preocupo nem um pouco em deixar meu futuro nas suas mãos. – Beijou-o no rosto para voltar às louças e talheres. Kevin ficou observando-a por algum tempo e depois perambulou distraidamente até a varanda. Apesar do ar frio da noite de novembro, foi até lá fora e espiou pela balaustrada. O mundo quinze andares abaixo parecia irreal. Tentou imaginar como seria cair de uma altura assim.

Teria sido só a morte trágica da mulher que levara Richard Jaffee a fazer aquilo? Por que não pensara no filho e em sua responsabilidade para com ele?

De repente uma onda de luz caiu sobre seus olhos. Franziu as sobrancelhas a fim de se proteger do clarão e olhou para cima. Compreendeu que John Milton tinha chegado em casa e acendera todas as lâmpadas do telhado e da varanda. A maior parte dos pequeninos pontos de luz era dirigida de modo a que sua iluminação clareasse para baixo, a luz envolvendo o edifício como um cobertor que caía desde o décimo sexto andar. Era como se os associados e suas esposas estivessem sob sua proteção.

Ou sob o seu feitiço, pensou Kevin. Era a primeira vez em que pensava uma coisa assim, mas atribuiu-a ao humor melancólico em que se colocara ao sair para a varanda e pensar no suicídio de Richard Jaffee. O ar frio da noite levou-o outra vez para dentro. Ouviu Miriam cantando na cozinha. Isso e o ambiente aconchegante de seu apartamento puseram fim a seus pensamentos deprimentes.

9

— Charon veio trazer nossa própria chave – disse Miriam, sem fazer qualquer tentativa para esconder o quanto estava impressionada. – Telefonei para Norma e ela me contou que todos os associados têm uma chave. Qualquer outra pessoa, visitas e entregadores, por exemplo, precisa pedir ao segurança para abrir com a chave dele – acrescentou, um tom nitidamente arrogante na voz.

Pensei que fosse eu o dono de toda a arrogância aqui em casa, pensou Kevin. Meneou a cabeça e olhou para a chave dourada na palma da mão de Miriam. Parecia ouro maciço. A mulher leu seus pensamentos.

– É ouro puro. Perguntei a Charon se era e ele respondeu "claro que sim". Quase sorrindo.

Kevin pegou a chave, revirou-a e sentiu o peso dela em sua mão.

– Bastante extravagante, não acha?

Miriam a puxou de sua mão aberta.

– Ah, não sei. – Deu de ombros e virou de costas para se olhar mais uma vez no espelho do corredor. Tinha ido fazer compras com Norma e Jean, a fim de comprar uma roupa especial para a ocasião. Kevin se surpreendeu com a escolha da mulher: um vestido de tricô preto, justo, amoldando-se tão colado a seu corpo que, na verdade, dava para ver a marca das costelas sob o tecido. Não era um modelo tomara que caia, mas o corpete tinha um decote tão profundo que mais da metade do seu busto estava à mostra. E Miriam não tinha por baixo um sutiã comum. Em vez disso, vestia um suporte para levantá-los, algo que Norma e Jean a haviam convencido a usar. A coisa se encaixava sob seus seios, erguendo-os e modelando-lhes as formas.

Não era Miriam, pensou Kevin. Ela podia se vestir de maneira sexy e ser provocante, mas nunca de maneira tão óbvia. Tinha mais classe, era mais reservada e se preocupava mais com ter estilo e elegância do que em ser atraente.

E ela nunca usava tanta maquiagem. Tanto o delineador quanto a sombra estavam mais do que exagerados. Tinha misturado algumas tonalidades de blush nas faces e pusera um batom vermelho com brilho úmido nos lábios.

Percebeu que Miriam optara por não usar o colar combinando com os brincos de ouro e pérolas, um conjunto que dera a ela de presente em seu aniversário passado. Não que achasse que a mulher estava precisando de algum enfeite a mais. Miriam de fato tinha um pescoço gracioso, as linhas transformando-se suavemente na curva de seus ombros pequenos, femininos, ombros que cabiam tão bem na mãos de Kevin quando a trazia para junto de si no momento de um beijo. Era só que a ausência da joia em volta do pescoço acrescentava ainda mais uma nota à atmosfera de nudez, fazendo-a parecer ainda mais provocante.

Tinha arrumado o cabelo de um jeito bem diferente, eriçando-o e escovando-o com secador. Isso lhe deu uma aparência rebelde, tempestuosa. Kevin não era contra o estilo do cabelo em si, mas aquele vestido e toda aquela maquiagem combinados com esse penteado faziam-na parecer vulgar, com um ar de prostituta de rua. Sim, havia uma nova sensualidade nela, e isso o excitava; mas também o deixava aborrecido.

– Qual é o problema? Não gosta do jeito como estou?

– É... diferente – respondeu Kevin, com o máximo de diplomacia que conseguiu.

Voltou à sua imagem no espelho.

– É isso, não é? Achei que devia mudar um pouco a minha aparência. Tanto Norma como Jean me achavam conservadora demais. – Miriam riu. – Devia ter visto a imitação que fazem de uma fulaninha típica da classe média alta de Long Island – sabe, o maxilar preso, as vogais fechadas, os sons nasais. "Posso ver aquela estola de raposa?" – acrescentou, imitando as imitadoras e fingindo estar numa loja elegante.

– Nunca achei que você fizesse esse tipo, meu bem. E nunca a achei conservadora demais. Você sempre teve muito estilo e andou na moda. É isso mesmo que as mulheres da sua idade estão usando agora?

– Mulheres da minha idade? Francamente, Kevin – pôs as mãos nos quadris e fez cara feia.

– Estava só perguntando. Talvez tenha andado com o nariz enfiado nos livros de Direito e não me dei conta do que estava acontecendo no mundo.

– Acho que nós dois andamos distraídos do mundo, mais do que tínhamos percebido.

– É mesmo? – que coisa excepcional, pensou. Apenas algum tempo antes ele estava tentando convencê-la disso e, agora, Miriam fazia parecer que fora ele quem pretendia permanecer em seu paraíso seguro de Long Island.

– Acha que não fiquei bem, não é? – começou a fazer beicinho.

– Eu não disse isso. Você está ótima. Só não sei se posso deixá-la sair de casa. Vou passar a noite inteira tirando os caras de cima de você.

– Ah, Kevin – consultou o relógio. – É melhor subirmos.

– Hum-hum – concordou Kevin, abrindo a porta. Quando Miriam passou, deu-lhe uma beijoca no lado do pescoço.

– Kevin! Vai estragar minha maquiagem.

– Tudo bem, tudo bem. – Kevin ergueu as mãos. Depois encostou-se nela, com um olhar lascivo. – Mas eu acho que esta é a noite em que vamos fazer um bebê.

– Depois.

– Posso esperar... um pouco. – Ele riu enquanto se encaminhavam para o elevador. Depois que a porta se abriu e os dois entraram, Miriam inseriu a chave de ouro sob a letra "P" e virou-a, sorrindo para ele quando as portas se fecharam. Kevin balançou a cabeça. Miriam deixou a chave cair dentro da pequena bolsa preta que combinava com o vestido.

– A chave abre para a sala de visitas dele – cochichou quando o elevador subiu.

– Eu sei. Os rapazes me contaram.

Quando as portas de correr se afastaram, entretanto, ambos continuaram parados ali por um momento, extasiados. A sala do Sr. Milton era tão ampla e comprida quanto um daqueles lofts de armazém reformados que se vê no SoHo. Havia uma fonte no centro, cercada por um sofá vinho em forma de círculo, feito de veludo com estofados imensos e almofadas soltas jogadas por toda a volta. Pequenos pontos de luz pintavam as cores do arco-íris sobre a água faiscante que se erguia de um gigantesco lírio branco esculpido em mármore no centro.

O chão era coberto por tapete fofo, espesso, branco, do tipo, pensou Kevin, que faz você querer se ajoelhar só para ficar passando as mãos nele. Cortinas drapeadas de um vermelho-rubi tinham sido penduradas nas paredes, entremeadas aqui e ali por quadros, a maior parte deles de pintura moderna, quase todos originais. Alguns davam até a impressão de terem sido pintados por Helen Scholefield. Ao longo das paredes e colocados entre variadas peças de mobília havia pedestais com esculturas em pedra ou madeira.

A parede no extremo oposto consistia nas imensas janelas que Dave, Ted e Paul tinham descrito tão apaixonadamente na limusine. As cortinas até o chão tinham sido repuxadas para se abrirem completamente e oferecerem uma vista do contorno dos edifícios contra o céu de Nova York que era de tirar o fôlego. Do lado direito achava-se o grande piano, com um candelabro de ouro pousado sobre ele – ouro puro, avaliou Kevin. No canto esquerdo, embutida na parede, havia um enorme equipamento de som, com seus amplificadores quadrifônicos também instalados nas paredes e até no teto. Um DJ negro, alto e muito magro, com um conjunto de picapes montado à sua frente, selecionava os ritmos e fazia também comentários animados para acompanhar a música. Sua camisa de seda preta estava aberta até o umbigo, e um medalhão pendurado numa grossa corrente de ouro reluzia contra a pele de ébano.

A sala fora iluminada por fileiras de lâmpadas embutidas ao longo do teto e algumas luminárias, em cristal Tiffany e Waterford, de variados tamanhos e formas, estavam acesas junto aos canapés e poltronas confortáveis. Imediatamente à direita da entrada ficava o bar, a frente construída em pedra natural polida, a bancada comprida e estreita em madeira de carvalho. Havia banquetas estofadas em preto, de encosto alto, enfileiradas diante dele. Atrás da bancada, dois *barmen* agitavam e misturavam coquetéis, suas imagens gêmeas espelhadas proporcionando a ilusão de estarem apenas uma fração de segundo atrasadas, uma em relação à outra, não importa para que lado se virassem ou contorcessem. Taças de vinho cintilando como pingentes de diamantes exibiam-se acima de suas cabeças, suspensas pelo pé e presas a um trilho feito de nogueira.

Logo à esquerda, o Sr. Milton havia criado uma pequena pista de dança em cerâmica num tom vivo de carmim. A luz estroboscópica fazia chover uma mistura de azuis, verdes e vermelhos sobre os convidados que rodopiavam ao sabor da música. A pista estava encaixada numa parede de espelhos de modo que a luz se refletisse por toda parte e todos pudessem se ver enquanto dançavam. Alguns pareciam hipnotizados pelas próprias imagens cinéticas.

Já havia mais de trinta pessoas na festa. Kevin viu que cada uma das secretárias estava com um acompanhante. Wendy acenou da pista de dança. Diane, sentada no sofá com o rapaz que viera com ela, cumprimentou-o de longe também.

– Aquelas são duas de nossas secretárias – Kevin se apressou em explicar.

– Secretárias? – Miriam olhou de Wendy para Diane. Wendy vestia um conjunto de calça comprida e frente única em azul vivo, as laterais com um corte tão acentuado que metade do seio ficava visível pelas costas. Diane estava com um corpete preto, colante, e calças jeans, os seios sem sutiã apertados contra o tecido fino.

– Não é de estranhar que você fique tão ansioso para ir trabalhar todo dia – reclamou Miriam. Kevin respondeu com um sorriso malicioso.

Mas havia mulheres bonitas por toda parte, escoltadas por homens vestidos de terno. A festa ostentava um ar de opulência – garçons de casacos brancos e gravatas pretas; garçonetes em saias pretas e blusas brancas movendo-se pela sala, carregando bandejas de coquetéis, taças de champanhe e quitutes quentes, todos de aparência deliciosa.

Diane se recostou no sofá e dois homens começaram a lhe dar uvas na boca, provocando-a e em seguida tocando seus lábios, até que ela pegou o dedo de um dos homens na boca junto com a uva. Neste exato momento, Kevin ouviu um repique de riso feminino à sua esquerda e voltou-se para ver homens e mulheres dançando tão colados que pareciam ansiosos pelo êxtase sexual. No centro da sala imensa, uma ruiva vistosa, descalça e vestindo algo que mais parecia uma combinação, pareceu flutuar até o bar. Mesmo as mulheres olharam para ela com ar apreciador. Sob a luz mais clara, o busto da mulher foi completamente revelado. Daria no mesmo se tivesse vindo sem nada, pensou Kevin. A ruiva juntou-se no bar a dois homens que vieram se chegar à moça como se ela fosse um ímã e, eles, feitos de ferro.

Kevin começou a achar que ele e Miriam tinham entrado numa orgia romana dos tempos modernos. Estava fascinado, excitado, divertindo-se. Não era de estranhar que os associados ficassem tão agitados sempre que se falava de mais uma festa na cobertura.

No fundo, junto às janelas, estavam o Sr. Milton e os associados, todos de pé, segurando uma taça de champanhe. O Sr. Milton estava vestido com o que parecia ser um paletó de smoking escarlate e calças combinando. Assim que viu Kevin e Miriam no elevador aberto, disse algo a Paul Scholefield, que fez um sinal com a cabeça para o DJ que operava os pratos das picapes e a música parou.

Todo mundo fez silêncio. O Sr. Milton deu um passo à frente.

– Senhoras e senhores, quero lhes apresentar nosso mais novo associado e sua esposa, Kevin e Miriam Taylor.

O grupo rompeu em aplausos. Kevin olhou para Miriam e viu que ela estava radiante, seu jeito natural de ruborizar queimando debaixo da maquiagem. Apertou a mão do marido contra a sua.

– Obrigado – disse Kevin algumas vezes, meneando a cabeça da esquerda para a direita. O Sr. Milton prosseguiu, encaminhando-se na direção deles, e a música continuou. Todos voltaram ao que estavam fazendo. Miriam olhou em torno, procurando Norma e Jean, e viu-as acenando para ela do outro lado da pista de dança. Mais ou menos na metade da sala, do lado esquerdo, Helen Scholefield estava sentada, com ar complacente, olhando fixo para a festa, um cálice bojudo de vinho branco na mão. Estava tão quieta que se confundiria com uma das estátuas de alabastro.

– Bem-vindos – disse o Sr. Milton.

– Miriam, deixe que lhe apresente o Sr. Milton – apressou-se Kevin. John Milton pegou a mão estendida de Miriam com sua mão direita e cobriu-a com a esquerda. Sorriu.

– Tinham me dito que você era uma mulher muito atraente, Miriam. Vejo agora que isso foi uma omissão grosseira, porque não faz justiça à sua beleza.

Miriam corou.

– Não preciso dizer que sinto como se já o conhecesse. Todo mundo que encontrei fala tanto a seu respeito...

– Só coisas boas, espero. – Fingiu olhar zangado para Kevin.

– Nada que se possa sequer questionar – retrucou Kevin, erguendo a mão direita. John Milton riu.

– Assim que conseguirem algo para beber, vou apresentá-los a alguns de meus convidados. E não muito tempo depois disso – continuou, ainda segurando a mão de Miriam – vamos ver se conseguimos convencer Miriam a tocar piano para nós.

– Ah, não. Elas lhe contaram. – Miriam disparou um olhar como uma chibatada na direção de Norma e Jean, que a estavam observando enquanto exibiam largos sorrisos.

– Nem precisaram. Eu sabia. Sua fama a precedeu – acrescentou depressa, e Miriam riu.

– Acho que vou precisar mesmo daquele drinque – disse ela. Kevin riu também e os três partiram para o outro lado da sala, parando junto a um garçom a fim de que John Milton pudesse pegar um coquetel para eles antes de proceder às apresentações.

KEVIN ESTAVA IMPRESSIONADO com a variedade de profissionais presentes à festa do Sr. Milton. Havia advogados de outras firmas, muitas das quais Kevin conhecia de nome ou recordava de seus dias de faculdade, quando os estudantes de Direito discutiam os melhores lugares para se trabalhar. Ele e Miriam foram apresentados a dois médicos, ambos especialistas em cardiologia. Reconheceu um famoso ator da Broadway. Conheceram um renomado colunista do *New York Post* e foram finalmente apresentados a Bob McKensie, assistente da promotoria pública.

– Bob gosta de visitar o campo inimigo de vez em quando – brincou o Sr. Milton e em seguida acrescentou, num tom entre a zombaria e o sério –, especialmente quando temos uma nova estrela.

– Ainda não sou uma estrela – disse Kevin e apertou a mão esguia de McKensie. Para Kevin, McKensie fazia lembrar o presidente Lincoln, erguendo-se a pelo menos 1,98 metro de altura, magro mas rijo, algo que se podia perceber pelo aperto de mão do sujeito. Tinha um rosto moreno e comprido, com olhos tristes e profundos, e traços finos bem-marcados.

– O problema é que – replicou McKensie – todo mundo que trabalha para John Milton vira estrela mais cedo ou mais tarde. É isso que torna o trabalho do gabinete da promotoria tão mais difícil.

John Milton riu.

– Ouça, Bob – respondeu –, nós não tornamos seu trabalho mais difícil; fazemos só com que se esforce para ser o melhor que puder. Você devia estar nos agradecendo.

– Vejam só esta lógica – McKensie fingiu reclamar, balançando a cabeça. – Estão entendendo por que ele e todos os seus associados são tão formidáveis num tribunal? Prazer em conhecê-lo, Kevin. Soube que é você quem vai cuidar do caso Rothberg.

– Sim.

– Como dizem no cinema, eu o verei no tribunal – McKensie cumprimentou Miriam com um movimento da cabeça e saiu para conversar com outras pessoas.

– Sujeito sério – comentou Kevin. – Ele não sorri nunca?

– Não tem lá muito do que rir nos últimos tempos – disse o Sr. Milton, os olhos faiscando. – Agora deixem que lhes mostre o restante da cobertura. – John Milton pegou o braço de Miriam. Conduziu-os para a esquerda, onde o portal se abria para um corredor, do qual saíam, por sua vez, três quartos de hóspedes, um escritório, três banheiros, e o quarto de John Milton.

Todos os cômodos eram grandes. Os banheiros eram azulejados e luxuosos, cada um com sua própria banheira de hidromassagem, exatamente como os outros associados haviam descrito.

– Não gosto desta arrumação com jeito de vagão de trem – criticou John Milton enquanto desciam o corredor –, mas não tive disposição para botar tudo abaixo e começar toda a decoração de novo.

– Ah, mas é lindo! – exclamou Miriam, em especial quando se detiveram em um dos banheiros.

John Milton relanceou os olhos para ela um momento e em seguida piscou para Kevin.

– Mais tarde, se quiser, sinta-se à vontade para usar uma das banheiras. São de quem chegar primeiro.

Quando alcançaram o quarto de John Milton e olharam para o interior, Kevin entendeu por que Paul e os outros tanto comentavam o luxo e o hedonismo da cobertura. A pesada cama de carvalho no centro do quarto era enorme. O colchão, o estrado de molas e a roupa de cama – tudo tivera de ser feito sob medida. Dava a impressão de uma cama que poderia ter sido construída para Henrique VIII. As colunas eram grossas e altas. Um artífice gravara cada uma das quatro com figuras mitológicas – unicórnios, sátiros, ciclopes. Fez lembrar a Kevin de parte da mobília no escritório de John Milton. Talvez o mesmo carpinteiro houvesse construído esta cama. A colcha e os travesseiros imensos eram feitos numa estampa de escarlate e branco que combinava com a decoração do quarto: cortinados em escarlate e branco, cúpulas de abajur rubi, paredes brancas rasgadas por pinceladas de espirais vermelhas que pareciam explosões estelares.

Sobre a cama havia um teto de espelhos. Quando olharam para cima, tiveram a sensação que estavam todos liquefeitos e derramando-se em direção ao centro do quarto. As distorções deviam contribuir para interessantes imagens eróticas, refletiu Kevin.

– Vejo que vermelho é a sua cor favorita – comentou quando percebeu que John Milton estava sorrindo para ele.

– É. Gosto de cores vivas, bem-definidas: vermelhos, brancos, preto total. Suponho que seja minha inclinação por coisas claras e nada nebulosas. Detesto quando as pessoas dizem que alguém, ou algo, não é bom nem ruim. A vida fica muito mais simples quando identificamos cada coisa pelo que ela é, não acha? – perguntou a Miriam.

– Ah, sim, claro – respondeu ela, intrigada com a mobília, os armários, as obras de arte, a cama imensa. Na parede diretamente em frente a ela havia um gigantesco telão de TV embutido.

– Bem, já tirei vocês dois da festa por tempo demais. Vamos voltar e nos divertir um pouco, sim? – Desligou com um estalido as luzes do quarto, e os dois retornaram à reunião.

Tanto Kevin como Miriam acharam a festa maravilhosa. As conversas foram estimulantes e curiosas. As pessoas discutiam os novos espetáculos na Broadway e off-Broadway. Kevin entrou numa acalorada discussão política com alguns advogados e um juiz do Tribunal de Justiça estadual. Ele e Miriam dançaram um com o outro, e com outras pessoas, especialmente com Ted, Dave e suas mulheres.

Mas Helen Scholefield em momento algum se moveu de sua cadeira. Sempre que Kevin se virava em sua direção, dava com Helen olhando para ele. Finalmente, foi abrindo caminho pelo meio da sala e chegou até ela para dizer oi. Notou Paul de pé ao lado do Sr. Milton. Os dois o observavam atentamente. Talvez preocupados por ela, pensou Kevin.

– Não parece estar se divertindo – disse a Helen. – Posso pegar alguma coisa para comer ou beber, convidá-la para dançar...

– Não, estou bem. Você devia se preocupar consigo mesmo... e sua mulher – respondeu, sem qualquer traço de sarcasmo ou raiva.

– Como disse?

– Está se divertindo, Kevin Taylor?

Ele riu.

– Pode me chamar só de Kevin. Sim, para falar a verdade, estou. Isto aqui é uma festa de verdade.

– É apenas o início. A festa nem sequer começou ainda.

– Não? – Kevin inspecionou à sua volta. Helen estava com o olhar erguido para ele, fitando-o como havia feito na porta do elevador no dia em que se conheceram. Isso o deixou nervoso, constrangido. – E aí... diga-me, alguma destas pinturas é sua?

– Sim, algumas das minhas estão aqui. São da minha primeira fase, no entanto. Nessa época, eu pintava apenas o que o Sr. Milton queria. Pode ter certeza de que ele não iria querer que eu pintasse o quadro que está no seu apartamento. Ainda está lá?

– Ah, sim, claro. Eu o acho... interessante.

– Fique olhando para ele, Kevin Taylor. É a sua única esperança – avisou ela um segundo antes de Paul se aproximar deles.

– Helen, como está se sentindo, querida?

– Cansada, Paul. Você se importaria muito se eu saísse discretamente?

Paul voltou-se instintivamente na direção do Sr. Milton.

– O Sr. Milton não vai se incomodar – acrescentou Helen, rápida. – Ele tem um novo divertimento. – Virou-se para Kevin e fitou-o incisivamente.

Kevin voltou o olhar confuso para Paul, mas ele apenas balançou a cabeça.

– Sem problemas, meu bem. Pode descer para casa. Não vou ficar até muito tarde.

– Não mais tarde do que geralmente fica, tenho certeza – replicou com secura. Levantou-se – Boa noite, Kevin Taylor – e encaminhou-se para a saída. De repente parou, voltou, inclinando a cabeça para o lado antes de falar. – Você gosta mesmo disto tudo, não gosta?

Kevin sorriu e ergueu ligeiramente os braços.

– Como é que alguém pode não gostar? – respondeu.

Helen meneou a cabeça, como que confirmando uma ideia.

– Ele escolhe bem – disse.

– Vá para casa, Helen – pediu com rispidez. Ela se virou obedientemente e continuou em direção ao elevador. – Desculpe – murmurou Paul, seguindo-a com o olhar. – Achei que trazê-la à festa pudesse ajudar a animá-la um pouco, mas ela está deprimida demais. Vem tomando um medicamento que o médico receitou, mas isso não está ajudando. Vou ter de falar com ele amanhã.

– É uma pena. Se existir algo que eu ou Miriam possamos fazer...

– Obrigado. Basta que vocês dois se divirtam. É a sua noite. Não deixe que isso atrapalhe a alegria de vocês. Vamos, venha até o escritório do Sr. Milton. Ted e Dave estão lá. – Paul olhou na direção de sua mulher, franzindo o cenho e sacudindo a cabeça ao vê-la entrar no elevador. Helen parou lá dentro como uma estátua, com um enigmático sorriso de Monalisa no rosto enquanto as portas se fechavam à frente dela.

Kevin procurou Miriam com o olhar e viu-a se dirigindo à pista de dança com o Sr. Milton. Esperou que começassem a dançar.

– Olhe só para o chefe. Daqui, ele parece vinte anos mais moço.

– É – respondeu Paul, o rosto voltando ao mesmo sorriso à vontade de antes. – Que sujeito. Vamos.

Paul acompanhou-o até o outro lado da sala. Pouco antes de entrar no corredor, olhou para trás e viu Miriam contorcendo o corpo em movimentos mais insinuantes do que jamais a vira fazer em público antes.

– Vamos – repetiu Paul, e Kevin continuou a descer o corredor a caminho do gabinete onde iria ter com os demais associados.

PELOS SORRISOS NOS rostos de Ted, Dave e Paul, Kevin se deu conta de que a reunião no escritório não era espontânea. Depois que Ted lhe serviu mais uma taça de champanhe, desta vez de uma garrafa de Dom Pérignon, Dave limpou a garganta.

– Quisemos nos afastar do tumulto para ter alguns momentos em particular com você, Kevin – disse ele. – Mas, primeiro, o que vem antes. – Ergueu o copo. – Nós três gostaríamos de aproveitar esta oportunidade para dar as boas-vindas a um novo membro de nossa família de advogados. Que seus talentos, juízo e conhecimento alcancem força plena nos tribunais, durante as batalhas jurídicas que ainda estão por vir.

– Viva, viva – acrescentaram Ted e Paul.

— A Kevin — disse Dave.

— A Kevin — repetiram os demais, e todos beberam.

— Obrigado, rapazes. Quero dizer o quanto estou agradecido pela maneira como vocês e suas esposas facilitaram tudo para mim e para Miriam. Desejo mesmo fazer parte disto aqui. Meu único receio é não corresponder às altas expectativas de vocês e do Sr. Milton.

— Ah, você vai corresponder, sim, companheiro — retrucou Paul.

— Nós todos começamos aqui com esta sensação — tranquilizou-o Ted. — Ficará surpreso ao perceber como ela vai embora depressa.

Sentaram-se porque Dave tinha uma nova piada para contar. Quando terminou, as risadas dos quatro vazaram para o corredor. Mais champanhe foi servido, mais histórias contadas. Kevin não tinha nenhuma ideia de quanto tempo havia se passado, mas de repente todos pararam de falar porque ouviram o som do piano.

— Deve ser sua mulher — observou Dave. — Ouvimos dizer que ela toca bem.

Levantaram-se depressa e juntaram-se ao imenso grupo que cercava Miriam e o piano. O Sr. Milton estava de pé, do lado esquerdo dela, a mão sobre a tampa do piano, olhando para a plateia. Ostentava uma expressão de orgulho, como se Miriam fosse sua filha ou até mesmo... sua mulher.

Kevin chegou mais perto. Os dedos de Miriam voavam sobre os teclados com um movimento e graça que ele jamais percebera antes. A expressão em seu rosto era dramática, e ela se sentara bem-aprumada, com um porte de total confiança. Não se via nenhuma hesitação, nenhuma indecisão, nenhuma incerteza. Parecia uma pianista profissional.

E a música. Era maravilhosa. Kevin não reconheceu a peça e ficou imaginando se não seria algo que ela havia preparado apenas para o caso de ser convencida a fazer isso. Só que Miriam não estava dando a impressão de alguém que precisara ser convencida a coisa nenhuma. Parecia, isso sim, uma pessoa contratada para tocar. Quando olhou para os rostos na multidão, Kevin viu expressões de profundo reconhecimento e admiração. As pessoas faziam gestos com a cabeça umas para as outras, seus olhos se arregalando. Era como se Miriam fosse mais uma descoberta do Sr. Milton.

Mas não era, pensou Kevin. Isso lhe dava uma sensação estranha. Começou a se sentir um tanto oprimido e lamentou ter bebido tanto champanhe. Perdera a conta de quantos copos havia tomado e, ainda assim, quando olhava para o champanhe em sua taça agora, sentia um ímpeto irresistível de dar mais um gole. O líquido pareceu mudar de cor, de um tom rosado para vermelho-sangue, bem diante de seus olhos.

Viu Diane fitando-o e sorriu para ela. A recepcionista fez um gesto com a cabeça na direção de Miriam e ergueu as sobrancelhas. De repente a sala rodopiou uma vez. Kevin cambaleou, mas manteve o equilíbrio segurando-se no encosto alto de uma cadeira à sua direita. Fechou os olhos e sacudiu a cabeça. Quando os abriu de novo, sentiu como se estivesse dois ou três centímetros acima de um rodamoinho. O chão parecia flutuar debaixo dele. Balançou a cabeça de novo e fechou os olhos. Quando os abriu pela segunda vez, encontrou Diane a seu lado.

– Você está bem? – cochichou ela.

– Só um pouco tonto. Champanhe demais, acho.

– Tudo bem. Ninguém está prestando atenção nenhuma em você. Estão todos deslumbrados com Miriam. Apoie-se em mim e eu o ajudo a voltar ao escritório para descansar um pouco. Vou lhe conseguir uma toalha de rosto molhada, também.

– É, talvez tenha razão.

Deixou que ela o conduzisse, mantendo os olhos fechados a maior parte do tempo, porque a cada vez que os abria a sala girava. Diane o guiou para o sofá de couro macio no gabinete e em seguida saiu para buscar uma toalha. Kevin se recostou bem à vontade, descansando a cabeça contra a parte de cima do encosto, e tentou abrir os olhos. O teto também parecia um rodamoinho, e Kevin teve a sensação horrível de estar caindo dentro dele. Assim, fechou os olhos de novo e os manteve fechados até que sentiu a toalha fria em sua testa.

– Você estará bem em alguns minutos – garantiu Diane.

– Obrigado.

– Quer que eu fique aqui com você?

– Não, está tudo bem. Vou só descansar um pouco. Assim que Miriam acabar de tocar, diga a ela onde me encontrar e que estou bem.

– Claro.

– Obrigado – respondeu ele, e fechou os olhos. Em instantes havia adormecido. Não teve nenhuma ideia de quanto tempo ficou ali. Quando acordou, em princípio sentiu-se confuso. Onde estava? Como tinha chegado ali? Esfregou o rosto com as palmas ressecadas das mãos e olhou à volta do escritório. Tudo voltou à sua mente num instante e Kevin se deu conta de que a casa estava silenciosa demais. Não havia música nenhuma, nenhum som de festa.

Kevin se levantou, um pouco trôpego de início, mas recobrou depressa a compostura. Em seguida se dirigiu para a porta e saiu. O corredor estava profusamente iluminado, mas a sala da festa surgia no fundo apenas sob uma luz difusa. Aturdido, desceu o corredor o mais depressa que pôde até chegar ao salão. A fonte ainda jorrava, mas todas as luzes coloridas tinham sido apagadas. Uma pequena lâmpada ardia atrás do bar. As cortinas tinham sido puxadas sobre os janelões. O aparelho de som fora desligado, a discoteca retirada. A maior parte da luz na sala derramava-se do elevador, com a porta aberta.

– O que... onde diabos...

Esfregou o rosto vigorosamente, como se ao fazer isso pudesse reconstituir a festa, mas nada mudou.
– Olá? – Sua voz ecoou na sala imensa. – Sr. Milton?
Virou-se e olhou em direção ao fundo do corredor.
– Miriam?
Não ouviu nada além do som suave e monótono da fonte.
Miriam com certeza não iria embora sem mim, pensou. Isso é uma loucura. Para onde foi todo mundo? O que é isso, a encenação de alguma piada que estão fazendo comigo porque desmaiei depois de beber champanhe demais? Claro, o que mais poderia ser? Todos os outros, pelo menos os associados, provavelmente estavam escondidos nestes quartos. Riu consigo mesmo e balançou a cabeça. Que bando de sujeitos...

Começou a descer o corredor, movendo-se o mais silenciosamente que podia, esperando que Dave ou Ted irrompessem de um dos quartos. Mas quando se deteve na primeira porta e olhou para dentro, não viu nada além de escuridão. Deu-se o mesmo na porta do segundo quarto, e do terceiro, e não havia ninguém nos enormes banheiros. Kevin já sabia que ninguém estava no gabinete.

Parou na porta do quarto do Sr. Milton e apurou o ouvido. Tudo em silêncio. Bateu levemente e esperou.
– Sr. Milton?
Não houve resposta nenhuma. Deveria bater com mais força? Ele provavelmente foi dormir, pensou Kevin. A festa acabou, todo mundo partiu, e ele foi para a cama. Miriam me deixou mesmo aqui. Talvez estivesse zangada e tenha saído num acesso de mau humor. Diane contou a ela onde eu estava e o que tinha acontecido. Ela veio me pegar, não conseguiu me acordar e ficou constrangida. O Sr. Milton provavelmente disse a ela que me deixasse dormir para curar o porre. Se eu acordasse, ele me mandaria descer. Tem de ser isso. O que mais poderia ser?, imaginou.

Ficou com o ouvido na porta por mais alguns instantes, depois virou as costas e voltou pelo corredor até o salão e o elevador.

– Que noite – murmurou consigo mesmo depois de apertar o botão para que as portas do elevador começassem a se fechar.

Elas se abriram num corredor mortalmente quieto. Saiu e se encaminhou às pressas para o seu apartamento, atrapalhando-se com as chaves. Ficou surpreso ao ver que todas as luzes do apartamento estavam apagadas. Miriam não imaginou que ele iria voltar para casa? Droga, ela deve estar mesmo zangada, pensou. Não se lembrava de jamais ter chegado àquele ponto, de ficar bêbado até cair.

Abriu caminho pelo apartamento e parou quando viu que a porta do quarto deles estava fechada. Uma luz fraca vazava por baixo dela. Pelo menos Miriam tinha deixado um abajur aceso para ele lá dentro, pensou. Começou a inventar suas desculpas. Mas quando estendeu a mão para a maçaneta, parou, porque ouviu algo que soava como gemidos abafados. Prestou atenção por um instante. O gemido ficou mais alto. Era um gemido erótico, e aquilo o perpassou, cortante como um punhal de gelo. Estendeu a mão para a maçaneta de novo, mas no momento em que a tocou seus dedos ficaram dormentes, congelados. A maçaneta queimava as pontas de seus dedos como se fosse feita de gelo seco. Tentou puxar a mão, mas sua pele estava presa ao metal. Os dedos não mais se encontravam sob seu controle. Eles viraram o trinco e seu braço empurrou a porta para a frente, um centímetro de cada vez, até ficar suficientemente aberta para que ele visse com clareza.

Havia um casal nu na cama. Alguma coisa na cabeça do homem lhe pareceu terrivelmente familiar. Entrou no quarto. Aquela era Miriam? Foi até o pé da cama. O corpo do homem fez uma pausa, o ímpeto de seus movimentos repetitivos suspenso. A mulher debaixo dele deslocou-se para a direita e depois ergueu o corpo o bastante para que ele a visse nitidamente. Era Miriam!

– Não! – gritou Kevin.

O homem tirou seus lábios dos de Miriam, mas se manteve paralisado na mesma posição, olhando-a de cima para baixo. Miriam estendeu o corpo a fim de atrair o homem para ela e puxou-o para si de modo a poder beijar-lhe os lábios. Num segundo estavam de volta ao que faziam antes, movendo-se no mesmo ritmo, Miriam gemendo, seus dedos apertados com firmeza contra as nádegas do homem, puxando-o para ela, exigindo maiores e mais profundas estocadas. Levantou as pernas e envolveu com elas a cintura do parceiro. A energia e a força daquele ato sexual eram tão grandes que a cama balançava e as molas do colchão rangiam.

– Não! – berrou Kevin.

Contornou rapidamente pelo lado da cama e se esticou para pegar os ombros do outro, puxá-lo para longe da mulher, tirá-lo dali. O homem parecia colado a ela, firmemente preso a seu corpo. Kevin socou-o nas costas, pondo todo o peso de seu corpo em cada golpe, mas o homem dava a impressão de não sentir. Continuava sem parar, movendo-se no mesmo ritmo, penetrando-a. Kevin agarrou-o pela cintura, mas em vez de tirá-lo de cima de Miriam, foi atraído pelo movimento do outro e descobriu-se empurrando o homem para baixo com cada estocada, depois puxando-o de volta a cada vez que saía de dentro dela. Kevin lutou para se libertar do corpo do homem, mas suas mãos estavam agarradas a ele. Os gemidos de Miriam ficaram mais altos. Ela foi ao auge e gritou de êxtase.

– Miriam! – Suas mãos se libertaram.

Agora desesperado, Kevin agarrou os cabelos do homem e puxou-os, quase arrancado-os da raiz. Finalmente, o homem saiu de cima do corpo de Miriam e começou a se virar, lenta e determinadamente. Kevin relaxou a força dos dedos e se posicionou para enfiar o punho na cara do rival. Mas quando se voltou completamente para ele, Kevin abriu o punho e apertou as duas mãos contra a própria cabeça.

– Não! – gritou. – O que...

Estava olhando para si mesmo. E o choque daquilo devolveu-o, cambaleante, à escuridão.

10

– Não! – berrou Kevin. Sentou-se no escuro.

– Kevin? – Miriam estendeu a mão para acender o abajur na mesinha de cabeceira. Assim que o quarto foi iluminado, Kevin rodopiou sobre o próprio corpo e caiu de quatro, uma mistura de medo e perplexidade em seu rosto.

– O quê? Onde... – Baixou os olhos para Miriam, que tombara de novo no travesseiro e o fitava com ar de espanto. – Miriam... eu... como cheguei até a cama? Onde está... – Virou-se de novo, vasculhando o quarto em busca de sinais de... de quem? Ele próprio?

Miriam sacudiu a cabeça forçando-se a sentar.

– Onde está quem?

Kevin ficou olhando fixo para ela. Sua mulher parecia de verdade espantada.

– Como foi que cheguei até a cama? – murmurou ele.

– Kevin Taylor, não se lembra mesmo de nada?

– Eu... – respirou bem fundo e em seguida apertou a palma das mãos contra os olhos. – A última coisa de que me lembro era de estar no gabinete, acordar e descobrir que todo mundo tinha ido embora, então desci até aqui e...

– Você não desceu até aqui. Trouxeram você até aqui.

– Trouxeram?

– Os rapazes o encontraram bêbado e balbuciando coisas sem sentido no chão do escritório do Sr. Milton. Uma das secretárias contou a eles o que havia acontecido com você. Eles o tiraram de lá e trouxeram aqui para baixo discretamente. Paul Scholefield veio falar comigo depois que toquei mais uma peça ao piano e me disse onde você estava. Comentou que estava apagado feito uma vela, então não desci logo. Fiquei até que as pessoas começaram a ir embora. Só então, dei boa noite ao Sr. Milton e desci sozinha. Logo depois que me deitei, você acordou e...

– O quê?

– Que amante! Achei você fantástico, pensei ter sido uma das nossas melhores vezes, e o tempo todo você estava tão bêbado que nem sequer sabia o que estava fazendo. Não se lembra de nada disso?

– Nós fizemos amor? – considerou o que Miriam estava dizendo e o que havia pensado. – Então foi apenas um sonho – riu, um riso de alívio. – Foi apenas um sonho – repetiu.

– O que foi apenas um sonho?

– Nada. Eu... ah, Miriam, desculpe. Acho que simplesmente não me dei conta do quanto havia bebido. Perdi o resto da festa?

– Tudo bem. Ninguém percebeu de fato. Como eu disse, os rapazes foram discretos.

– E o Sr. Milton?

– Nenhum problema. Ele gosta realmente de você. Eu me diverti muitíssimo, especialmente depois, quer você se lembre ou não. Talvez devesse ficar bêbado com mais frequência – acrescentou.

Kevin pensou por um momento. Não era capaz de se lembrar que fez amor?

– Foi bom?

– Tudo o que posso dizer é que me tocou onde nunca havia tocado antes. Era como se você...

– O quê? – viu-a corar com a ideia. – Vamos, diga.

– Como se você ficasse cada vez maior dentro de mim até que fiquei repleta de você. Se não fizemos o bebê esta noite, não sei quando o faremos. – Inclinou-se sobre ele e beijou-o delicadamente nos lábios. – Desculpe se fiquei empolgada demais – sussurrou Miriam. A coberta caiu descobrindo-lhe os seios.

– Empolgada?

– Enfiei as unhas com um pouco de força. Sei que o arranhei, mas esse é o preço que você vai pagar por ter sido tão arrebatador. – Beijou-o de novo, desta vez usando a língua, e quase o engasgou. – Nunca vou esquecer – sussurrou após o beijo. – Mesmo que você já tenha esquecido.

– Bem eu... nunca tinha ficado tão bêbado a ponto de esquecer onde estava e o que disse, muito menos de que fiz amor. Desculpe. Vou me redimir com você.

– É melhor se redimir mesmo – murmurou ela. Depois deitou de costas. Ergueu o olhar sorridente para ele e imagens do que Kevin se lembrava do sonho voltaram à sua mente. Balançou a cabeça para afastá-las. – Qual é o problema?

– Nada, apenas um pouco de tontura. Acho melhor ir jogar um pouco de água fria no rosto. Uau, que noite. – Deslizou para fora da cama a fim de ir ao banheiro. Quando se olhou no espelho, viu que os olhos estavam um tanto vermelhos. Borrifou bastante água fria no rosto e em seguida foi urinar. Antes de sair do banheiro, virou de costas e olhou para suas nádegas nuas no espelho. Não havia marca nenhuma nelas.

Arranhou? Encolheu os ombros. Provavelmente ela ficou tão excitada que pensou ter me arranhado. Ah, tudo bem, graças a Deus, aquilo que vi foi só um pesadelo. Pena que não aproveitei nada da trepada. Pelo jeito que ela descreveu, pensou, deve ter sido maravilhosa.

Kevin riu consigo mesmo e voltou para a cama. Miriam o abraçou e fizeram amor de novo, mas quando acabou ela pareceu desapontada.

– O que houve? Não fui tão bom quanto antes?

– Provavelmente está cansado – respondeu ela. – Foi bom – acrescentou, quando viu o ar de decepção dele –, mas não como antes. Tenho certeza de que vai ser de novo.

– Bom, eu não vou ficar bêbado daquele jeito de novo. Pode apostar.

Miriam olhou para ele com desconfiança.

– Quando foi que saiu da festa e entrou no gabinete?

– Você estava tocando piano... lindamente. Nunca a tinha ouvido tocar assim, Miriam. E aquela peça... Quando foi que aprendeu essa peça nova?

– Não era uma peça nova, Kevin. Já a toquei muitas vezes.

– Tocou? Engraçado, não consigo me lembrar disso também – comentou ele, balançando a cabeça de um lado para o outro.

– Talvez o champanhe tenha queimado alguns neurônios de sua memória – disse Miriam com sarcasmo.

– Desculpe. Só que... acho que vou é dormir.

– Boa ideia, Kev. – Virou para o outro lado.

Ele ficou recostado, olhando para o teto e pensando naquilo tudo. Como algo tão dramático e envolvente quanto fazer amor apaixonadamente podia ficar além da lembrança? Não fazia sentido.

Nem meu pesadelo faz sentido, pensou. Por enquanto, uma coisa parecia cancelar a outra. Fechou os olhos e em questão de segundos havia adormecido.

De manhã, tanto Dave como Ted telefonaram para saber como ele estava. Paul veio em pessoa ao apartamento para vê-lo.

– Acho que devo agradecimentos a vocês, rapazes – comentou Kevin –, mas não consigo lembrar de coisa alguma dessa história.

– Bem, você estava mesmo mais dormindo do que acordado quando o trouxemos... – Paul piscou para Miriam. – Você tocou lindamente, Miriam.

– Obrigada – respondeu ela, e lançou a Kevin um olhar de satisfação consigo mesma que fez as sobrancelhas do marido se arquearem.

O restante do fim de semana mostrou-se esplêndido. Dave e Ted, Norma e Jean, ele e Miriam assistiram à matinê de um espetáculo da Broadway no sábado. Os ingressos para a primeira fila, extremamente requisitados e difíceis de conseguir, foram arranjados para o grupo por um contato que o Sr. Milton mantinha com o teatro. Paul se desculpou por não ir, dizendo-lhes que queria voltar ao médico do casal com Helen. Acrescentou que tentaria se reunir a eles para o jantar depois do show, mas não apareceu. Mais tarde, contou-lhes que Helen não se sentira disposta para ir a lugar nenhum e ele não quis deixá-la sozinha.

No domingo, todos subiram para a cobertura a fim de assistir ao jogo de futebol. Paul juntou-se ao grupo, mas Helen permaneceu no apartamento deles, descansando. O marido esclareceu que ela estava sendo submetida a uma nova medicação, bem mais forte.

– Tive de contratar uma enfermeira para ficar com Helen – contou. – Para minha sorte, a enfermeira que Richard Jaffee contratou para o bebê estava disponível. Assim, se virem a Srta. Longchamp por aí, já sabem o porquê. Caso não se verifique em breve uma melhora – explicou Paul a todos –, terei de interná-la no sanatório.

– Você fará o que for melhor para ela, Paul – o Sr. Milton tranquilizou-o e, em seguida, o puxou à parte para conversar. Norma e Jean trouxeram para a sala uma tigela de pipoca com manteiga, que haviam preparado na cozinha do Sr. Milton, e a atenção de todos voltou-se mais uma vez para o jogo.

A semana seguinte na firma foi muito ocupada. O caso de Paul foi a julgamento, além de Dave e Ted terem assumido novos clientes. Dave estava defendendo o filho de um médico que supostamente vinha surripiando remédios do pai e traficando-os no colégio. Ted cuidava de um caso rotineiro de invasão de domicílio; o ladrão era um sujeito que já defendera uma vez e que conseguira absolver. Disse que sua melhor possibilidade seria conseguir um acordo e, efetivamente, antes que a semana terminasse, já havia negociado um acerto estabelecendo menos de um quarto da pena a que o cliente se veria sentenciado caso tivesse ido a julgamento.

O caso de Paul também saiu de acordo com o planejado. A decisão do promotor público, de provar que Philip Galan era culpado de matar seu irmão menor, provou-se um erro de estratégia. Apesar da falta de remorso de Philip, Paul pôde conseguir peritos psiquiátricos para depor afirmando que o rapaz tinha uma história de comportamento impulsivo e era um jovem emocionalmente perturbado. Exatamente como Paul pretendia, a defesa foi capaz de provar como os pais, em vários sentidos, eram mais culpados do que o garoto. O julgamento resultou no encaminhamento de Philip a tratamento psiquiátrico.

Na quinta-feira, Kevin teve sua reunião com Beverly Morgan, a enfermeira de Maxine Rothberg. A mulher havia deixado o hotel após a morte de Maxine e estava morando com uma irmã em Middletown, no estado de Nova York, uma pequena cidade a aproximadamente uma hora e meia de Manhattan. Kevin combinou tudo para que Charon o conduzisse de carro até o norte do estado.

A irmã de Beverly Morgan era dona de uma pequena casa numa travessa. Tratava-se obviamente de uma área de baixa renda; a rua era estreita, as casas velhas e desgastadas, a frente de seus pequenos alpendres cedendo, as calçadas lascadas, com fendas, esburacadas. Vinha nevando com muito mais frequência e intensidade naquela região do norte de Nova York, de modo que a ruela estava entulhada de lama e detritos da última tempestade. Kevin achou o lugar deprimente: tudo ali era sem graça, desbotado, estragado.

Beverly Morgan estava sozinha em casa. A negra atarracada, de 58 anos, tinha a cabeça de cabelos pretos e sem brilho riscada bem no meio por fios brancos como a neve. Seu cabelo havia sido cortado de forma irregular, provavelmente pela irmã, pensou Kevin, ou por alguém que não era profissional do ramo.

Fitava-o lá de dentro com os grandes olhos negros, o branco do globo ocular brilhando, a expressão temerosa, desconfiada. Usava uma suéter verde-amarelada sobre um vestido comprido verde-claro que parecia ter sido um uniforme de enfermeira tingido. Antes de cumprimentá-lo, relanceou os olhos rapidamente para a limusine. Charon estava de pé, junto à porta do motorista, e devolveu o olhar dela.

– O senhor é o advogado? – perguntou a mulher, ainda olhando na direção de Kevin.

– Sim, senhora. Kevin Taylor.

Ela assentiu e recuou para deixá-lo entrar, detendo-se a fim de olhar mais uma vez para Charon antes de fechar a porta. O pequeno vestíbulo estava coberto por um estreito capacho, manchado e desbotado. Havia um grande cabideiro de pinho escuro para casacos e chapéus à direita e um espelho quadrado de 60 centímetros numa moldura da mesma madeira na parede ao lado dele.

– Pode deixar seu casaco ali – disse Beverly, e indicou o cabideiro com um movimento da cabeça.

– Obrigado. – Kevin desfez-se de seu sobretudo de lã e camurça, pendurando-o com agilidade. Havia um aroma delicioso permeando toda a casa, o odor de frango na fritura. Fez sua boca se encher d'água. – Tem alguma coisa cheirando bem.

– Hum – ela fez um muxoxo e virou-se para guiá-lo até a sala, um cômodo pequeno, aquecido por um fogareiro a carvão. Kevin afrouxou a gravata e olhou à sua volta. A mobília era de quinta categoria, do tipo que se compra nas pontas de estoque das lojas de departamentos; as almofadas do sofá denunciavam o tempo de uso. A única peça atraente era um antigo relógio de pêndulo em madeira escura, seu mostrador dando a hora exata.

– Belo relógio – observou Kevin.

– Foi do meu pai. Não admiti me separar dele, por pior que estivesse a vida, nem nos tempos mais difíceis. Sente-se. Quer um pouco de chá?

– Não, não, obrigado.

– Bem, vamos ao assunto. Já tive alguma experiência com advogados antes – disse ela, deixando o peso cair sobre uma poltrona marrom-claro em frente ao sofá. A cadeira pareceu se fechar, acolhedora, em volta dela. Beverly cruzou as pernas e sorriu com afetação.

– Bom, este é um caso bastante importante.

– Casos de gente rica sempre são.

Kevin tentou sorrir. Viu uma garrafa de uísque na prateleira inferior da estante, com um copo redondo ao lado. O copo ainda tinha um pouco de bebida no fundo. Kevin abriu sua valise e tirou um bloco de anotações comprido.

– O que pode me dizer sobre o modo como a Sra. Rothberg morreu?

– O mesmo que disse ao promotor público – ela começou com desenvoltura quase mecânica. – Entrei no quarto e encontrei-a esparramada na cama. Pensei, em princípio, que tivesse sofrido um ataque cardíaco. Chamei o médico imediatamente, tentei respiração artificial e telefonei ao hotel para que localizassem o Sr. Rothberg.

– Quando foi a última vez em que a viu consciente?

– Logo após o jantar. Fiquei sentada com a Sra. Rothberg por algum tempo e depois ela disse que estava cansada, mas quis que eu deixasse a televisão ligada. Então, fui para o meu quarto a fim de ver televisão também. Quando voltei, ela estava morta.

– E a senhora tinha dado a ela a dose habitual de insulina naquele dia?
– Hum-hum.
– Até agora está confiante de ter dado a quantidade correta?
– Sim, estou – respondeu com firmeza.
– Entendo. – Kevin fingiu tomar algumas anotações. De fato, escreveu "parece defensiva", mas se deu conta de que qualquer pessoa na situação dela teria o direito de se mostrar assim.
– Deixe-me ir direto ao assunto, Beverly. Tudo bem se eu a chamar de Beverly?
– É o meu nome.
– Sim. Deixe-me ir ao cerne da questão, que é para a gente não desperdiçar seu tempo. – Ela assentiu, os olhos se estreitando numa expressão de suspeita. – Sabe de alguma coisa que pudesse incriminar o Sr. Rothberg? Viu-o entrar no quarto da mulher depois que você saiu, por exemplo?
– Não. Fui direto para meu quarto. Eu lhe disse.
– Hum-hum, certo. Está ciente do suprimento de insulina que foi encontrado no quarto do Sr. Rothberg. Tem alguma explicação para o motivo de o medicamento estar ali?
Ela balançou a cabeça.
– Beverly, deve saber que o Sr. Rothberg estava traindo a esposa.
– Claro que sei.
– A Sra. Rothberg sabia também?
– Hum-hum.
– Algum dia ela conversou a esse respeito com você?
– Não. Ela foi uma dama até o fim.
– Então, como sabe que ela sabia? – perguntou Kevin rapidamente, caindo no tom de voz e postura que usava em interrogatórios.
– Tinha de saber. Outras pessoas vinham vê-la.

– Então, você ouviu alguém contar a ela, conversar sobre o assunto?

Beverly hesitou.

– Não que estivesse espionando, mas tenho certeza de que enquanto estava por ali, trabalhando numa coisa ou noutra...

– É, ouvi umas conversas algumas vezes.

– Entendo. Aconteceu de você, por acidente, é claro, algum dia ouvir uma troca de palavras ásperas entre o Sr. e a Sra. Rothberg a respeito deste assunto?

– Quer dizer, se eles tiveram uma discussão sobre isso? Não que eu tenha escutado, não, mas acontecia de eu entrar no quarto dela, muitas vezes logo após ele ter saído, e encontrá-la parecendo aborrecida.

– Hum-hum. – Kevin se aprumou e ficou olhando fixo para ela por um instante. – Diria que a Sra. Rothberg estava bastante deprimida, então?

– Bem, ela não tinha nenhum grande motivo para ser feliz. Era inválida, e o marido estava andando com outra por aí. Mas embora tivesse lá seus problemas com isso, ela conseguia ficar de bom humor na maior parte do tempo. Era uma mulher impressionante. Eu a considerava uma verdadeira dama, compreende? – repetiu com ênfase.

– Sim, compreendo. – Kevin se recostou, assumindo uma posição descontraída. – Você mesma também andou tendo sua boa dose de problemas, não foi, Beverly? – perguntou em seu tom de voz mais simpático.

– Problemas?

– Com sua própria vida, sua família.

– Sim, tive.

Kevin desviou o olhar de maneira óbvia e patente para a garrafa de uísque.

– Você bebe um pouco, Beverly? – A enfermeira se empertigou depressa. – Mesmo no hotel?

– Bebo de vez em quando. Ajuda a enfrentar o dia.

– Mais do que de vez em quando, talvez? As pessoas têm conhecimento disso também, Beverly – disse Kevin depressa, sentando-se mais para a frente.

– Nunca fiquei em condições de não poder fazer meu trabalho, Sr. Taylor.

– Como enfermeira, sabe que as pessoas que bebem com frequência não enfrentam francamente o fato de beber muito ou de que isso as afeta de algum modo.

– Não sou nenhuma alcoólatra. E não vai lhe adiantar nada dizer que eu sou e que por acidente matei a Sra. Rothberg.

– Li os relatórios do médico particular da Sra. e do Sr. Rothberg. O doutor tinha algumas críticas a fazer a você, Beverly.

– Ele jamais gostou de mim. Era médico do Sr. Rothberg – acrescentou.

– Você era a encarregada de dar insulina à Sra. Rothberg, você bebia, o médico sabia disso e não estava satisfeito – replicou Kevin, ignorando as implicações do que a mulher havia dito.

– Não matei acidentalmente a Sra. Rothberg.

– Entendo. O Sr. Rothberg me disse que ele e a mulher de fato tiveram uma discussão sobre o seu caso amoroso e que ela ameaçou cometer suicídio para depois fazer parecer que ele a havia assassinado. Acha que foi por isso que a insulina apareceu em seu armário. Existe uma forte sugestão de que a dose fatal veio daquele suprimento. Acha que pode vasculhar a memória em busca de qualquer possível recordação sobre como a insulina chegou ao armário do Sr. Rothberg?

Beverly continuou olhando fixo para ele.

– Você a colocou lá?

– Não.

– Suas impressões digitais foram encontradas na embalagem.

– E daí? Minhas digitais estão por toda parte no quarto da Sra. Rothberg. Olhe, por que diabos eu colocaria o medicamento ali? – perguntou Beverly, a voz num tom ligeiramente mais elevado.

– Talvez a Sra. Rothberg tenha lhe pedido para fazer isso.

– Ela não pediu e eu não fiz isso.

– Viu-a se dirigir na cadeira de rodas até o quarto do Sr. Rothberg?

– Quando?

– Algum dia?

– Talvez... sim, acho.

– Com a caixa de insulina no colo, talvez?

– Não, nunca. E se ela fez isso, por que as impressões dela não estão na caixa?

– Poderia ter usado luvas de borracha.

– Ah, quanto lixo! O Sr. Rothberg também poderia ter usado luvas de borracha.

Kevin sorriu consigo mesmo. A enfermeira não era burra. Bebia e com certeza se mostrara bem menos eficiente do que o médico gostaria, pensou, mas não era idiota.

– Gostava da Sra. Rothberg, não é, Beverly?

– É claro. Ela era uma verdadeira dama, já lhe disse.

– E não gostava do que o Sr. Rothberg estava fazendo, saindo com outra mulher, enquanto sua devotada esposa estava tão doente, não é mesmo?

– Ele é uma pessoa egoísta. Nem sequer a visitava muito. A Sra. Rothberg sempre me pedia que telefonasse para ele ou fosse chamá-lo.

– Então, talvez compreenda por que ela quisesse incriminá-lo por sua morte.

– Ela não se mataria. Simplesmente não consigo acreditar nisso.

– Você sempre teve pena dela... tomou um drinque ou dois para ganhar coragem, ela lhe pediu que colocasse a insulina no quarto do marido...

– Não. Olhe aqui, não gosto do que está tentando dizer, Sr. Taylor, e não acho que deva continuar falando com o senhor. – Cruzou os braços sobre o peito e fitou-o com ar incisivo.

– Tudo bem, vou guardar minhas outras perguntas para o tribunal, quando terá de responder sob juramento – disse.

Lamentava estar assumindo uma atitude tão dura com ela, mas queria sacudi-la para ver se fazia com que se soltasse um pouco. E se não houver nada para soltar? Kevin se perguntou. Mas deixou a indagação ir embora, sem se deter nela. Guardou o bloco de anotações de volta na pasta.

– Se foi você mesma quem fez isso, e tudo vier à tona no tribunal, será considerada cúmplice de um crime; um crime muito sério, aliás.

– Eu não fiz isso.

– Mas, é claro – disse ele, levantando-se para sair –, se você o fez sem saber quais eram as intenções dela, ninguém pode acusá-la de nada.

– Não coloquei insulina nenhuma no quarto do Sr. Rothberg.

Kevin assentiu.

– Certo. Tenho outras pessoas para ver, outros fatos a verificar. – Foi saindo da sala. Beverly ergueu-se, acompanhou-o até o vestíbulo e ficou observando enquanto Kevin vestia o sobretudo. Ele se virou a fim de olhar para ela.

Lá estava aquela mulher, negra, chegando ao outono da vida. Em seu passado tinha poucas coisas para as quais se voltar com alegria. Conseguira uma profissão e tentara educar os filhos sem um marido. A maior parte de tudo isso resultara em desastre. Bebia, mas se continha no vício por causa de seu emprego. Agora também isso estava acabado e de maneira terrível. Certamente devia ver o mundo com um olhar distorcido e enxergar sempre menos luz do sol a toda e a cada jornada que passava. Era como se tivesse nascido num dia luminoso e gradualmente o mundo houvesse se fechado sobre ela, até que deu por si olhando a vida através de um túnel. Kevin lamentou o tom áspero que tinha adotado. Rothberg com certeza não valia isso.

– De qualquer modo, devo dizer: o que está cozinhando cheira maravilhosamente bem.

O rosto de Beverly não se suavizou. Encarava-o receosa, os olhos cheios de desconfiança. Não podia culpá-la. Ultimamente, tudo o que ele dizia e fazia era maquinado, planejado para um objetivo. Por que ela deveria pensar que estava sendo sincero? Mas seu estômago ainda se revirava com a própria mesquinhez.

– Até logo e obrigado – disse, abrindo a porta. Ela se aproximou e ficou de pé ali no umbral, olhando para a rua enquanto Kevin descia o pequeno caminho acidentado até a limusine. Charon abriu a porta para ele, contornou o carro e fitou-a. Kevin observou o rosto dela mudar de uma expressão de raiva e desconfiança para um olhar de franco terror e medo. Beverly fechou a porta depressa, e momentos depois ele já estava no caminho de volta.

ASSIM QUE KEVIN se viu na área de alcance do telefone celular, ligou para o escritório a fim de verificar se alguém tinha deixado qualquer recado. Lembrara-se de que todas as secretárias estariam voltando para casa quando chegasse à cidade.

– Tem um compromisso com Tracey Casewell, a "amiga" do Sr. Rothberg, amanhã às 14 horas – informou Wendy. – Fora isso, as coisas estiveram bastante calmas.

– Tudo bem, vou direto para casa, então.

– Ah, Sr. Taylor, o Sr. Milton quer lhe falar. Só um momentinho.

Kevin tivera esperanças de poder adiar a conversa com John Milton para o dia seguinte. Estava deprimido pela entrevista com Beverly Morgan e não conseguia deixar de achar que havia decepcionado o Sr. Milton. Não era uma reação racional.

Não existia nenhum motivo para se culpar, mas simplesmente havia algo em trabalhar para o Sr. Milton que o obrigava a querer se sair bem.

– Kevin?

– Sim, senhor.

– Como foi?

– Não foi bem – respondeu. Embora soubesse que Charon não podia ouvir a conversa, viu o homem erguer os olhos no retrovisor diante destas palavras.

– Ah, sim?

– Ela não gosta de Rothberg, diz que ele é egoísta, e não conseguiu explicar como a insulina foi parar no armário dele. Perguntei-lhe se tinha ouvido uma discussão entre os dois, conforme a que fora descrita por Rothberg, e ela disse que não. Foi um não definitivo.

– Entendo. Bem, não se sinta desencorajado. Conversaremos amanhã e veremos o que se pode fazer com isso. Relaxe esta noite. Tire esse assunto da cabeça. Desfrute a companhia de sua maravilhosa esposa.

– Obrigado. Desculpe.

– Não há do que se desculpar, Kevin. Tudo vai dar certo. Tenho certeza.

– Está bem. Até amanhã.

Mudou a posição do botão no telefone, colocando-o no intercomunicador, e disse a Charon que o levasse direto para o apartamento. O motorista mal se deu o trabalho de indicar que havia entendido a ordem com um ligeiro movimento da cabeça. Kevin recordou como Miriam achou engraçado que Charon tivesse quase sorrido quando ela o inquiriu sobre a chave de ouro do elevador. Podia compreender a reação dela ao motorista. O homem raramente falava. Nunca fazia perguntas e sempre que recebia ordens de levar ele ou os outros para algum lugar, dava a impressão de já saber aonde iria. O vidro entre os bancos traseiro e dianteiro estava sempre erguido. Se qualquer comunicação precisasse ser feita a ele, tinha de ser pelo intercomunicador.

Kevin não pôde evitar de se sentir curioso quanto a Charon. De onde era? Onde morava? Há quanto tempo trabalhava como motorista de John Milton? Kevin tinha certeza de que o sujeito não fora motorista a vida toda. Exibia um rosto interessante. Devia ter viajado um bocado e feito algumas coisas interessantes também. Por que nenhum dos outros falava sobre ele? Agiam como se nem estivesse ali pela metade do tempo. Era só "Charon, leve-nos ali" ou "Charon, leve-nos até lá". Sequer faziam mexericos. O homem tinha família? Era casado?

Quando estacionaram em frente ao edifício e Charon abriu a porta, Kevin desceu bem devagar.

– Então, Charon – disse –, seu dia está quase terminado também, não é?

– Sim, senhor.

– Mas você tem de voltar e ficar por ali até trazer o Sr. Milton para casa, não é mesmo?

– Não é problema.

– Ah, claro. Mora na cidade também?

– Eu moro aqui, Sr. Taylor – respondeu ele.

– Mora? Em um destes apartamentos?

– Sim, no apartamento atrás da garagem.

– Nunca soube disso. É casado, Charon?

– Não, senhor.

– Bom, tenho certeza de que não é nascido em Nova York. De onde é? Tem uma voz tão bem colocada que é difícil identificar qualquer sotaque do país.

– Sou daqui, Sr. Taylor.

– É nova-iorquino? – Kevin sorriu, mas Charon não relaxou, nem retribuiu o sorriso.

– Vai precisar de mais alguma coisa, Sr. Taylor?

O homem não demonstra emoção alguma. É como um cyborg, pensou Kevin.

– Ah, não, Charon. Boa noite.

– Para o senhor também, Sr. Taylor.

Observou-o voltar para a limusine e dar a partida. Em seguida, entrou no prédio.

– Teve um bom dia, Sr. Taylor? – perguntou Philip, erguendo os olhos do pequeno aparelho de televisão que tinha sob a bancada. Levantou-se e contornou o balcão.

– Um dia duro, Philip. Se foi bom ou não, ainda resta saber.

– Sei o que quer dizer, senhor. – Apertou o botão de chamada do elevador para Kevin.

– Está aqui há muito tempo, Philip?

– Vim logo depois que o Sr. Milton assumiu o edifício, Sr. Taylor.

– Acabo de descobrir que Charon mora num apartamento lá embaixo. Nunca soube disso. Ele não fala muito – cochichou Kevin e sorriu.

– Não, senhor, mas é dedicado ao Sr. Milton. Deve a ele sua vida, pode-se dizer.

– Ah, é? – a porta do elevador se abriu. – Por que isso?

– O Sr. Milton o defendeu e conseguiu a absolvição dele.

– É mesmo? Nunca soube dessa história. O que ele foi acusado de fazer?

– Assassinar a família, Sr. Taylor. É claro, o homem ficou tão deprimido com a morte de seus entes queridos que não estava nem se importando com o que lhe acontecesse, mas o Sr. Milton lhe devolveu a vida.

– Entendo.

– Devo dizer que ele fez o mesmo por mim.

– Ah, é?

– Fui acusado de estar associado a traficantes de droga. Tentaram armar uma cilada para me incriminar. O Sr. Milton me tirou dessa quando provou que foi uma armação. É, sim, moço, o senhor está trabalhando para um cara genial – disse Philip. – Tenha uma boa noite, Sr. Taylor.

– Você também, Philip – respondeu Kevin e recuou para dentro do elevador. Philip sorriu para ele quando as portas se fecharam.

Estava tão mergulhado em pensamentos quando entrou em casa que nem percebeu de imediato a ausência de Miriam. Pousou a maleta, tirou o sobretudo, foi para a sala e se serviu de um uísque com soda.

– Miriam?

Kevin percorreu o apartamento. Ela não deixara nenhum bilhete. Deveria ter chegado em casa havia muito tempo, pensou. Voltou à sala e esperou. Quase vinte minutos se passaram antes que a porta da frente se abrisse e Miriam entrasse, vestida com o robe de plush azul dele e uma toalha de banho em volta do pescoço.

– Onde é que você estava? – perguntou Kevin, irritado.

– Ah, Kev. Achei que você ia demorar no mínimo mais uma hora.

– Tive uma entrevista péssima. Mas onde é que você estava vestida desse jeito?

– Na cobertura... na hidromassagem – Miriam cantarolou e continuou pelo corredor, em direção ao quarto.

– O quê? – Kevin foi junto, o drinque ainda na mão. – Você subiu até o apartamento do Sr. Milton e usou a banheira dele?

– Não é a primeira vez, Kev – disse ela, tirando o robe e deixando-o cair a seus pés. Estava completamente nua sob ele e sua pele ainda se mostrava avermelhada pelo calor da água. Miriam virou-se de um lado para o outro, analisando-se no espelho. Em seguida, jogou os ombros para trás a fim de erguer os seios. – Acha que as aulas de aeróbica estão fazendo alguma diferença? A parte de trás dos meus quadris não está parecendo mais estreita?

– O que quer dizer com não é a primeira vez em que esteve lá em cima, Miriam? Você nunca me falou sobre isso antes.

– Não? – voltou-se para ele. – Falei, sim. – Miriam sorriu. – Anteontem, pela manhã, mas acho que você estava muito impressionado consigo mesmo para lembrar. – Rumou para o chuveiro.

– O quê? Espere um minuto. – Estendeu a mão e pegou-a pelo braço. Não foi rude, mas ela gritou como se o marido tivesse apertado uma torquês em volta de seu cotovelo. – Desculpe.

– O que há com você? – perguntou Miriam, as lágrimas lhe chegando aos olhos enquanto esfregava o braço. – Com certeza vou ficar com mais uma mancha roxa agora.

– Não apertei tanto assim, Miriam.

– Só que eu não sou um de seus amigos, Kevin. Como é que você pode ser tão terno e romântico às vezes, e de repente fica assim? Quem é você, Jekyll e Hyde?

– Miriam, o que quis dizer com anteontem de manhã?

– Anteontem de manhã significa dois dias atrás, Kevin – respondeu ela e ligou a água.

– Sei disso. Não seja tão metida. Não é o seu jeito. Você disse que me falou a respeito de subir à cobertura.

– Todas nós temos a chave de ouro, e o Sr. Milton disse que podíamos usá-la sempre que quiséssemos. Aproveitar a cobertura, disse ele. Usar as banheiras de hidromassagem, a aparelhagem de som. A gente vai lá a toda hora.

– Quem é "a gente"?

– Norma, Jean e eu. Agora me dá a licença de tomar um chuveiro rápido, para poder preparar um jantar para nós? Estou com fome também.

Miriam fitou-o e em seguida sacudiu a cabeça. Depois entrou no boxe. Ele insistiu.

– Miriam? – empurrou a porta.

– O que é?

— Nós fizemos mesmo?
— O quê?
— Amor.
— Não sabia que você fazia amor com tanta frequência que até se esquece com quem e quando — disparou ela e puxou a porta de novo. Kevin ficou ali, olhando para ela através do vidro. Depois baixou os olhos para o copo de uísque em sua mão e entornou-o de uma só vez na boca.

De que diabos ela estava falando?

Francamente, de que diabos estava falando?

11

Miriam de fato apareceu com uma mancha roxa e escura no braço, tão grande e intensa que o fez se sentir muito culpado. Tinha voltado à sala a fim de preparar mais um drinque para se sentar e refletir um pouco quando a ouviu remexendo na cozinha. Estava usando o robe dele outra vez, mas quando se esticou para pegar um prato no armário, a manga deslizou e Kevin viu o machucado.

— Meu Deus, não achei que tivesse apertado com tanta força, Miriam.

— Bem, parece que apertou — disse ela sem se virar. Começou a pôr a mesa.

— Talvez você tenha uma deficiência de vitamina C ou algo assim. Provoca fragilidade capilar.

Miriam não replicou.

— Desculpe, Miriam. Mesmo.

— Está tudo bem. — Deteve-se e olhou para ele. — Esqueci de perguntar, como foi o seu dia?

Kevin não respondeu de imediato. Desde que começara a trabalhar na John Milton e Associados a mulher o saudava com aquela pergunta e, em seguida, antes que pudesse desenvolver o assunto, ela o interrompia e dizia que não era necessário reviver os detalhes desagradáveis. Mas, em Blithedale, Miriam adorava ouvi-lo falar sobre seu trabalho. Aparentemente, tinha adotado com o maior entusiasmo a atitude de Norma e Jean a esse respeito, e Kevin não estava nem um pouco satisfeito com isso. Era como se não compartilhassem mais nada, como se houvessem partido em duas trilhas diferentes, reunindo-se apenas para participar de atividades prazerosas.

– Quer mesmo saber? Posso contar sem que você fuja do assunto?

– Kevin, estou apenas tentando...

– Eu sei, ajudar-me a relaxar. Mas você não é nenhuma gueixa, Miriam. É minha mulher. Quero dividir minhas frustrações com você, assim como divido meus sucessos. Quero que seja parte do que faço e do que sou, assim como quero fazer parte do que você fizer e do que for.

– Não tenho vontade de ouvir coisas desagradáveis, Kevin – respondeu com firmeza. – Simplesmente não quero. O Sr. Milton tem razão. Você devia tirar os sapatos antes de entrar por aquela porta e deixar a lama lá fora. A casa de um homem deve ser seu pedacinho particular do paraíso.

– Ah, não acredito.

– Bom, funcionou com Norma e Jean. Veja como todas estão felizes e como seus casamentos são maravilhosos. Não quer isso para nós? Não foi para isso que me trouxe aqui, para termos uma vida melhor, mais feliz?

– Tudo bem, tudo bem. É só que algumas vezes eu gosto de lhe fazer confidências, de buscar apoio em você e de ouvir sua opinião também.

– Como fez no caso Lois Wilson? – disparou Miriam.

Kevin a fitou por um momento.

– Eu estava errado naquela ocasião. Confesso. Deveria ter considerado seu ponto de vista também, e me demorado mais tempo explicando o meu, em vez de jogar-me direto naquela baixaria, mas...

– Para com isso, Kevin. Esquece. Por favor. Você está indo bem. Todo mundo gosta de você. Tem um caso importante para defender. Estamos ganhando muito dinheiro e vivendo com conforto. Temos novos amigos que são ótimos. Não sinto nenhuma vontade de me deixar deprimir pela má sorte de alguém ou pelos crimes horríveis que acontecem todo dia lá fora. – Fez uma careta. – Agora – continuou, sorrindo tão rápido e de maneira tão mecânica que era como se tivesse se transformado num robô –, escolhi para hoje este frango à Kiev, preparado pelo chef do Russian Tea Room. Tem uma loja na Sexta Avenida que o vende na seção de congelados. Norma descobriu. Vou pôr no micro-ondas e poderemos comer em questão de alguns minutos – cantarolou. – Portanto, preparese para o jantar.

Kevin apertou os lábios e assentiu.

– Está bem – murmurou. – Está bem.

Fez o que ela disse, mas não conseguiu evitar se sentir frustrado, embora a comida estivesse deliciosa e o vinho maravilhoso. Miriam passou a refeição tagarelando sobre o seu dia, as compras, as aulas de ginástica, coisas que Norma e Jean haviam dito, boatos sobre o agravamento do problema de Helen Scholefield, a deslumbrante cobertura do Sr. Milton. Falou sem parar, envolvendo-o, afastando qualquer tentativa que pudesse fazer para puxar o assunto dos detalhes de seu caso.

Talvez porque estivesse frustrado e confuso, ou talvez porque se sentisse mais cansado do que imaginara, qualquer que fosse a razão, o uísque e o vinho o derrubaram, e Kevin adormeceu no sofá da sala, assistindo à televisão. Acordou de repente quando Miriam desligou o aparelho.

– Estou cansada, Kev.
– O quê? Ah, claro. – Levantou-se com esforço e seguiu-a até o quarto. Momentos depois de ter deslizado para a cama ao lado dela, estava dormindo, mais uma vez sendo assombrado por um sonho erótico. Nele, acordava na cama e virava a cabeça ligeiramente porque sentia um movimento a seu lado.

Miriam estava montada sobre um homem, as pernas dele dobradas na altura do joelho para posicionar sua ereção. O homem pegava-a também pelas pernas, apenas a dois ou três centímetros dos joelhos dela. Seus seios balançavam energicamente enquanto Miriam se empurrava para cima e para baixo com um vigor que era quase cômico por sua intensidade. A mulher gemia e jogava a cabeça para trás. Depois inclinou-se para a frente de modo a que o homem pudesse estender a mão e correr os dedos sob seus seios ou em volta dos mamilos, segurando-os delicadamente entre o polegar e o indicador.

Kevin não conseguia se mexer. A visão daquilo provocou-lhe uma ereção, mas ele estava incapacitado para virar o corpo ou levantá-lo da cama. Todos os esforços foram em vão. Era como se estivesse grudado aos lençóis, os braços travados de cada lado do corpo.

E o casal prosseguia, Miriam atingia um orgasmo atrás do outro, gemendo, gritando no prazer do êxtase e então, finalmente, atirando-se sobre o homem nu embaixo dela enquanto recuperava o fôlego. A mão do homem deslizou pelos ombros dela, e Kevin pôde ver os dedos. No mindinho, avistou seu anel de ouro com a inicial "K". Esforçou-se por virar ainda mais a cabeça e afinal, gradualmente, ela deu um giro completo. Kevin estava fitando o amante de Miriam bem nos olhos.

Mais uma vez, percebeu que estava olhando para os próprios olhos, só que agora seu rosto duplicado sorria com toda arrogância. Fechou os olhos e desejou com todas as suas forças que aquele sonho terminasse. Finalmente acabou e Kevin caiu de novo num sono agitado. Quando acordou de manhã e virou-se para Miriam, encontrou-a deitada de bruços, o rosto enfiado no lençol, com o cobertor jogado de lado, esparramada e nua como estivera sobre o corpo de seu dublê durante o sonho.

Kevin fitou-a intensamente, até que os olhos dela também se abriram.

– Bom dia – disse Miriam, sorrindo para ele. Kevin não respondeu nada. Em seguida, Miriam virou-se de costas e esfregou os olhos. – Dormi tão bem depois... – comentou. Virou-se para ele e beijou-o no rosto.

Kevin quis perguntar: "Depois?" Mas se conteve.

Miriam sentou-se na cama e deu um gemido prolongado.

– O que foi?

– Você é um animal – respondeu ela.

– O quê?

– Olhe só.

Kevin levantou o corpo ao lado dela e baixou os olhos para as pernas da mulher.

Logo abaixo dos joelhos dela havia duas pequenas manchas roxas, feitas por dedos que apertaram com força demais.

– E não me diga que é porque estou com falta de vitamina C, Kevin Taylor. Seu demônio.

Kevin não disse nada. Limitou-se a ficar olhando para ela com ar incrédulo. Miriam saiu da cama e entrou no banheiro, enquanto Kevin desabava no travesseiro, sentindo-se tão exausto quanto poderia estar depois de fazer amor apaixonadamente a noite inteira. Mas por que tudo aquilo lhe parecia um pesadelo? Estaria fora do próprio corpo, observando a si mesmo? Seria tudo aquilo alguma espécie de experiência paranormal? Se isso continuasse, teria de falar com alguém, talvez um psiquiatra.

Kevin se levantou, tomou banho, vestiu-se e fez o desjejum, ouvindo Miriam planejar suas atividades para aquele dia. Não conseguia se lembrar de alguma vez na vida tê-la visto tão absorvida por si mesma. Como qualquer pessoa, tinha lá sua parte vaidosa, só que sempre se mostrara modesta e consciente dos momentos nos quais a conversa começava a se concentrar excessivamente sobre ela. Mas, quando Kevin deixou o apartamento naquela manhã, deu-se conta de que Miriam não mencionara uma coisa sequer que não tivesse a ver com ela própria, seja o modo como ia melhorar seu conhecimento sobre artes em geral, aperfeiçoar a forma das coxas na aula de ginástica ou procurar alguma roupa nova para comprar. Daria no mesmo se ele fosse um espelho instalado na cadeira em frente à da mulher.

Naquela tarde, Kevin entrevistou Tracey Casewell. Rothberg a havia mandado à cidade para ir ao seu escritório. Não era uma mulher particularmente bonita, mas tinha uma bela silhueta e tinha apenas 24 anos. Vinha trabalhando no hotel havia pouco mais de três anos. Confirmou a história de Rothberg, descrevendo como ele tinha ido direto a ela, depois da discussão com a esposa, para relatar os detalhes. Sua repetição da história contada pelo amante mostrou-se tão precisa que só podia ser decorada, pensou Kevin, e de qualquer modo a acusação facilmente levaria o júri a achar que ela fazia parte da conspiração para o assassinato.

Kevin interrogou-a rapidamente, da maneira mais direta que pôde, assumindo o papel do promotor e tentando mostrar que estava mentindo para proteger o amante. Pegou-a em duas contradições de menor importância, uma delas relacionada ao momento que Rothberg supostamente lhe teria contado a respeito da discussão. Tracey se corrigiu imediatamente, assim que Kevin apontou o erro.

Parecia estar com remorsos sinceros quanto à situação e confessou que se sentia pouco à vontade mantendo um caso com Rothberg enquanto ele era casado com uma inválida.

Conhecera Maxine Rothberg antes de seu relacionamento com Stanley e gostava verdadeiramente dela. Se conseguisse fazer o júri engolir essa parte do depoimento, Tracey poderia ajudar, pensou Kevin, mas não estava se sentindo muito confiante quanto a isso.

Na verdade, à medida que a data do julgamento se aproximava, Kevin foi ficando cada vez mais pessimista. Assumia um ar tranquilo diante dos repórteres e prometia provar que o Sr. Rothberg era inocente para além de qualquer dúvida razoável, mas pessoalmente achava que o melhor que tinha a fazer era confundir o júri e, ao contrário, impedir que tivessem qualquer certeza absoluta. Dessa maneira, seriam obrigados a declará-lo inocente. Para a opinião pública, sobre Rothberg iria pairar sempre a suspeita de ter matado a esposa, mas pelo menos ele ganharia a causa.

Embora estivesse surpreso pelo desinteresse de Miriam quanto ao progresso da questão, Kevin aos poucos passou a reconhecer que provavelmente devesse seguir o conselho do Sr. Milton. De qualquer modo, os associados conversavam sobre seus casos à exaustão, no trajeto de ida e volta. Era *mesmo* bom passar pela porta de casa sabendo que podia deixar suas preocupações e tensões lá fora.

Saíam para jantar com Dave e Norma e Ted e Jean pelo menos duas vezes por semana. Paul se juntava a eles nos fins de semana e na última vez contara que Helen estava quase catatônica. Vinha resistindo a interná-la no sanatório mas, mesmo com uma enfermeira em tempo integral, ele não sabia quanto tempo mais poderia adiar.

– Ela nem sequer pega mais num pincel – comentou.

Miriam considerou em voz alta a ideia de ir visitá-la com as outras, mas Paul achou que o gesto seria inútil e bastante deprimente para elas. Kevin observou como a simples menção à palavra *deprimente* pôs fim imediato à ideia. A tolerância de Miriam a qualquer coisa que fosse desanimadora ou triste caíra consideravelmente desde que tinham vindo para a cidade. Parecia querer não ter nada a ver com coisa alguma que envolvesse o mais leve esforço ou compromisso. Ir à casa dos pais dela para jantar, por exemplo, de repente se transformara, para Miriam, numa provação.

– Quem quer se meter naquele tráfego de entrada e saída da ilha? – perguntava. – Deixe eles virem até a cidade. É tão mais fácil...

– Para nós, talvez. Não para eles – salientou Kevin em certa ocasião, mas Miriam não deu atenção.

Kevin percebera ainda outra novidade: agora, sempre que jantavam em casa, geralmente comiam pratos congelados para micro-ondas. Na maior parte das vezes, Miriam escolhia refeições prontas e limitava-se a servi-las. Sua própria culinária, algo de que um dia tivera grande orgulho, simplesmente desaparecera. Andava atarefada demais para esse tipo de coisa. Se Kevin queria saber o que a deixava tão ocupada, mostrava-se mais do que ansiosa em discorrer sobre uma extensa lista: aulas de ginástica, compras, espetáculos e museus, almoços todo dia num bistrô diferente e, agora, lições de canto. Todas as outras estavam fazendo – exceto Helen, é claro.

Miriam raramente estava em casa quando ele telefonava do escritório. Em vez de ouvir sua voz, só conseguia escutar a telefonista do serviço de *"siga-me"*. Por que precisaria desse tipo de serviço? Kevin tentava imaginar. Nunca respondia a qualquer telefonema dado pelas antigas amigas de Long Island e, muitas vezes, não ligava de volta sequer para os próprios pais ou os pais dele. Eles telefonavam mais tarde, à noite, e reclamavam, mas quando Kevin a interrogava a esse respeito, Miriam ria e dizia algo como "Ah, é só que ando muito distraída ultimamente. Mas logo vou me organizar."

Sempre que ele se queixava, Miriam respondia:

– Mas esta é a vida que você queria para nós, não é, Kevin? Agora que ando ocupada, e estamos fazendo uma porção de coisas, fica reclamando. Você sabe mesmo o que quer, afinal?

Ele próprio começou a se questionar. Às vezes, quando ia para casa e ela ainda não tinha voltado de alguma das suas atividades, servia-se de um uísque com soda, e ficava com o olhar perdido no rio Hudson, pensando. Seria possível que fosse mesmo mais feliz em Long Island? Como seria quando tivessem filhos? Miriam já estava falando em se mudar para um apartamento maior no prédio e contratar uma enfermeira fixa para ajudar com o bebê.

– Norma e Jean vão fazer isso – contou. – Filhos não podem mais ser um entrave para a vida das pessoas hoje em dia.

– Mas você sempre detestou esse tipo de ideia – Kevin a fez lembrar. – Lembra-se de como criticava os Rosenblatt pela maneira como criavam os filhos? As crianças praticamente tinham de marcar hora para ver os próprios pais.

– É diferente. Phyllis Rosenblatt é uma... uma pessoa chocha. Não saberia diferenciar um Jackson Pollock da amostra de um papel de parede.

Kevin não entendeu o que ela estava querendo dizer mas, se insistisse no assunto, Miriam iria embora. Estava ficando cada vez mais irritado com o comportamento dela, mas na noite anterior ao início do julgamento Rothberg, Miriam de repente deu uma virada.

Quando chegou do escritório naquela noite, descobriu que ela havia preparado a refeição em casa. Tinha escovado o cabelo liso para trás, do modo como ele gostava, em vez de usá-lo naquele novo estilo eriçado. Estava com pouca maquiagem e havia vestido um de seus antigos trajes caseiros, bem mais simples. A mesa estava posta; iriam jantar à luz de velas.

– Achei que poderia estar um pouco tenso e iria gostar de relaxar em casa – disse-lhe.

– Ótimo. O que está cheirando tão bem?
– Frango em molho de vinho, bem do jeito que você gosta.
– Do jeito que você faz?
– Hum-hum. Eu mesma fiz e preparei também uma torta de maçã. Desde a massa até a cobertura, não teve nada comprado pronto – acrescentou. – Não fui a lugar nenhum com as meninas hoje. Fiquei só aqui, trabalhando feito escrava para você, como uma esposinha dedicada.

Kevin riu, embora acreditasse ter detectado um ligeiro tom de sarcasmo subjacente. Havia mais de Norma e Jean do que de Miriam naquela ironia, pensou.

– Amo você por isso, meu bem – disse e a beijou.
– Depois do jantar – respondeu a mulher, empurrando-o delicadamente. – Primeiro o que vem antes. Vá pôr uma roupa confortável.

Depois de tomar banho e se trocar, descobriu que ela acendera o fogo na lareira e havia preparado coquetéis com tiragostos. O calor do fogo, a boa comida, o uísque e o vinho o relaxaram. Disse a Miriam que estava com a sensação de ter voltado ao útero.

Após o jantar, tomaram conhaque e ela tocou a música de seu casamento ao piano. Era uma canção antiga, uma música que seus pais adoravam e da qual Miriam tinha gostado desde a primeira vez em que ouviu.

– Vou lhe mostrar o resultado das minhas aulas de canto também – anunciou e começou a cantar. – "Estou presa ao seu amor. Não vai dizer que me ama também? Estou presa a você... juro que estou..."

Aquilo trouxe lágrimas aos olhos de Kevin.

– Ah, Miriam, tenho trabalhado tanto que quase esqueci o sentido disso tudo. É você. Nada disso teria nenhum sentido sem você.

Beijou-a e ergueu-a nos braços a fim de carregá-la até o quarto. Era tudo tão maravilhoso. Todas as dúvidas, todos os questionamentos desapareceram. Tudo ia dar certo. As coisas seriam tão fabulosas quanto ele havia esperado e ansiado que fossem. Miriam ainda era Miriam, e eles ainda estavam apaixonados. Começou a se despir.

– Não, espere – pediu ela, sentando-se e virando o corpo para ele. – Vamos fazer como quarta-feira à noite?

– Quarta-feira à noite?

– Quando chegamos em casa, depois do jantar com Ted e Jean. Não me diga outra vez que esqueceu.

Kevin manteve o sorriso. Ela começou a desabotoar sua camisa.

– Eu tirei sua roupa e depois você tirou a minha – murmurou e continuou a repetir um momento do qual ele não conseguia, por mais esforço que fizesse, se lembrar.

TODOS DA FIRMA compareceram ao julgamento do caso Rothberg, em uma ocasião ou outra, durante os procedimentos. Até às secretárias foram concedidas algumas horas de folga para que assistissem ao desenrolar da batalha no tribunal. Estranhamente, porém, o Sr. Milton não apareceu. Parecia satisfeito com os relatórios que eram levados até ele. O que mais incomodou Kevin foi a recusa de Miriam em comparecer. Ela o surpreendera na manhã do primeiro dia, após o café, ao anunciar que não estaria presente no tribunal. Kevin esperava que mudasse de ideia antes de o julgamento terminar.

Bob McKensie deu início à argumentação da promotoria de maneira lenta, metódica, estruturando suas teorias, argumentos e fatos sobre o que via como uma firme fundamentação de culpa. Kevin achou que tinha sido muito inteligente da parte dele organizar sua apresentação com início, meio e fim bem-definidos, retendo as provas clínicas e da necropsia para o último capítulo. Trabalhava de modo cauteloso e confiante, e tinha a aura de um advogado maduro e experiente. Isso deixou Kevin mais constrangido por sua juventude e relativa inexperiência.

Por que, quis saber, antes mesmo que desse início às suas declarações, John Milton se mostrava tão confiante em suas habilidades e por que estivera tão determinado em fazer com que Kevin defendesse Rothberg? Começou a ficar paranoico em relação aos verdadeiros motivos do Sr. Milton para entregar o caso a ele. Talvez soubesse o tempo todo que perderiam e tivesse pretendido que Kevin assumisse o fracasso, atribuindo-o à sua juventude e inexperiência.

– Todos verão, senhoras e senhores do júri – começou McKensie –, como as sementes deste arguto homicídio foram plantadas anos antes que ele ocorresse; como o réu elaborou um motivo, teve a oportunidade, e cometeu o ato inescrupuloso de maneira fria, calculada, confiante em que sua culpa seria turvada pela confusão ou por uma suposta negligência. – Voltou-se para Rothberg e apontou-o. – Ele está dependendo de uma palavra, *dúvida*, e esperando que seu advogado mantenha esta dúvida viva para impedir que os senhores, em plena consciência, o condenem pelo crime hediondo.

A fala determinada e os movimentos vagarosos de McKensie acrescentaram um tom sombrio a um caso faiscante. O pessoal da televisão e dos jornais rabiscava anotações rapidamente. Os artistas começaram a captar os rostos dos membros do júri, assim como a expressão vulgar de Rothberg. O homem chegou efetivamente a bocejar em certo momento, ao longo das declarações de abertura do promotor.

Durante os primeiros dois dias, McKensie apresentou testemunhas para demonstrar o caráter desprezível de Rothberg. Elas revelaram que o homem era um jogador, que havia perdido boa parte do patrimônio da família Shapiro e chegara até a pôr o hotel numa segunda hipoteca, isso a despeito de sua fama nacional e do sucesso da confeitaria com os bolos de passas. Muitos desses problemas ocorreram depois que Maxine ficou doente demais para assumir um papel ativo na administração do hotel e do negócio.

McKensie chegou até aos tempos em que Rothberg trabalhou no salão de jantar, quando ele tarde da noite perdia no carteado as gorjetas que havia recebido. Montou a história de Rothberg cuidadosamente, retratando-o como um homem de baixo nível, mas mostrando-o também como um conspirador que tramara em silêncio seu caminho rumo ao coração de Maxine Shapiro. Fora, concluiu o promotor, um casamento por conveniência. Obviamente, tinha se casado com ela por seu dinheiro. Quando Kevin fez objeção à caracterização alegando que ela era infundada, McKensie chamou uma testemunha para sustentar a acusação: um chef de cozinha aposentado jurou que Rothberg tinha dito a ele que um dia seria dono do Shapiro's Lake House, porque seduziria Maxine.

Então, depois de uma suave transição, demonstrando que Rothberg tinha uma história de relacionamentos extraconjugais, McKensie apresentou Tracey Casewell. Chamou-a ao banco e rapidamente levou-a a admitir que tivera um caso com Stanley Rothberg durante a época em que a esposa dele estava doente.

No dia seguinte, McKensie passou à doença de Maxine Rothberg. Convocou o médico a depor e conseguiu uma descrição clara de seus problemas, assim como dos riscos que ela corria. McKensie não o conduziu a críticas quanto a Beverly Morgan. Era óbvio que não queria plantar na mente dos jurados a possibilidade de Beverly Morgan tê-la matado acidentalmente porque era dada à bebida. O principal ponto de Kevin no interrogatório da defesa foi levar o médico a admitir que Maxine era capaz de dar a injeção de insulina em si própria.

Neste ponto, McKensie abordou as provas da polícia, revelando o suprimento de insulina escondido no armário de Stanley. O patologista trouxe o relatório da necropsia, e as implicações foram sugeridas com toda clareza. Para ajudar a sustentar a argumentação, Beverly Morgan foi finalmente convocada ao banco das testemunhas. McKensie fez com que descrevesse o relacionamento de Rothberg com a esposa, como ele pouco a visitava e perguntava por ela. A enfermeira narrou os acontecimentos do dia da morte de Maxine Rothberg, de maneira muito semelhante à que havia usado antes para contar os mesmos fatos a Kevin. E, então, foi a vez de Kevin.

Antes de se levantar para interrogá-la, e confrontar seus argumentos como testemunha da acusação, sentiu alguém bater em seu ombro e quando se virou viu Ted de pé ao lado dele.

– Isso veio do Sr. Milton – cochichou e indicou com a cabeça o setor onde Dave, Ted e Paul em geral se sentavam sempre que compareciam ao tribunal. Dave e Paul estavam lá, só que desta vez também o Sr. Milton estava sentado entre os dois. Ele sorriu e cumprimentou-o em silêncio.

– O quê? – Kevin abriu o pedaço de papel e leu o bilhete. Em seguida olhou para trás de novo. O Sr. Milton meneou a cabeça mais uma vez, só que agora com mais firmeza. Ted deu um tapinha no ombro de Kevin e voltou a seu assento.

Kevin se levantou e encarou Beverly Morgan. Relanceou os olhos pelo bilhete outra vez para se certificar de que estava lendo direito. Depois começou, ele próprio tão surpreso com as respostas de Beverly Morgan quanto parecia estar a acusação.

– Sra. Morgan, acaba de depor dizendo que, ocasionalmente, depois de o Sr. Rothberg visitar a Sra. Rothberg, ela ficava muito infeliz. Existe algum momento que se destaque em sua lembrança, talvez alguma ocasião mais recente?

– Existe – respondeu Beverly Morgan, e, em seguida, relatou os acontecimentos e a discussão que Stanley Rothberg alegava ter ocorrido entre sua mulher e ele. Sem piscar nem mudar de expressão, descreveu ter visto Maxine Rothberg empurrando a própria cadeira de rodas para entrar no quarto de Stanley. – A insulina estava no colo dela – fez uma pausa e olhou para a plateia. – E a Sra. Rothberg estava usando uma das minhas luvas de borracha – concluiu.

Por um instante houve um silêncio pesado, o silêncio que antecede uma tempestade, e depois um pandemônio irrompeu na sala de audiências enquanto os repórteres corriam para dar telefonemas e as pessoas expressavam seu espanto. O juiz bateu o martelo a fim de calar a multidão e ameaçou retirar todo mundo, exceto os participantes diretamente envolvidos. Kevin olhou para trás e viu que, embora os demais associados estivessem lá, John Milton tinha ido embora. Quando a ordem foi restabelecida, Kevin disse ao juiz que não tinha mais perguntas.

McKensie reinquiriu Beverly Morgan, exigindo saber por que ela não havia contado aquela história antes. Calmamente, a enfermeira respondeu que ninguém lhe tinha feito aquela pergunta. Kevin ficou imaginando se McKensie, nesse caso, iria então levantar o assunto das críticas que o médico fazia a ela e a seu problema com a bebida, a fim de desacreditar o que a mulher tinha dito. Se fizesse isso, Kevin estava pronto a ilustrar como ela poderia, caso fosse assim, ter sido negligente e causado a morte de Maxine Rothberg. Em qualquer dos dois casos, isso iria confundir o júri e inseminar sérias dúvidas em suas mentes quanto à culpa de Stanley Rothberg.

McKensie decidiu, em vez disso, encerrar a argumentação da promotoria. O juiz convocou um recesso e Kevin indagou de Paul onde estava o Sr. Milton. Queria perguntar a ele como sabia que Beverly Morgan iria modificar sua história.

– O Sr. Milton precisou sair às pressas para encontrar um novo cliente – respondeu Paul. – Disse que lhe falaria mais tarde, mas quis que eu lhe transmitisse um recado: ele acha que você está fazendo um ótimo trabalho.

– Até agora, pensei que estivesse perdendo tudo.

Paul sorriu e olhou para Ted e Dave. Todos ostentavam a mesma expressão de arrogância.

– Nós não perdemos – explicou Paul.

Kevin assentiu.

– Estou começando a acreditar nisso – disse, olhando de um para o outro. Quando Kevin entrou na sala do tribunal, após o recesso, havia uma atmosfera de expectativa. Olhando à sua volta, para o público, os repórteres e o restante do pessoal da mídia, teve de repente a mesma sensação de poder e júbilo que sentira ao defender Lois Wilson. Tudo estava em suas mãos. Como desejou que Miriam tivesse decidido vir, ao menos hoje.

Kevin começou por convocar Stanley Rothberg ao banco. Depois que o acusado prestou seu juramento, o advogado voltou a se sentar atrás de sua mesa e cruzou os braços.

– Sr. Rothberg, ouviu toda uma fileira de testemunhas depor a respeito de seu caráter. Foi descrito primeiro como jogador, frequentemente perdendo grandes somas em dinheiro e quase sempre endividado. Existe alguma verdade nisso?

– Sim, existe – respondeu Rothberg. – Fui jogador durante toda a minha vida adulta. É uma doença e não nego sofrer disso. – Voltou-se diretamente para a plateia ao pronunciar a palavra *doença*, exatamente como Kevin havia aconselhado.

– Também foi chamado de adúltero e esta acusação foi corroborada pela mulher que alega ser sua amante, Tracey Casewell. Nega esta acusação?

– Não. Estou apaixonado por Tracey Casewell e nos relacionamos há quase três anos.

– Por que não se divorciou?

– Eu queria, mas não consegui me obrigar a pedir o divórcio enquanto Maxine estava sofrendo, e Tracey não o permitiu. Tentei ser o mais discreto que pude.

– Aparentemente, não teve sucesso – vociferou Kevin. Foi uma tática brilhante. Estava tratando seu cliente como se fosse o promotor e não o advogado de defesa. Aquilo conferiu à sua linha de interrogatório certa validade aos olhos do júri e do público. Não dava a impressão de gostar de Stanley Rothberg, e esse comportamento transmitia a impressão de que não iria ajudá-lo a mentir.

– Não, acho que não.

– E é verdade, como se testemunhou, que a notícia de seu caso finalmente acabou chegando até sua esposa?

– É.

– Ouviu o depoimento de Beverly Morgan no que concerne a uma áspera troca de palavras entre o senhor e sua mulher. A descrição que ela fez dessa discussão foi precisa?

– Sim.

– E o senhor não levou a ameaça de sua esposa a sério na época?

– Não.

– Por que não?

– Ela era uma mulher doente. Não achei que fosse capaz disso.

– Sr. Rothberg, injetou uma dose letal de insulina em sua esposa?

– Não, senhor. Eu detestava até mesmo vê-la aplicando a injeção em si mesma ou assistir quando a enfermeira o fazia. Em geral, eu saía do quarto.

– Sem mais perguntas, meritíssimo.

McKensie ergueu-se lentamente, mas continuou de pé junto à sua mesa.

– Sr. Rothberg, não viu a insulina em seu armário?

– Sim, naquela manhã, mas esqueci o assunto. Fiquei envolvido com alguns problemas no hotel e não me lembrei de perguntar à enfermeira a respeito daquilo.

– Muito embora sua esposa tivesse ameaçado implicá-lo na morte dela?

– Simplesmente não pensei nisso. Parecia... – Rothberg voltou-se para o júri. – Parecia tão inacreditável...

McKensie limitou-se a fitá-lo por um momento e em seguida balançou a cabeça. A maior parte das pessoas pensou que fosse por incredulidade, mas Kevin sentiu que era por frustração.

– Sem mais perguntas, meritíssimo – concluiu McKensie e se sentou.

Kevin deu continuidade a seu estratagema. Chamou Tracey ao banco e repassou o depoimento dela exatamente como tinha feito em seu escritório. Tracey descreveu Stanley indo se encontrar com ela depois de discutir com a esposa, e relatou os mesmos detalhes, acrescentando apenas como Stanley aparentava estar perturbado. Pareceu muito sincera quando manifestou seu próprio remorso quanto ao rumo que os acontecimentos haviam tomado. Kevin até deu por si acreditando nela quando a moça falou a respeito do quanto gostava de Maxine Rothberg.

McKensie não se deu sequer ao trabalho de interrogá-la.

Durante o sumário de encerramento, Kevin desenvolveu o tema que John Milton havia sugerido. Sim, Stanley Rothberg era culpado de adultério. Stanley Rothberg de fato não tinha o melhor dos caráteres, mas ele não estava em julgamento por essas coisas. Estava sendo julgado por homicídio e era claramente inocente de homicídio.

Ficou óbvio para todo mundo que as revelações de Beverly Morgan haviam cortado o vento das velas de McKensie quando chegou o momento de sua exposição final. Kevin ficou surpreso ao ver como ele se saiu mal, gaguejou, hesitou, pareceu confuso. Depois que se sentou parecia não haver qualquer dúvida na cabeça de ninguém quanto a qual seria o resultado do julgamento.

E o júri reagiu de acordo, retornando com o veredicto "inocente" em menos de três horas.

Quando Kevin conseguiu chegar ao escritório, encontrou uma comemoração a pleno vapor. Sua vitória com certeza seria a principal matéria dos noticiários locais de televisão, mas ainda assim ele não se sentia tão bem a respeito do caso quanto havia imaginado. Sentira-se melhor ao conquistar a absolvição de Lois Wilson. Quando analisou os próprios sentimentos, e os motivos para estar assim, percebeu que era porque tinha vencido aquele caso com seu próprio suor, instigando, investigando, imiscuindo-se em tudo até encontrar os artifícios para desacreditar a argumentação da promotoria.

Mas desta vez fora diferente. Não ia mentir para si mesmo. O que vencera o caso fora o depoimento de Beverly Morgan para corroborar a alegação de Stanley. A despeito das congratulações e cumprimentos que recebeu, não sentia orgulho de si mesmo. Era como vencer um importante jogo de beisebol porque tinha começado a chover depois da quinta rodada. Não houvera um esforço completo.

– Tive apenas sorte – disse a Ted.

– A sorte não teve nada a ver com isso. Você estruturou a defesa de maneira brilhante.

– Obrigado. – Abriu caminho até o escritório do Sr. Milton e bateu na porta. Foi convidado a entrar, mas não viu o homem.

– Aqui – chamou ele. Surgira como que de repente, em pé junto às imensas janelas. – E parabéns.

– Obrigado, mas esperava encontrá-lo durante o recesso. Queria lhe perguntar a respeito de Beverly Morgan.

– É claro.

Quando Kevin se reuniu a ele junto à janela, o Sr. Milton pôs o braço em volta de seus ombros e virou-o, de modo que ficaram, ambos, olhando para a cidade ao longe. A escuridão agora chegava antes do final da tarde. Era um mar de luzes.

– Deslumbrante, não é?

– Toda essa força, toda essa energia concentrada numa área tão pequena. Milhões de pessoas a nossos pés, uma riqueza inacreditável, uma energia incrível, decisões sendo tomadas que afetam as vidas de incontáveis outros seres humanos. – Estendeu a mão que estava livre. – Todo o drama da humanidade, todos os conflitos de que se tem conhecimento, cada emoção conhecida, nascimento, morte, amor e ódio. Estar aqui, pairando acima disso tudo me deixa sem fôlego.

– Sim – respondeu Kevin. De repente, sentiu-se sufocado. O Sr. Milton tinha uma característica suave e encantadora na voz. Ouvi-lo falar e olhar para as luzes piscando como estrelas lá em baixo era hipnotizante.

– Mas você não está apenas pairando acima de tudo isso – continuou o homem, falando em tons ondulantes, que, para Kevin, pareciam estar saindo de dentro da sua própria mente. Era como se John Milton tivesse entrado em sua alma, ido se abrigar em alguma câmara escondida do seu coração e, agora, verdadeiramente o possuísse. – Você está *mesmo* acima disso tudo e, agora nós sabemos, tudo isso será seu.

Houve um longo silêncio entre eles. Kevin simplesmente ficou olhando fixo para a cidade. John Milton continuou a abraçá-lo e prendê-lo, para que permanecesse junto dele.

– Deve ir para casa agora, Kevin – sussurrou afinal. – Vá para casa, para sua mulher, e faça sua própria comemoração particular.

Kevin assentiu. John Milton soltou-o e se moveu como uma sombra até a poltrona de sua escrivaninha. Kevin ficou olhando para fora por mais um momento e depois se voltou, lembrando-se do porquê de ter vindo até ali.

– Sr. Milton, aquele bilhete que me enviou... Como sabia que Beverly Morgan havia mudado a história dela?

John Milton sorriu. Sob a luz reduzida do abajur na escrivaninha, parecia estar usando uma máscara.

– Ora, Kevin, não vai querer que eu entregue todos os meus segredos, não é? Se fizer isso, todos vocês, jovens promissores, vão começar a pensar que podem tomar o meu lugar.

– Sim, mas...

– Eu falei com ela – respondeu John Milton depressa. – Salientei alguns pontos e ela cedeu.

– O que disse para fazê-la mudar de ideia?

– No fim, Kevin, as pessoas optam por fazer o que é melhor para elas próprias. Ideais, princípios, seja lá o nome que se dê, em última análise, não importam. Existe apenas uma lição a aprender: todo mundo tem seu preço. Os idealistas acham que essa é uma lição cínica de se tirar. Gente de mentalidade prática como você, eu e os outros associados sabem que isso é a chave para o poder e o sucesso. Saboreie sua vitória. – Virou-se a fim de baixar os olhos para alguns documentos em sua mesa. – Dentro de um ou dois dias, terei um novo caso para você.

Kevin, ainda de pé, ficou olhando para ele por alguns segundos, debatendo-se com a dúvida de dar ou não prosseguimento à conversa. Era óbvio que John Milton queria encerrá-la.

– Está bem – disse. – Boa noite.

– Boa noite. Parabéns. Você agora é um verdadeiro associado da John Milton – acrescentou.

Kevin parou junto à porta. Por que aquelas palavras não o fizeram se sentir maravilhosamente bem?, conjeturou. Saiu. Quando começava a descer pelo corredor, pensou naquelas luzes da cidade e no momento em que ficou diante da janela com John Milton a seu lado. As palavras dele lhe voltaram à mente. Estranho, pensou, mas elas soavam tão conhecidas. Onde é que tinha...

Então se lembrou. Aquelas foram as exatas palavras ditas por Ted quando descrevera uma experiência semelhante na janela da cobertura de John Milton. No fundo de seu coração, soube que aquilo não era apenas uma coincidência.

Quem era John Milton? Quem eram os associados? No que estaria ele próprio se transformando?

12

Uma chuva fina, triste, tinha começado a cair sobre a cidade. Embora estivesse bastante aquecido no banco traseiro da limusine, Kevin teve um calafrio quando pararam num sinal de trânsito, e ele relanceou os olhos pelas pessoas correndo de um lado para o outro, a maioria surpreendida pelo mau tempo sem seus guarda-chuvas. Apesar de ter todos os motivos para se sentir animado, os pingos que viu escorrendo pelas vitrines das lojas e sobre as janelas dos outros carros pareciam lágrimas. Recostou-se e fechou os olhos pelo restante do caminho até o prédio de apartamentos.

– Sr. Taylor – chamou Philip, abrindo a porta do saguão para ele assim que desceu da limusine. – Parabéns! Acabo de ouvir o noticiário.

– Obrigado, Philip. – Sacudiu os pingos gelados do cabelo.

– Aposto que dá uma sensação ótima vencer um caso tão importante. Todo mundo vai ficar sabendo o seu nome, Sr. Taylor. Deve estar muito orgulhoso.

– A ficha ainda não caiu para mim – respondeu Kevin. – Continuo um pouco tonto com isso tudo. – Dirigiu-se para o elevador.

– Mesmo assim, parece que o Sr. Milton arranjou pretexto para mais uma festa, hein?

– É, eu não ficaria surpreso. Obrigado, Philip. – Entrou no elevador e apertou o 15. Assim que o elevador começou a subir, Kevin se encostou no fundo, ainda sentindo uma estranha miscelânea de emoções, uma espécie de exaltação misturada com ansiedade. Alguma coisa não se encaixava; simplesmente, algo não estava certo. Deu por si remexendo no anel de ouro no dedo mínimo, puxando-o da mão e enfiando-o outra vez.

Saiu quando as portas se abriram, mas parou de imediato porque pensou ter ouvido alguém cochichar seu nome. Virando-se rapidamente para a esquerda, ficou chocado ao ver Helen Scholefield numa camisola, as costas contra a parede, os olhos arregalados, a expressão enlouquecida.

– Helen!

– Vi quando você e Charon chegaram de carro – sussurrou. Olhou para trás, em direção a seu apartamento. – Não tenho muito tempo. Ela vai me encontrar num instante.

– Qual é o problema?

– A mesma coisa que ocorreu com Gloria Jaffee vai acontecer com Miriam. Eu me recusei a tomar parte nisso, desta vez, e tentei adverti-los com a minha pintura, mas se ele já conseguiu engravidá-la, então é tarde demais. Ele vai se alimentar de tudo o que há de bom nela, sugar a vida dela como um vampiro sanguessuga. Você precisa descobrir um meio de matá-lo – pediu, os dentes trincados, as mãos travadas em punho. – Se não, vão restar para vocês somente as mesmas duas alternativas que Richard Jaffee teve. Graças a Deus ele tinha consciência demais para fazer algo diferente do que escolheu... só Richard tinha consciência. – Os lábios dela começaram a tremer. – Todos os outros pertencem a ele. Paul se transformou no pior deles. Ele é Belzebu – acrescentou Helen, inclinando-se para ele, a loucura nos olhos dela fazendo o coração de Kevin disparar.

– Helen, deixe-me ajudá-la a voltar...

– Não! – A mulher recuou. – É tarde demais para você, não é? Já ganhou uma causa para ele. Também pertence a ele agora... você é dele. Maldito. Malditos todos vocês!

– Sra. Scholefield! – A Srta. Longchamp gritou do umbral. – Oh, meu Deus! – Veio a toda pressa para o corredor. – Agora volte para dentro, por favor.

– Afaste-se de mim. – Helen ergueu os braços sobre a cabeça, ameaçando esmurrar a enfermeira.

— Agora se acalme, Sra. Scholefield. Tudo vai ficar bem. Muito bem.

— Quer que vá buscar alguma ajuda? — perguntou Kevin. — Chamar o médico que cuida dela?

— Não, não. Vai ficar tudo bem. Basta ela entrar — disse a Srta. Longchamp, mantendo o sorriso. — Não vai, Sra. Scholefield? Sabe que vai — acrescentou numa voz de efeito calmante.

Os braços de Helen começaram a tremer. Ela os baixou lentamente e começou a chorar.

— Ora, ora, o que é isso? Vai ficar tudo bem — tranquilizou-a a Srta. Longchamp. — Vou levá-la de volta e a senhora vai descansar. — Abraçou Helen Scholefield pela cintura com firmeza e virou-a para o lado do apartamento. Em seguida, olhou para trás e disse a Kevin — Está tudo sob controle — soletrou quase em silêncio, por movimentos da boca, e acenou com a cabeça, encaminhando Helen pelo corredor em direção à porta de casa. Kevin ficou olhando-as enquanto entravam de novo e a porta se fechava. Limpou o rosto com o lenço antes de entrar no próprio apartamento.

No instante em que fechou a porta, Miriam veio correndo até ele. Jogou os braços em volta do seu pescoço e beijou-o.

— Ah, Kev, estou tão agitada com tudo isso. Acabou de sair no primeiro noticiário da noite. E eu os vi falando com você enquanto estava saindo do tribunal. Seus pais telefonaram não faz nem um minuto. E meus pais também. Vamos sair, comemorar. Já fiz uma reserva para nós no Renzo. Você vai adorar. Norma e Jean disseram que é onde ela e os maridos sempre vão para as suas comemorações particulares.

Kevin limitou-se a ficar ali parado, olhando fixo para ela.

— O que há de errado? Você parece... pálido.

— Uma coisa horrível acabou de acontecer no corredor. Helen Scholefield estava lá fora, só de camisola. Tinha fugido da enfermeira.

– Ah, não. E o que mais aconteceu?
– Ela disse algumas coisas loucas, mas...
– Que tipo de coisas?
– Sobre nós, sobre a John Milton e Associados.
– Ah, Kevin, não deixe que isso o deprima. Não agora. Não quando temos tanto para fazer com que a gente se sinta feliz – implorou Miriam. – Sabe que ela tem andado muito doente, mentalmente abalada.
– Não sei, eu... como conseguiu essa mancha roxa no pescoço?
– Não é uma mancha roxa, Kevin. – Virou-se e olhou no espelho do corredor. – Acho que vou ter de pôr um pouco mais de pó compacto.
– O que quer dizer, não é uma mancha roxa?
– É um chupão, Kev – ela corou. – Seu vampiro. Não se preocupe com isso; não é nada. Vamos, tome um banho e mude de roupa. Estou faminta.
Ele não se moveu.
– Kevin? Vai ficar parado aí no vestíbulo a noite inteira?
– Precisamos conversar, Miriam. Não sei o que está havendo, o que anda acontecendo, mas juro que não me lembro de ter feito isso em você.
– Não tem nada acontecendo, bobo. Você ficou distraído pela pressão deste caso e andou preocupado. É compreensível. As meninas me avisaram que coisas assim iriam acontecer a você no início. Ficaria andando por aí numa espécie de estupor, esquecendo uma coisa aqui, outra ali. Elas passaram por momentos assim com Ted e Dave também. Tudo isso vai passar assim que ganhar confiança em si próprio e crescer como advogado. E que começo, hein? Meu grande advogado de Nova York – acrescentou e abraçou-o. – Agora, venha. Vamos abrir os trabalhos. – Foi saindo. – Vou retocar a maquiagem.
Ele ficou observando-a sair e depois acompanhou seus passos vagarosamente. Deteve-se no umbral da sala de estar,

pensando mais uma vez na cena com Helen Scholefield lá fora. Em seguida, entrou na sala a fim de contemplar a pintura dela.

Mas o quadro não estava lá, nem no chão.

– Miriam. – A mulher não respondeu. Kevin correu até o quarto, onde a encontrou diante do espelho de sua penteadeira.

– Miriam, o que aconteceu ao quadro de Helen?

– Aconteceu? – Miriam tirou os olhos do espelho. – Eu simplesmente não conseguia mais olhar para aquilo, Kevin. Era a única nota depressiva neste apartamento. As meninas concordaram em que eu tinha sido muito gentil por mantê-lo aqui durante tanto tempo.

– Então, onde ele está? Num armário?

– Não, foi levado – respondeu Miriam, voltando-se para se olhar no espelho de novo.

– Foi levado? O que quer dizer? Levado para onde? Você o jogou fora?

– Não, eu não faria isso. De qualquer modo, é uma obra de arte e, acredite você ou não, tem gente que gosta desse tipo de coisa. Norma conhecia uma galeria no Village que quis ficar com ele. Pensamos em colocá-lo lá e, se fosse vendido, faríamos uma surpresa a Helen com a boa notícia. Achamos que isso poderia animá-la.

– Qual galeria?

– Não sei o nome, Kevin. Norma é quem conhece – respondeu Miriam, a irritação tingindo ligeiramente seu tom de voz. – Por que está tão preocupado? Tanto minha mãe como a sua acharam que era uma coisa horrível de se ter na parede da nossa sala de estar.

– Quando ela o levou? – insistiu Kevin.

Miriam se virou outra vez.

– Isso só demonstra o quanto você tem se mostrado observador nos últimos tempos. Dois dias atrás, Kevin. O quadro foi levado há dois dias.

230

– Foi?

Miriam apertou os lábios e sacudiu a cabeça.

– Vai tomar seu banho e se vestir ou não?

– O quê? Ah, é... sim. – Começou a se despir.

– É tudo tão excitante, não? Você vai estar em todos os jornais e canais de televisão por todo o país. Aposto que o Sr. Rothberg está muito grato, hein?

– Rothberg?

– Rothberg, Kevin. O homem que você defendeu, lembra? – Miriam riu. – E depois fala de seus professores distraídos...

– Não, Miriam, você não está entendendo – disse Kevin, aproximando-se dela. – Eu ganhei porque uma testemunha fez uma inversão completa de sua história original e continuo até agora sem saber por que ela fez isso. Aliás, eu nem sabia o que iria acontecer até ver a mudança ocorrendo bem à minha frente, ali no tribunal. O Sr. Milton enviou-me um bilhete dizendo para fazer as perguntas certas. Ele sabia que a testemunha ia mudar. Ele sabia!

– E daí? – sorriu Miriam. – Por isso ele é o Sr. Milton.

– O quê?

– Por isso ele é o chefe e você, Ted, e Paul são apenas associados.

Kevin simplesmente ficou olhando para ela. Miriam falava como uma garotinha.

– Não se preocupe – disse ela, voltando-se outra vez para o espelho. – Um dia você será igualzinho a ele. Não vai ser uma maravilha? – Deteve-se, os olhos se estreitando como se estivesse olhando para uma bola de cristal e não para um espelho. – Sua própria firma... Kevin Taylor e Associados. Enviará um associado por aí, a fim de descobrir novos talentos promissores, exatamente como o Sr. Milton enviou Paul para descobrir você, porque nessa época você já saberá por quem procurar.

– Por quem procurar? Quem pôs tal ideia em sua cabeça?

– Ninguém, seu bobo. Bom, Jean e Norma comentaram alguma coisa nesse sentido outro dia no almoço. Disseram que isso é o que o Sr. Milton quer ver acontecer. – Jogou a cabeça para trás e matraqueou: – Dave Kotein e Associados, Ted McCarthy e Associados, Paul Scholefield e Associados, Kevin Taylor e Associados. Vocês quatro vão abarcar a cidade inteira. O Sr. Milton vai recomeçar com novos associados, é claro, e antes que se deem conta, não existirá um único acusado na cidade que queira ir para alguma outra firma que não seja uma das de vocês.

Riu outra vez e se levantou, virando-se para ele.

– Kevin, quer ir tomar logo aquele banho?

Ele pensou um instante e depois deu mais um passo na direção dela.

– Ouça, Miriam. Algo de estranho está acontecendo. Não sei o quê, por enquanto, mas talvez Helen Scholefield não esteja tão maluca quanto pensamos.

– O quê? – Miriam recuou depressa. – Kevin Wingate Taylor, quer parar com isso e ir tomar seu banho? Já disse, estou morrendo de fome. Aguardo você na sala. Vou tocar piano, mas espero que esteja pronto antes que eu acabe o concerto inteiro. – E saiu, deixando-o nu junto à sua penteadeira.

Ele virou-se para se olhar no espelho. A imagem refletida o fez recordar seus estranhos sonhos eróticos. Seriam sonhos? Não eram sonhos para Miriam. Tudo era muito real para ela. E aquelas manchas roxas em suas pernas eram reais também.

E todas aquelas vezes em que Miriam alegava terem feito amor e ele não conseguia se lembrar de nada? Ninguém podia ser tão distraído assim. Alguém estava enlouquecendo – ou ela ou ele.

"...mas se ele já a engravidou", dissera Helen Scholefield, "então é tarde demais". Ele? De quem estaria falando?

Afastou-se do espelho. Uma coisa dessas seria possível?

"Nós não perdemos", afirmara Paul Scholefield. Os três ostentavam naquela hora o mesmo ar de arrogância.

"Você ganhou uma causa para ele. Também pertence a ele agora...", dissera-lhe Helen Scholefield. "Maldito. Malditos todos vocês!"

Recordou como tinha se sentido estranho quando o Sr. Milton dissera: "Agora você é um verdadeiro associado da John Milton."

Voltou ao espelho e se olhou.

Do que Helen estava falando? Haveria alguma coisa de diferente nele agora?

Sua imagem refletida não respondeu, mas havia algo de nefasto no mero fato de fazer a pergunta.

Tomou uma decisão. Amanhã iria ver Beverly Morgan e só sairia de lá quando ela lhe contasse como o Sr. Milton a havia convencido a mudar sua história.

LIGOU PARA SEUS pais e também para os de Miriam antes de saírem para comemorar. Durante as duas conversas pelo telefone, não fez nada para deixar que nenhum dos dois casais percebesse que estava com problemas. A única nota negativa surgiu na voz de sua mãe quando disse:

– Agora que encerrou este grande caso, Kevin, veja se pode dedicar mais tempo a Miriam. Ela tem me parecido um tanto nervosa, sensível, ultimamente.

– O que quer dizer, mãe?

– Ninguém pode estar assim tão animada o tempo todo. É só um instinto de mãe, Kevin. Ela anda com um diapasão de voz tão exaltado... Talvez esteja se esforçando demais para agradar você. Arlene acha a mesma coisa, Kevin, só que não quis dizer nada para não dar a impressão de ser uma sogra metida.

– Mas ela me disse que achou Miriam muito feliz...

– Eu sei. Não estou dizendo que ela não pareça feliz. É só... dê mais atenção a ela, está bem?

– Tudo bem, mãe.

– E parabéns, filho. Sei que isto é uma coisa que você sempre quis.

– É. Obrigado.

Kevin sabia que a mãe estava certa. Miriam andava tão diferente, e tinha mudado tão depressa, que ele próprio deveria ter ficado mais alarmado. Havia ignorado o que estava acontecendo porque desejara tanto aquilo tudo – a riqueza, o luxo, o prestígio. Quem não desejaria? Ele a havia trazido para cá; ele a havia exposto a tudo isso. Em grande parte, o que estava acontecendo, assim como o que já havia ocorrido, era culpa sua.

Rodopiou como se alguém tivesse batido em seu ombro.

– Hum-hum. – Seu olhar se desviou para a varanda. Mais uma vez ficou imaginando por que Richard Jaffee teria tirado a própria vida. O que Helen teria querido dizer com "somente Richard tinha consciência"?

– Estou esperando, meu bem – chamou Miriam.

– Já estou indo.

Saíram do apartamento e desceram para pegar o táxi que já estava à espera. Foram ao Renzo, um restaurante cinco estrelas, especializado em culinária do norte da Itália, e Kevin tentou deixar de lado suas preocupações.

Passou o tempo todo reparando como Miriam estava diferente nesta comemoração, em relação ao comportamento que tivera no Bramble Inn, em Blithedale, quando festejaram a vitória dele no caso Lois Wilson. Desta vez, nada de preocupação em saber se o cliente era ou não culpado de fato. Claro, Miriam sabia pouco ou quase nada a respeito deste caso, portanto não tinha perguntas a fazer sobre os procedimentos no tribunal.

Teve de admitir que ela estava bonita naquele conjunto novo, de calça justíssima e blusa vermelho-vivo. A suéter tinha uma corrente de pérolas cruzada sobre o busto. Miriam ainda estava usando muito mais maquiagem do que costumava fazer antes, e Kevin se deu conta de que sem o blush e o batom, ela de fato parecia pálida.

Não pensou que ela gostaria tanto assim de um restaurante como o Renzo, e muito menos que fosse escolhê-lo para esta ocasião. Era um lugar de grande aparato, fartamente iluminado, com paredes espelhadas. Apesar do mau tempo, estava bem cheio, com as mesas colocadas praticamente umas sobre as outras.

Miriam mostrava-se bem mais extrovertida do que no Bramble Inn ou, aliás, do que quando moravam em Blithedale. Como uma mudança tão radical na mulher poderia ter lhe passado despercebida? Kevin censurou-se por ter ficado absorvido demais pelo trabalho. Surpreendeu-se ao ver quantas pessoas Miriam conhecia, e como tantas outras a conheciam, do maître aos garçons. Alguns outros clientes também a cumprimentaram com um movimento de cabeça, sorrindo para ela. Junto com as meninas, Miriam lhe contou, tinha ido ali para almoçar e jantar quando ele estava preso no trabalho.

No entanto, achou-a muito distraída com tudo isso, dividindo sua atenção entre ele e os esforços para esticar o pescoço e ver quem estava entrando, quem estava sentado com quem, o que as outras pessoas estavam comendo. Como isso era diferente do jantar íntimo, à luz de velas, que tinham compartilhado no Bramble Inn, pensou. Mas ela não se importava, nem parecia perceber.

Até o ato de amor depois daquele jantar teve uma característica diferente. Miriam estava impaciente, exigente, impositiva. Começou se contorcendo debaixo de seu corpo e em seguida assumiu um papel de dominação, movendo as mãos dele para onde queria ser tocada com mais agressividade. Kevin quase perdeu todo o interesse, sentindo-se prostituído, como alguém sendo usado apenas para dar prazer. Não houve o sentido habitual de consideração, reciprocidade, tentativa de integração num só ser.

E depois do amor ela ainda pareceu insatisfeita, frustrada.
– Qual é o problema com você? – indagou Kevin.
– Estou cansada. Vinho demais, acho – respondeu Miriam, e virou de costas para ele. Kevin ficou ali pensando, com medo de fechar os olhos, com medo de, ao fazer isso, permitir que algo... alguém... aparecesse. Afinal, acabou caindo no sono, mas acordou por volta das quatro da manhã e percebeu que ela não estava a seu lado.

Apurou o ouvido por um instante e escutou sons vindo da frente do apartamento. Levantou-se depressa e vestiu o robe. As luzes estavam acesas na sala e no vestíbulo. Seria isto mais um episódio erótico? Estaria mesmo acordado ou era um sonho? Foi avançando lentamente, seu coração disparado pela expectativa, até que viu Miriam de pé no umbral da entrada, segurando a porta aberta e olhando para fora. Havia outras vozes.

– Miriam. O que está acontecendo?
– É Helen – respondeu ela, virando-se para trás.
– O que foi?

Correu para junto dela e espiou para fora. Norma e Jean estavam no corredor, também vestidas de robe.

– O que houve?
– Ela enlouqueceu de vez – explicou Norma. – Atacou a Srta. Longchamp com uma tesoura.
– O quê?

Naquele momento a porta do apartamento dos Scholefield foi aberta e dois enfermeiros de ambulância do hospital Bellevue saíram levando Helen numa maca. A mulher estava presa à cama por cinturões bem apertados. Paul, Dave e Ted vinham logo atrás. Helen virava a cabeça rapidamente de um lado para o outro, como que tentando negar a realidade do que estava lhe acontecendo. Kevin afastou Miriam para o lado e se aproximou de Paul.

– É muito sério – disse ele. – Ela simplesmente pulou da cama e atacou a enfermeira. Felizmente, não foi um ferimento grave, mas eu não deveria tê-la mantido em casa. Deram-lhe um sedativo, mas ainda não fez efeito.

As portas do elevador se abriram e os auxiliares de enfermagem empurraram a maca para dentro. Paul virou-se para Dave e Ted.

– Não precisam vir. É tarde. Eu me viro.

– Tem certeza de que está bem? – perguntou Ted.

– Sem problemas. Todo mundo de volta para a cama. Falo com vocês de manhã.

Entrou no elevador ao lado da maca. Os atendentes a deslocaram ligeiramente a fim de abrir espaço para ele, e Kevin viu o rosto de Helen Scholefield. Seus olhos se arregalaram quando o encarou. E, de repente, ela começou a berrar. Foi um grito agudo, penetrante, um guincho que o fez estremecer. Mesmo depois que as portas do elevador se fecharam e ele começou sua descida, Kevin ainda ouviu o lamento até que o som foi morrendo nos andares lá embaixo.

– Sabia que isso ia acontecer – disse Dave, indo embora.

– Que pena – comentou Ted, sacudindo a cabeça. – Jean?

– Estou indo.

As três mulheres se abraçaram na porta do apartamento de Kevin e Miriam e, em seguida, Norma e Jean se juntaram a Dave e Ted a fim de retornar às suas casas. Kevin ficou observando-os enquanto se afastavam.

Olhou para Miriam e depois para a porta dos Scholefield. Onde estava a enfermeira?, teve vontade de saber. Se tinha sido ferida no ombro, por que ninguém se mostrava preocupado com ela? Encaminhou-se para a porta do outro apartamento.

– Kevin, o que está fazendo? Aonde vai? Kevin?

Bateu na porta e apurou o ouvido. Não havia nada lá dentro, nenhum som, nenhuma voz. Apertou a campainha.

– Kevin? – Miriam tinha saído para o corredor. Continuou não ouvindo nada.

Virou-se para a mulher.

– Eles estão mentindo – afirmou.

– O quê?

Kevin passou por ela e entrou de volta em seu apartamento.

– Kevin? – Ela o seguiu pelo corredor até o quarto. O marido estava sentado na cama, olhando fixo para as próprias mãos. Puxou o anel de ouro, tentando se livrar dele mas, como seu dedo estava inchado demais, percebeu que teria de serrar a joia para tirá-la. – Kevin, o que está dizendo? Você viu como ela estava.

– Estão todos mentindo. Sabem que ela me contou alguma coisa. A enfermeira disse a eles.

Miriam limitou-se a balançar a cabeça.

– Você está se comportando de maneira muito estranha. Tudo isso começa a me assustar.

– Deveria mesmo. – Kevin se levantou e tirou o robe. – Não tenho esperanças de que compreenda o que digo neste exato momento, Miriam. Estou com algumas ideias que vou investigar amanhã. Por enquanto, não há nada a fazer além de ir dormir.

– Muito boa ideia – respondeu ela, e saiu para desligar o restante das luzes.

De manhã, Kevin telefonou para o escritório e disse a Diane que não iria trabalhar.

– Preciso de um dia de folga – explicou.

– Compreensível. O Sr. Milton também não vem hoje. Não foi uma coisa horrível o que aconteceu com a esposa do Sr. Scholefield?

– Ah, já está sabendo disso?

– Sim. O Sr. McCarthy telefonou logo cedo. Talvez tenha sido melhor, no entanto. Talvez lá eles consigam ajudá-la.

– Ah, tenho certeza de que ajudarão – disse Kevin, acreditando que a secretária não percebera a nota sarcástica em sua voz.

Vestiu o sobretudo, mas Miriam não lhe perguntou aonde ia e ele não lhe forneceu a informação voluntariamente. Em todo caso, não parecia tão interessada assim em saber. Norma e Jean telefonaram quando estava prestes a sair e as três começaram a fazer planos para levantar o ânimo.

– Afinal – ouviu Miriam dizendo –, foi uma coisa tão pra baixo ontem à noite.

– Vejo que estão todas aflitas de tanta preocupação – observou Kevin assim que ela pôs o fone no gancho.

– Bom, não há nada que possamos fazer a esse respeito, Kev. Bellevue não é o tipo de lugar aonde a gente vá só para uma visitinha, e não creio que mandar flores ou bombons faça algum sentido nesse caso.

– Não faz absolutamente nenhum sentido. – Avistou mais uma daquelas manchas roxas, desta vez atrás do músculo de sua panturrilha. – Você está com outra marca – disse Kevin, apontando.

– O quê? – Miriam olhou para baixo. – Ah, sim – retrucou e acompanhou a interjeição com uma breve risada.

– Isso não a preocupa? Estou avisando, pode ser um problema de nutrição ou algo assim.

Miriam fitou-o por um momento e depois sorriu.

– Kevin, não fique assim tão preocupado por qualquer coisinha. Não é nada. Já me aconteceu outras vezes, especialmente antes da menstruação.

– Sua menstruação está por vir? – perguntou logo.

– O dia já passou. – Os olhos de Miriam faiscaram com malícia, mas Kevin não retribuiu o sorriso.

– Ligo para você mais tarde – disse e se apressou em sair. Pegou o elevador até a garagem, entrou em seu carro e partiu, dirigindo-se para o norte do estado a fim de falar com Beverly Morgan.

Era um dia claro e frio de inverno, com o céu de um azul vivo e nuvens tão paradas sobre ele que pareciam congeladas em seus lugares. Durante o percurso, Kevin fez uma revisão dos últimos meses e pensou nas coisas que o incomodavam, coisas que, teve de confessar, ele próprio optara por ignorar, já que agora estava sendo honesto consigo mesmo. Como a John Milton e Associados tinha chegado a saber tanto a respeito dele e de Miriam antes mesmo de virem para a cidade? Como John Milton sabia tanto a respeito do caso Lois Wilson? E quanto a tudo ser tão absolutamente perfeito como, por exemplo, o belo apartamento isento de aluguel que, por acaso, calhava de ter dentro dele uma pianola e algumas outras coisas que Miriam sempre quisera? Haveria alguma coisa de sobrenatural nas coincidências, e em toda aquela sorte, ou ele estava apenas sendo paranoico? Miriam teria razão? Ele não estaria reagindo às baboseiras sem sentido de uma pessoa mentalmente doente e deprimida? Talvez ele estivesse mesmo exagerando.

Certamente tinha de haver uma explicação lógica para a virada de Beverly Morgan. Talvez a mulher simplesmente não tivesse confiado nele porque o achara jovem demais. Se esse fosse o caso, provavelmente a enfermeira também não iria falar com ele agora, pensou.

Kevin estacionou em frente à casinha de Middletown. As janelas estavam fechadas, com as cortinas puxadas. Um garoto de 10 anos, negro e magrinho, olhou-o com desconfiança, protegido no santuário de sua própria varanda, quando Kevin saiu do carro e caminhou até a porta da frente da casa da irmã de Beverly Morgan. Bateu e aguardou. Suas batidas ecoaram e morreram lá dentro sem trazer nenhuma resposta. Bateu de novo e depois espiou por uma janela.

– Elas "num tão" em casa – disse o garotinho. – Foram embora na ambulância.

– Ambulância? – Kevin se aproximou rapidamente da lateral do alpendre. O menino recuou alguns passos, assustado pelo movimento repentino. – O que aconteceu à Sra. Morgan?

– Ela ficou bêbada e caiu da escada – respondeu o garoto e empurrou um caminhãozinho de bombeiro feito de metal pela grade lascada da varanda.

– Ah, sei. Então eles a levaram para o hospital, hein?

– É. E minha mãe foi também. Ela levou Cheryl.

– Ah. E para qual hospital elas foram?

O garotinho encolheu os ombros.

– De qualquer modo, é provável que só tenha um hospital mesmo – resmungou Kevin em voz alta. Correu pela calçada de volta até seu carro e partiu. Na primeira saída pegou as indicações das placas para chegar ao hospital Horton Memorial e se dirigiu para lá o mais depressa que pôde.

A senhora de rosto bondoso, vestida de uniforme rosa, atrás da mesa na recepção, não tinha nenhuma informação a respeito da internação de Beverly Morgan.

– Ela pode estar ainda na emergência – sugeriu como única explicação possível. Deu-lhe as indicações e Kevin saiu apressado pelo corredor amplo e comprido.

Ficou surpreso com tanto movimento. Cidade pequena ou não, as emergências de hospital são todas iguais, pensou. Enfermeiras corriam freneticamente de uma sala de exames para outra. Um residente sobrecarregado estava de pé conferindo seus prontuários enquanto a enfermeira recitava os sintomas de um paciente na sala atrás dela. Ninguém parecia reparar em Kevin. Avistou duas mulheres negras de pé junto à porta de uma das salas de exame, falando baixinho do outro lado da emergência, e abriu caminho até elas.

– Desculpem.

As duas se voltaram, curiosas.

– Beverly Morgan está aí dentro?

– Sim. Quem é você?

– Sou Kevin Taylor, um advogado. Defendi Stanley Rothberg.

– Ah, tudo bem, mas o que quer com minha irmã agora? Ela já disse tudo no tribunal, não disse?

– Ela está bem? – perguntou Kevin, sorrindo.

– Ela vai sobreviver – respondeu a irmã, com ar de sarcasmo. – Mas as coisas com certeza vão mudar na minha casa se ela quiser continuar morando lá.

– Estou certo disso – concordou Kevin com a cabeça e olhou para a outra mulher, que o fitou de volta como se ele fosse totalmente maluco. – Acha que eu poderia conversar com ela por alguns minutos?

– Bom, como parece que a gente vai ficar esperando aqui a vida inteira até conseguir um quarto para ela, acho que sim. Só que ela ainda não está completamente sóbria – respondeu a irmã de Beverly. Kevin, no entanto, não hesitou. Entrou na sala de exames.

Beverly Morgan estava numa maca, a fina coberta branca puxada até o pescoço. A cabeça encontrava-se enrolada numa faixa de gaze e havia uma mancha de sangue do lado direito da testa. A enfermeira estava olhando fixamente para o teto. Sua irmã e a vizinha entraram atrás dele e postaram-se de pé junto à porta. Kevin se aproximou de Beverly devagar.

– Beverly? – chamou Kevin. – Como você está? – Ela piscou, mas não se virou na direção dele. – É Kevin Taylor. Gostaria de falar com você, se puder, embora o julgamento já tenha terminado. Beverly?

A mulher virou ligeiramente a cabeça.

– Ela está bêbada demais. Não sabe nem onde está. Caiu de cabeça pela escada abaixo. Não encontrei ela logo. Está viva por sorte.

– Beverly – repetiu Kevin, ignorando a irmã. – Sabe que estou aqui. Sabe quem eu sou. Tem de falar comigo, Beverly. Sabe que é importante.

A enfermeira virou um pouco mais a cabeça até ficar olhando de frente para Kevin.

– Foi ele quem mandou o senhor? – perguntou num murmúrio rouco.

– Quem? O Sr. Milton?

– Ele mandou o senhor? – perguntou Beverly de novo. – Por quê? O que ele quer agora?

– Ele não me mandou, Beverly. Vim por minha conta. Por que mudou sua história, Beverly? Você contou a verdade no tribunal? Ou estava me dizendo a verdade quando vim vê-la na casa de sua irmã?

Beverly se demorou fitando-o, e Kevin achou que a visita ia ser inútil.

– Ele não o mandou? – perguntou Beverly de repente.

– Não, vim por minha conta – repetiu ele. – Só fui saber que ia mudar sua história quando lhe fiz aquelas perguntas no tribunal, Beverly, e não acreditei em você. Embora tenha me ajudado a ganhar minha causa, não acreditei. Você mentiu, não foi?

Lágrimas começaram a rolar dos olhos avermelhados de Beverly.

– Ei, moço, o que está fazendo com minha irmã?

– Nada – respondeu ele, praticamente esbravejando contra elas. Virou-se para as duas. – O problema é só que preciso de algumas respostas dela. Isso é muito, muito importante. Beverly, você mentiu, não foi? Não foi? – insistiu Kevin.

– Moço, é melhor ir embora – reclamou a irmã dela.

Beverly assentiu.

– Eu sabia. Mas por quê? Por quê? Como ele conseguiu fazê-la mentir?

– Ele sabe – cochichou Beverly.

– Sabe do quê? – perseverou Kevin.

Os lábios dela começaram a tremer. Kevin baixou a cabeça. Beverly sussurrou sua confissão no ouvido dele como se Kevin fosse um padre. Depois virou para o outro lado.

– Mas como ele sabia dessas coisas? – pensou Kevin em voz alta. Beverly não tentou dar nenhuma resposta, mas ele também não precisava. A resposta já estava em seu coração.

Foi uma estranha viagem de volta à cidade. Kevin esteve tão imerso em pensamentos na maior parte do caminho que não conseguia se recordar do trajeto que fizera. De repente, deu por si pegando a ponte George Washington quase como se tivesse sido transportado até lá. Estremeceu num arrepio. Talvez tivesse mesmo. Onde ficava a realidade em relação à ilusão? O que era mágico e o que não era? O Sr. Milton seria apenas um homem astuto, matreiro e implacável... ou representaria algo mais?

Como John Milton poderia ter conhecimento dos pecados que Beverly Morgan guardava trancados em seu coração: que ela havia roubado da mãe de Maxine Shapiro, enquanto cuidava da velha senhora depois do derrame, e que vinha fazendo a mesma coisa com Maxine – surripiando joias, trocando dinheiro, roubando dos mortos; era assim que a enfermeira se havia descrito, porque as duas mulheres de quem cuidara já estavam ao alcance da morte. Sabendo dessas coisas, como tinha sido fácil para ele chantageá-la, dizendo que se tornaria uma das principais suspeitas agora, não de matar acidentalmente Maxine por negligência provocada pelo alcoolismo, mas deliberadamente, num ato planejado. Maxine descobrira o que Beverly vinha fazendo, assim como acontecera – que Deus a perdoasse! – com a mãe dela.

Digitalina demais, impossível de detectar a menos que o patologista tivesse motivo para procurar vestígios dela. Beverly dera um empurrãozinho para que a velha senhora encontrasse a glória eterna mais cedo e evitara ser exposta como ladra.

Kevin tinha ouvido aquilo tudo mas, ao contrário de um confessor, não dera a ela nenhuma esperança de redenção, porque no momento estava precisando saber se haveria alguma possibilidade de salvação para si próprio.

Não tinha tempo de pensar em si mesmo agora. O aviso de Helen Scholefield fora para Miriam, não para ele. Helen dissera que a mesma coisa que havia acontecido à mulher de Richard Jaffee iria ocorrer com Miriam. Quanto do que ele hoje sentia e sabia Richard Jaffee teria tido conhecimento?

Agora que sua curiosidade sobre a firma e os outros associados tinha chegado ao auge, Kevin decidiu ir para o escritório a fim de pesquisar um pouco por conta própria. Tinha uma ideia de onde procurar, e sabia que precisaria de algo mais concreto para poder prosseguir, alguma coisa que pudesse afirmar diante de Miriam ou de qualquer outra pessoa, aliás.

Diane ficou surpresa ao vê-lo.

– Ah, todo mundo já foi embora e encerrou o dia, Sr. Taylor – disse. – Na verdade, o Sr. McCarthy acaba de sair. – Kevin sabia disso. Tinha visto Ted McCarthy saindo do prédio e reduzira a marcha para que o outro não o avistasse.

– Por mim, tudo bem. Quero só alinhavar uns pontos que deixei para o fim e procurar uma coisa.

A recepcionista sorriu e balançou a cabeça com ar de tristeza.

– Ouviu a última sobre a Sra. Scholefield?

– Não. Estive fora da cidade a maior parte do dia. O que está acontecendo?

– Ela entrou num estado comatoso. Não responde a coisa nenhuma. Pode ser que tenham de usar tratamento de eletrochoque nela – cochichou a moça.

– Hum-hum. Que pena. O Sr. Scholefield ainda está com ela no hospital?

– Sim. Vai precisar de alguma coisa, Sr. Taylor? Wendy saiu cedo hoje.

– Não, estou bem – respondeu, e voltou a seu escritório, onde encontrou uma nova pasta em sua mesa com um bilhete em cima dizendo: "Kevin, um novo caso para você. Vamos discuti-lo hoje. JM." Evidentemente, John Milton só pretendia discuti-lo no dia seguinte. Abriu a capa e leu com atenção a primeira página.

Elizabeth Porter, uma mulher de 48 anos, proprietária e administradora de uma pensão especificamente destinada a pessoas idosas, e Barry Martin, seu braço direito e amante de 45 anos, tinham sido detidos e acusados pelo assassinato de quatro dos velhinhos, matando-os para ficar com suas apólices do seguro social. Todos os quatro tinham sido achados nos fundos da pensão, enterrados no quintal. Ele deveria representar e defender o faz-tudo que, agora, aparentemente, se mostrava disposto a transformar-se em testemunha do Estado contra sua antiga amante para salvar o próprio pescoço.

O material na pasta delineava cada assassinato, quem eram as vítimas, havia quanto tempo isso vinha acontecendo, o passado da senhoria, assim como o de seu braço direito. Mais uma vez, Kevin viu relatórios completos, detalhados, já pesquisados e prontos de uma hora para outra. Isso alimentou a fogueira de suas suspeitas, e ele foi para a biblioteca de Direito informatizada. Acionou o interruptor de luz da sala. As lâmpadas piscaram e afinal se acenderam de vez, iluminando o salão comprido e estreito com suas paredes de estantes. O computador estava imediatamente à sua direita. Puxou uma cadeira para a frente do teclado e ligou a máquina.

As secretárias mantinham um guia ao lado do teclado para facilitar consultas rápidas. Analisando-o por um instante, Kevin decidiu começar pelas causas mais antigas – a história da firma, por assim dizer. Viu que os casos eram organizados pelo nome do associado que tratara deles. Como Paul tinha sido o primeiro a se juntar à firma, clicou no nome dele antes dos outros.

Rolou as páginas de cada caso rapidamente, anotando os clientes e os resultados. Em seguida, passou às causas de Ted e, finalmente, às de Dave. Prosseguiu, sem parar, lendo e confirmando uma premissa que, no fundo de seu coração, sabia ser verdadeira. Todo cliente que a John Milton e Associados tinha defendido ou era culpado e fizera um acordo de reconhecimento da culpa para obter uma acusação por crime menos grave, ou uma sentença reduzida, ou fora aparentemente culpado mas tinha sido absolvido por meio de manobras legais.

Não era de espantar que os três parecessem tão arrogantes quando diziam "nós não perdemos", pensou Kevin. Eles sabiam. Não perdiam.

Kevin viu que seu próprio nome já estava listado e, assim, clicou em seu arquivo. Ficou chocado ao descobrir uma descrição do caso Lois Wilson. Mas por que estava nestes arquivos? Não trabalhava lá na época. Claro, o caso Rothberg estava lá e, agora, já com uma rubrica de entrada, o caso da pensão para idosos.

O que fez o sangue lhe subir ao rosto foi a descoberta de que o resultado já estava registrado ali. Aquilo era apenas uma manifestação de confiança ou o quê? Ele poderia cometer algum erro drástico ou não? A acusação poderia apresentar algo de que não tivessem nenhum conhecimento, não era? Ainda faltava algum tempo para que o caso fosse a julgamento. Como isso podia estar registrado?

Recostou-se e pensou por um momento. Em seguida, inclinou-se para a frente e carregou o menu principal de arquivos outra vez. Um deles em particular atraiu sua atenção. Tudo o que dizia era "Futuros".

Leu devagar, anotando as datas. Seu coração estava disparado antes que chegasse ao fim da primeira página. Não conseguia acreditar no que seus olhos estavam vendo.

A John Milton e Associados tinha uma lista para mais de dois anos de trabalho jurídico futuro com base em crimes ainda por ser cometidos!

13

— Estou indo embora, Sr. Taylor – declarou Diane. A recepcionista aparecera de repente no umbral da biblioteca. Não a escutara vir pelo corredor, porque estava completamente absorto, perplexo com o que estava vendo na tela do computador. Embora a moça tivesse falado baixo, ele rodopiou na cadeira de maneira tão brusca que sentiu como se houvesse pulado para fora da própria pele. A bela secretária sorriu-lhe com ar inocente, parecendo indiferente ao que estava fazendo ou bisbilhotando. Talvez ela não soubesse. Talvez nenhum deles verdadeiramente soubesse, pensou.

– Ah, sim, Diane. Eu também já vou, em uns cinco ou dez minutos.

– Não precisa se apressar, Sr. Taylor. A porta está programada para travar quando o senhor sair.

– Obrigado. A propósito, por onde andou o Sr. Milton o dia inteiro?

– Ele teve vários compromissos, em diversos pontos da cidade, mas se manteve completamente informado a respeito de tudo, inclusive sobre a esposa do Sr. Scholefield. Com toda certeza, ele estará aqui amanhã. Eu o verei pela manhã, então, Sr. Taylor – acrescentou.

– Sim. Boa noite. – Esperou que ela virasse as costas antes de abrir a tela de novo. Ninguém acreditaria nestas informações, a menos que as visse por si mesmo, concluiu, e, diante disso, tentou imprimir o arquivo "Futuros", mas não conseguiu. Tentava copiar o arquivo, quando, de repente, a tela ficou vazia. Tentou recuperá-lo, mas desta vez um pedido de senha apareceu na tela.

Como é possível? Estranhou. Por que tinha sido capaz de abri-lo uma vez e agora não conseguia repetir a operação sem saber a senha? Era como se o computador o estivesse atormentando de propósito, como se ele também fizesse parte de todo este... mal.

Tirou os dedos das teclas, receoso de que, sabe-se lá como, a máquina pudesse lhe fazer alguma coisa, mas a tela do computador permaneceu iluminada, numa aparência inócua. Sacudiu a cabeça. Loucura, pensou. Sua paranoia estava se expandindo rapidamente. Desligou o computador, retirou-se da biblioteca e foi para o seu escritório a fim de ligar para casa.

Depois de quatro toques, a secretária eletrônica de Miriam atendeu e, numa voz doce, ainda que não familiar, pediu a quem estivesse do outro lado da linha que deixasse seu nome, número e mensagem. Em seguida, após uma breve risadinha, disse "obrigada", e o bipe foi acionado. Kevin ficou segurando o fone, ouvindo o zumbido suave da fita rodando na máquina. Por que não tinha percebido aquilo na voz dela antes – esse tom melindroso, distante, o tom de alguém um tanto distraído, alguém que se achava apenas vagamente atento? Teria ele próprio estado sob algum feitiço, um encantamento que se quebrara assim que se sentiu culpado pelas coisas que vinha fazendo?

Um suor frio brotou no alto de sua testa e desceu pela nuca. Devolveu o fone ao gancho bem devagar, sem deixar nenhuma mensagem. Onde estaria ela? Lá em cima, na cobertura, de novo? Talvez com ele? Que tipo de domínio teria John Milton sobre as mulheres, e por que os demais associados não viam isso, ou, se viam, por que não se incomodavam? Todos os três eram extremamente competentes, brilhantes mesmo, e com certeza estavam havia muito tempo tão cientes de tudo quanto ele se achava agora. Não podia confiar neles; especialmente, não podia confiar em Paul, porque fora ele quem o trouxera para cá, e além disso havia permitido que sua própria mulher fosse encarcerada no Bellevue.

Então, o que deveria fazer com o que ficara sabendo? Pensou por alguns instantes, consultou o relógio na parede, e em seguida vasculhou seu caderno de telefones a fim de descobrir o número do gabinete da promotoria pública. Assim que a recepcionista atendeu, Kevin pediu para falar com Bob McKensie. Foi transferido para a secretária do promotor assistente.

– Ele está saindo neste exato momento – respondeu ela. – Posso fazer com que telefone para o senhor logo de manhã cedo.

– Não – disparou Kevin, quase berrando. – Preciso falar com ele agora, de qualquer maneira. É uma emergência. Por favor...

– Só um instante. – Pelo que escutou, presumiu que a secretária tivesse posto a mão sobre o bocal do telefone e que Bob McKensie estivesse de pé bem junto à mesa dela. – Está bem – disse a secretária. – O Sr. McKensie logo estará na linha. – Um instante depois ele atendeu.

– Kevin, o que há?

– Sei que estava de saída, mas creia-me, Bob, eu não faria isso se não fosse uma situação crítica.

– Bem, eu ia para casa. Do que se trata?

– É sobre todos os casos em que você trabalhou contra um suspeito representado por um associado da John Milton. Não apenas você, mas todos os membros do gabinete da promotoria pública – replicou Kevin, a voz num sussurro profundo. Houve uma longa pausa. – Prometo-lhe, não vai se arrepender de me receber.

– Em quanto tempo pode chegar aqui? Tenho mesmo de ir para casa.

– Dê-me vinte minutos.

Após mais uma pausa, McKensie disse:

— Está bem, Kevin. Todo mundo já terá ido embora a essa hora, portanto basta que entre direto. Meu escritório é a terceira porta à esquerda.

Certo. Obrigado.

Pôs o fone no gancho e partiu apressado, apagando luzes à medida que ia saindo. Logo antes de fechar a porta principal atrás de si, virou-se de costas e olhou para o corredor escuro. Talvez fosse apenas sua imaginação sobrecarregada, mas pareceu-lhe ver um clarão vindo da biblioteca de Direito, uma luminosidade que poderia estar saindo da tela de um computador. Mas Kevin tinha certeza de que o desligara e, assim, atribuindo a visão à sua imaginação exaltada, prosseguiu, sem hesitar mais um instante sequer.

Quando falara em vinte minutos com McKensie, não havia considerado o trânsito de final do dia. Passaram-se quase quarenta minutos até que finalmente entrasse na garagem que servia ao gabinete do promotor. Estacionou e correu até o saguão para pegar um elevador. Estava tão concentrado em chegar a McKensie o mais depressa possível que não tinha pensado muito na forma como iria apresentar suas descobertas e tudo em que vinha pensando. Agora se achava na porta do gabinete da promotoria, o impacto pleno do que estava prestes a fazer o alcançou, e sua mão congelou na maçaneta.

Ele vai achar que sou louco, pensou Kevin. Não acreditará em uma palavra. Mas tenho de contar a alguém, alguém que possa se interessar e que vá querer investigar mais a fundo Quem melhor do que o homem que a John Milton e Associados derrotou e constrangeu inúmeras vezes? Abriu a porta e entrou. Todas as luzes ainda estavam acesas no salão da entrada, mas não havia nenhuma recepcionista na mesa da frente. Kevin se dirigiu às pressas para a terceira porta à esquerda e abriu-a.

McKensie encontrava-se de pé junto a uma janela, olhando para a cidade escurecendo, as mãos atrás das costas. O promotor alto, esguio, virou-se depressa quando a porta foi aberta e ergueu as sobrancelhas. Kevin achou que o rosto de McKensie parecia mais comprido, mais carrancudo, seus olhos mais fundos e tristes do que o habitual.

– Desculpe. Fiquei preso no trânsito.

– Sabia que isso ia acontecer. – Olhou para seu relógio de pulso. – Tudo bem, sejamos rápidos, por favor. Telefonei para avisar minha mulher, mas esqueci que íamos ter convidados para esta noite.

– Desculpe, Bob. Eu não faria uma coisa dessas se...

– Sente-se, Kevin. Vamos ouvir. O que foi que o deixou tão agitado? – Dirigiu-se para sua cadeira. Kevin se sentou e recostou-se um instante a fim de recuperar o fôlego.

– Não sei por onde começar. Só fui me lembrar de que precisava descobrir uma forma de apresentar isso a você agora há pouco.

– Vá direto ao cerne da questão, Kevin. Podemos discutir os detalhes mais tarde.

Kevin concordou, engoliu em seco e se inclinou para a frente.

– Tudo o que peço é que me dê uma chance – disse erguendo a mão esquerda como um guarda de trânsito – e não rechace de pronto o que tenho a lhe dizer, está bem?

– Você tem toda a minha atenção – respondeu McKensie secamente, relanceando os olhos pelo relógio outra vez.

– Bob, cheguei à conclusão de que John Milton é um homem do mal, com poderes sobrenaturais. Possivelmente, não é um homem ou... o que quero dizer é que talvez seja mais do que um ser humano. É provável que seja o próprio Satanás em pessoa.

McKensie limitou-se a ficar olhando fixo para ele, sendo a única reação em seu rosto a de erguer as sobrancelhas mais uma vez. A ausência de desdém ou risos encorajou Kevin.

– Fui visitar Beverly Morgan hoje. Veja, eu fiquei tão surpreso quanto você com o depoimento dela. Quando a entrevistei antes do julgamento, ela rejeitou a história de Rothberg, até ridicularizou-a. Evidenciou uma profunda aversão pelo homem e não quis tomar parte em nada que pudesse vir a ajudá-lo.

– É, então... ela teve lampejos de consciência, talvez. Você sabe tão bem quanto eu que frequentemente há testemunhas de crimes que se recusam a depor. A maior parte delas arranja um processo racional qualquer para afastar seu sentimento de culpa – comentou McKensie e deu de ombros. – Ela não conseguiu, quando chegou a hora da verdade.

– O Sr. Milton enviou-me um bilhete pouco antes que eu começasse a interrogá-la no tribunal. Ele sabia que Beverly mudaria de ideia.

– E você acha que isso exige poderes sobrenaturais?

– Não, isso não. Já disse. Fui visitar Beverly Morgan hoje. Ela sofreu um acidente... bebendo. Caiu de uma escada e já estava na emergência do hospital quando cheguei à casa dela. Fui até o pronto-socorro e perguntei-lhe por que tinha mudado sua história. Talvez porque pensasse estar perto da morte ou talvez porque sua consciência finalmente a incomodasse, o fato é que Beverly Morgan confessou muitas coisas a mim, coisas que ela havia feito no passado, Bob – disse Kevin, debruçando-se sobre a mesa –, ela me contou que tinha matado a mãe inválida de Maxine Shapiro após a velhinha ter descoberto que ela a vinha roubando. Deu à senhora uma overdose de digitalina. Ninguém soube; ninguém suspeitou. Ela vinha roubando de Maxine também, algumas joias aqui, um dinheirinho ali.

– Então ela a matou também?

– Não. Maxine não sabia o que ela andava fazendo ou, se sabia, não ligava. Stanley Rothberg matou a mulher. Estou convencido disso e tenho certeza de que o Sr. Milton sabia que ele era mesmo o assassino. Na verdade, sei que ele sabia que Rothberg seria o assassino.

Hein? O que está dizendo? - McKensie se recostou. - John Milton estava por dentro disso?

- De certa maneira, suponho que esteja. Ele conhece o potencial para o mal que existe em nossos corações – disse Kevin, pensando por um momento. Em seguida, ergueu os olhos depressa. – Achei que fosse apenas um erro material na primeira vez em que li o arquivo Rothberg, mas John Milton já vinha recolhendo informações sobre o caso antes de Maxine Rothberg ser assassinada. Ele sabia que a mulher seria morta e que Stanley Rothberg seria acusado.

- Ou talvez você tivesse razão quando pensou que fosse apenas um erro material, Kevin – disse McKensie com ar afável.

Não, vou lhe contar por que tenho certeza de que não foi. Ele não apenas sabe qual é o mal que as pessoas vão fazer; ele sabe o mal que fizemos um dia e guardamos escondido em nossos corações. John Milton foi falar com Beverly Morgan e a chantageou. Sabia o que ela tinha feito e ela sentiu que estava enfrentando uma terrível força do mal. Então se submeteu e fez o que ele queria.

- E ela lhe contou isso no hospital hoje?

- Sim.

- Kevin, você mesmo disse que ela se embebedou e teve um acidente. Eu estava quase disposto a desacreditar o depoimento dela, demonstrando que a enfermeira era uma alcoólatra incompetente, mas sabia que você usaria isso para sugerir que ela havia matado Maxine Shapiro acidentalmente, então não me dei ao trabalho. Mas que espécie de testemunha ela daria contra alguém como John Milton?

Bob, a John Milton e Associados ganhou ou se saiu bem em todas as causas criminais nas quais seus advogados estiveram envolvidos – replicou Kevin. – Se examinar com cuidado os registros do tribunal, vai constatar isso. E preste atenção ao tipo de clientes... muitos são culpados, sem dúvida, mas conseguem ter suas sentenças reduzidas ou...

– Qualquer advogado de defesa tentaria fazer isso, Kevin. Sabe disso.

– ...ou eles encontram maneiras de eliminar as provas.

– São apenas bons advogados de defesa, Kevin. É o trabalho deles. Nós compreendemos isso. Por que acha que estou sempre de olho na polícia, o tempo todo? Eles estão de saco cheio e irados, cometem erros, odeiam a mim e aos outros promotores assistentes porque salientamos o que eles podiam fazer e não fazem.

– Sei disso tudo. Sei disso tudo – disse Kevin, impaciente. – Só que tem mais coisa além disso, Bob. Eles – especialmente *ele* – sentem prazer em livrar pessoas culpadas. Ele é o verdadeiro defensor do mal, o advogado do diabo, se não o diabo em pessoa.

McKensie assentiu e chegou para a frente em sua cadeira.

– Com o que mais você conta para dar sustentação a uma história tão estapafúrdia, Kevin?

– Acabo de vir do escritório. Entrei e usei o computador para fazer uma revisão de todos os casos da firma. Como disse, eles nunca perderam um. Estavam com o meu nome registrado lá também, mas não por conta do caso Rothberg. Tinham minha primeira causa criminal de verdade, a que defendi em Long Island.

– A defesa de uma professora primária acusada de abuso sexual contra crianças – Kevin olhou-o de maneira inquisidora. – Mandei meu pessoal fazer uma rápida pesquisa sobre você, Kevin. Precisava saber que tipo de advogado enfrentaria.

– Foi de arrepiar vê-lo ali no arquivo da firma de John Milton. Era quase como se o homem achasse que eu estava trabalhando para ele quando defendi Lois Wilson. Então pensei comigo mesmo, talvez estivesse.

– Não entendi.

– Acho que no fundo do meu coração eu sabia que ela era culpada de apalpar uma das meninas, mas deliberadamente ignorei meus instintos para atacar a argumentação da promotoria onde sabia que ela estava fraca.

– Era o que foi pago para fazer – observou McKensie secamente.

– É, mas não me dei conta na época de que estava fazendo um teste de desempenho para ser admitido na John Milton e Associados, uma firma que busca advogados dispostos a ultrapassar aquele último limite para conseguir a absolvição de seus réus, mesmo dos culpados. Em todo caso, o que mais me chocou e assustou no computador foi um arquivo chamado "Futuros". Ali estavam listados crimes que viriam a ser cometidos ao longo dos próximos dois anos e clientes que iriam ter.

– Previsões?

– Não apenas previsões simples, prognósticos confirmados: roubos, estupros, homicídios, extorsões, fraudes – eu vi o espectro todo. Parecia a descrição da turma de formandos da Universidade do Inferno.

– Nomes reais de pessoas e as acusações que recairiam sobre elas?

– Sim.

– Tirou uma cópia disso?

– Tentei, mas não consegui que o computador a fizesse, em seguida perdi o arquivo e não consegui trazê-lo à tela de novo, mas se você for até lá...

– Calma, Kevin. Não consigo me ver marchando pelo escritório de John Milton adentro com um mandado para verificar um arquivo de computador que lista crimes ainda por ser cometidos. Em todo caso, se ele tem o poder que você acredita, deletaria tudo antes que eu chegasse, não é?

Kevin concordou em silêncio, sua frustração crescendo.

A mulher de Paul Scholefield no Bellevue – deixou escapar num rompante. – Ela me contou algumas coisas ontem à noite, disse que John Milton era o mal e que exercia um feitiço sobre todos nós, até sobre nossas esposas. Afirmou que ele era responsável pela morte de Richard Jaffee.

– Ela disse que Milton empurrou Richard Jaffee da varanda?

– Não assim, literalmente, mas Jaffee se sentia responsável pelo que havia acontecido com sua mulher e culpado pelas coisas que vinha fazendo como advogado da John Milton. Nas palavras de Helen, Richard era o único que tinha uma consciência.

– Helen Scholefield lhe disse essas coisas?

– Sim.

McKensie assentiu e se sentou mais para a frente de novo, descansando a longa mão direita sobre a esquerda.

– Milt Krammer me contou o que houve com ela hoje. As notícias correm na comunidade jurídica. Colapso nervoso, certo?

– É só uma armação para impedi-la de falar.

– Então, você está dizendo que todos eles estão nisso: Dave Kotein, Ted McCarthy e Paul Scholefield?

Kevin concordou.

De fato, é isso o que penso agora.

– E suas mulheres?

Não tenho certeza quanto às mulheres.

– Mas a de Paul definitivamente não está, é isso?

– Veja, ela havia pintado um quadro, uma obra abstrata, mas aterrorizante...

Kevin se deteve. McKensie começara a balançar ligeiramente a cabeça, e ele se deu conta de que estava perdendo a parada.

– Vamos ficar calmos por um instante, Kevin, e rever tudo o que esteve me dizendo até agora. Tudo bem?

– Bob, você tem de me ouvir.

– Estou ouvindo, e não ri de você nem mandei chamar os homens da ambulância, mandei?

– Não.

– Certo. Você está exaltado. Beverly Morgan aparentemente mentiu para se proteger. John Milton sabia a respeito de seus crimes. Se ele sabia por causa de poderes sobrenaturais ou não é o que resta a esclarecer. Pode ser que tenha feito alguma investigação por sua própria conta. Milton conta com bons detetives particulares por aí. Eu é que sei.

"Você foi conferir a história da firma dele e descobriu que ela é muito bem-sucedida. Mas nenhuma das causas que venceram por lá foi ganha com a utilização de qualquer poder sobrenatural. Eles tiraram vantagem dos erros processuais da polícia sempre que puderam, negociaram acordos todas as vezes em que isso foi possível e venceram causas inequívocas quando alguma prova circunstancial foi posta em questão.

"Interrompa quando achar que eu disse alguma coisa errada – McKensie tentou continuar.

– Não, eu sei a impressão que tudo isso dá, mas...

– Mas você viu este outro arquivo de computador que não consegue imprimir nem abrir de novo. Ele lista possíveis crimes.

– Possíveis, não. Definidos.

– Você diz que são definidos porque acredita que John Milton tinha começado a pesquisar o caso Rothberg antes de Maxine ser assassinada, mas admite também que antes pensou tratar-se apenas de um erro material. Quer recorrer ao testemunho de uma mulher que está agora no Bellevue e foi diagnosticada com um colapso nervoso ou ao depoimento de uma conhecida alcoólatra que pode ou não ser ela própria uma assassina.

"Kevin – continuou McKensie, inclinando-se ainda mais para a frente. – Por que simplesmente não vai embora da firma e volta a advogar em Long Island?

– Em quantas causas trabalhou contra clientes representados por John Milton? – perguntou Kevin com a maior calma que conseguiu.

– Pessoalmente? Cinco, incluindo a sua.

– E perdeu todas elas, certo?

– Não posso questionar o motivo de tê-las perdido. As razões são todas lógicas. Nada de sobrenatural atuando contra mim. Olhe, já conheço John Milton há algum tempo. Você me viu em uma de suas festas. Outros promotores já frequentaram as festas dele também. O chefe esteve lá. Ninguém jamais sentiu estar na presença do demônio ou do advogado do diabo, pode crer, embora muitas daquelas festas fossem mesmo um pouco ousadas.

Kevin assentiu, uma terrível sensação de derrota caindo sobre ele. De repente sentiu-se cansado, muito velho.

– Lamento, Bob. Queria que houvesse um modo de fazê-lo acreditar em mim.

– Se realmente acredita que você e sua mulher estão na presença de algum mal, Kevin, deveria ir embora.

– Pretendo ir, mas queria fazer mais. Queria detê-lo, porque eu contribuí para isso.

McKensie sorriu pela primeira vez.

– E eu queria que todos os advogados de defesa tivessem dores de consciência como essa. Tornariam nosso trabalho bem mais fácil. – Ficaram olhando um para o outro por um momento. – Eu não deveria fazer isso – acrescentou McKensie. – Mas vejo que está falando sério quanto a tudo o que me contou. Conheço alguém que poderia ser capaz de ajudá-lo, esclarecer as coisas para você, explicar parte do que acha que viu ou vivenciou.

– É mesmo? Quem?

– Um amigo meu, mais amigo de meu pai, eu diria. É um padre aposentado, se é que se pode falar assim. Padre Vincent, que em seu retiro vem pesquisando e escrevendo sobre o oculto, o demônio em particular, creio. Mas também não é nenhum desses excêntricos que aparecem por aí. Faz o que a maior parte das autoridades no assunto reconhece como trabalho erudito, já que ele é psiquiatra também. Ainda está aceitando um ou outro paciente, embora já deva andar perto dos 80 anos.

– Acha que eu preciso de um psiquiatra, é isso? – perguntou Kevin. O outro concordou em silêncio. – Suponho que não posso criticá-lo por isso.

– Não estou dizendo que você é maluco, Kevin. Mas o padre Vincent poderia lhe trazer alguma ajuda. Talvez ele lhe diga como confirmar ou desmentir suas teorias e assim decidir sua posição – insistiu McKensie. – É tão ruim assim?

– Não, acho que não.

– Agora você está sendo sensato – aprovou McKensie e consultou o relógio mais uma vez. – É melhor eu ir agora.

– Certo. Obrigado por ouvir. – Kevin estendeu a mão.

McKensie se levantou e os dois trocaram um cumprimento.

– Kevin, não me entenda mal. Eu adoraria derrubar a John Milton e Associados de vez. Eles são bons demais no que fazem e, concordo, vários de seus clientes conseguiram se safar apesar de suas atividades criminosas, mas esse é o sistema e, neste exato momento, é o melhor sistema que há. Você provavelmente descobriu que não tem estômago para esse tipo de coisa. Acontece – comentou McKensie, encolhendo os ombros. – Talvez devesse pensar em vir para o nosso lado. O dinheiro não é tão bom, mas você consegue dormir melhor à noite.

– Talvez – respondeu Kevin. Começou a se encaminhar para a porta do escritório de McKensie.

– Espere. Vou sair com você.

McKensie vestiu o sobretudo e pegou sua pasta executiva. Desligou as luzes do escritório e, mais uma vez, Kevin foi o último a sair de um escritório, lâmpadas apagadas atrás dele, portas trancadas.

— Onde fica esse tal padre Vincent? — perguntou Kevin quando entraram no elevador.

— Ele mora no Village — respondeu McKensie, sorrindo. Apartamento 5, Christopher Street, 1. Seu primeiro nome é Reuben. Fale em meu nome se for procurá-lo.

— Eu deveria fazer isso — disse Kevin, muito embora seu entusiasmo por fazer qualquer coisa estivesse em baixa.

No instante em que voltou a seu apartamento e abriu a porta da frente, tudo aquilo mudou.

Miriam estava no vestíbulo esperando por ele.

— Ouvi você girar a chave na fechadura — explicou — e vim correndo.

Estava radiante, o rosto corado, os olhos brilhantes.

— Por quê?

— Não queria que você soubesse até eu ter certeza, mas confirmei hoje. Estou grávida — contou ela e atirou os braços em volta do pescoço dele antes que Kevin tivesse a chance de responder.

— O QUE ESTÁ dizendo? — Miriam se levantou antes que ele pudesse continuar. Depois de se recompor, Kevin a levara para a sala a fim de conversar, porém mal começara a falar quando Miriam cerrou as mãos em punho e apertou os nós dos dedos contra as têmporas.

— Um aborto!

— Não acredito que o bebê seja meu — disse Kevin, com toda a calma que conseguiu. — E se Helen tiver razão, o que acho que tem, ele vai matar você.

— Helen? Helen Scholefield? Meu Deus, você está louco. Você enlouqueceu. Helen Scholefield deixou você doido, não foi? — afirmou, mais do que perguntou. — O que ela lhe disse ontem à noite? Como pode o bebê não ser seu? Com quem acha que andei indo para a cama? Helen lhe contou que eu estava com outro homem? E você acreditou nela, uma louca? Alguém que está agora numa camisa de força, balbuciando maluquices no Bellevue! – Seu rosto estava azul de raiva.

– Só peço que se sente de novo e ouça o que tenho a dizer. Pode fazer isso?

– Não, não se isso tiver alguma coisa a ver com fazer um aborto. Nós desejamos este bebê; queríamos começar nossa família. Já tenho o quarto dele todo planejado. – Sacudiu a cabeça com veemência. – Não vou ouvir. Não. Não vou – repetiu e, de repente, saiu da sala como um raio. Kevin se demorou por mais um momento e pouco depois levantou-se para segui-la até o quarto. Encontrou-a esparramada na cama, o rosto enterrado, soluçando.

– Miriam. – Sentou-se ao lado dela e acariciou seu cabelo delicadamente. – Não é culpa sua. Não quis dizer que você deliberadamente dormiu com outra pessoa. Você não foi infiel. Não é disso que se trata. Ele a enfeitiçou e fez amor com você como se fosse eu. Eu vi acontecer... duas vezes, mas não consegui fazer nada para impedir nas duas ocasiões.

Ela se virou devagar e analisou a expressão do marido.

– Quem me enfeitiçou e fez amor comigo enquanto você assistia?

– O Sr. Milton.

– O Sr. Milton? – Kevin assentiu. – O Sr. Milton? – o sorriso de incredulidade no rosto dela se transformou numa risada. – Sabe quantos anos o Sr. Milton tem? Descobri a verdadeira idade dele hoje. Setenta e quatro. Isso aí, 74 anos. Sei que parece em ótima forma para a idade, mas se quer me imaginar sendo infiel com alguém por que não escolhe um dos associados?

– Quem lhe contou a verdadeira idade dele?

– O Dr. Stern.

– Quem é o Dr. Stern?

– O médico da firma – respondeu Miriam, limpando do rosto as lágrimas que eram tanto de riso como de tristeza. – Norma e Jean me levaram para vê-lo, primeiro porque eu queria examinar aquelas manchas roxas que tanto o preocupam, depois para fazer um teste de gravidez. Você ficará feliz em saber que ele concorda com o seu diagnóstico e me prescreveu um tratamento com vitaminas. A razão de eu estar com tanta deficiência vitamínica pode estar relacionada com a minha gravidez. Preciso me alimentar por dois agora – acrescentou, sorrindo.

– Ah, Miriam...

– Ele é um homem muito bom e nós conversamos sobre a firma, sobre você e sobre o Sr. Milton. Foi quando descobri a verdadeira idade dele.

– É o mesmo médico de Gloria Jaffee? – Kevin concordou com a cabeça, como se ela já tivesse lhe dado a resposta positiva.

– Claro. E já sei o que você vai dizer – Miriam apressou-se em acrescentar. – Mas a morte dela não foi culpa do médico. As garotas e eu conversamos a esse respeito; ele próprio levantou o assunto. Isso ainda o incomoda. Foi um problema de coração. Uma coisa estranha, inesperada.

– Foi uma coisa estranha, sim, mas não inesperada. Ainda não tenho certeza do porquê de ter acontecido, mas o bebê a matou, e o marido sabia disso, assim como sabia do motivo.

– Como é que ninguém mais pensa essas coisas horríveis, nem Norma ou Jean, nem seus maridos? Eles trabalham com John Milton e estão com a firma há muito mais tempo do que você. Como é que eles não vêm para casa e contam para as mulheres que John Milton é o mal em pessoa? Ou será que eles não são tão sabidos quanto você, Kevin? – perguntou Miriam com desdém.

– Eles sabem – respondeu Kevin, meneando a cabeça. Um pensamento lhe ocorreu. – Norma e Jean costumam falar sobre os maridos?

— É claro.
— Quero dizer, o passado deles, suas vidas de família?
— Um pouco. E daí?
— Alguma coisa incomum em Ted ou Dave que eu desconheça?

Miriam encolheu os ombros.
— Você sabia que Ted foi adotado, não?
— Não, não sabia. Ele nunca me disse nada que sugerisse isso. Pela maneira como falava sobre a firma da família sempre presumi que aquele fosse seu pai verdadeiro, assim como a mãe também. — Kevin olhou para ela. — Dave não fala muito sobre os pais, agora que me dei ao trabalho de pensar nisso. Quando fala, é sempre sobre o pai. — Ficou balançando a cabeça. — A mãe de Dave morreu quando ele nasceu, não foi?
— Então você sabia.
— E aposto que a de Paul... — arregalou os olhos ao compreender. — Não está percebendo? — Kevin se levantou. O impacto da compreensão o estava perpassando com a velocidade da luz.
— O quê? — Miriam fez uma careta.
— Eu devia ter visto... a maneira como falam sobre ele. "É como um pai para mim", Paul disse certa vez. Acho que todos eles afirmaram isso numa ocasião ou em outra.
— Francamente, Kevin. Estavam apenas falando de maneira figurada.
— Não, não, tudo está fazendo sentido agora. Algum dia o filho de Gloria Jaffee estará nesta firma também. E assim... — Baixou os olhos para ela. — E assim seria com nosso filho, se você o tivesse.
— O filho dos Jaffee... daqui a 25 ou 26 anos? Vai entrar para a firma do Sr. Milton? Bom, deixe-me ver — disse ela, fechando os olhos para fazer as contas. — O Sr. Milton vai estar com uns 109 ou 110 nessa época.
— Será bem mais velho do que isso, Miriam. Ele é pelo menos tão velho quanto a Criação.

– Ah, Kevin, por favor – retrucou ela, sacudindo a cabeça. – De onde anda tirando essas ideias malucas? Helen Scholefield?
– Não.
– Então, de onde?
– Primeiro, de meus próprios instintos, que são bons, pelo menos o que resta deles. – Deteve-se por um momento e, em seguida, após respirar fundo, disse: – Miriam, você estava certa quanto a Lois Wilson.
– O que quer dizer?
– No fundo de meu coração eu sabia que ela era culpada de apalpar Barbara Stanley. A menina ficou constrangida e assustada porque, em princípio, permitiu que Lois fizesse aquilo e, então, envolveu as outras garotas, fez com que concordassem em mentir para que pudesse se apresentar com algumas aliadas. Eu percebi a mentira e a usei contra a acusação. Foi uma coisa baixa de se fazer, mas eu queria ganhar. Era só com isso que eu me importava, vencer.
– Você fez apenas o que era treinado e pago para fazer – recitou Miriam.
– O quê? Desde quando acredita nisso? Para começar, o que aconteceu com sua aversão à ideia de me ver defendendo aquela mulher?
– Norma, Jean e eu discutimos isso. Foi bom para mim ter como amigas as mulheres de outros advogados com quem pude compartilhar meus sentimentos e ideias. Elas me ajudaram muito, Kevin. Estou feliz porque viemos para cá e nos cercamos de pessoas mais inteligentes e sofisticadas.
– Não! Elas não são mais inteligentes e sofisticadas; apenas estão mais perto do mal, só isso.
– Francamente, Kevin, não estou entendendo por que resolveu dizer essas coisas e por que sugeriu abortar seu primeiro filho.
– Vou lhe contar tudo e, depois que eu terminar, você vai concordar comigo quanto ao aborto. Primeiro, no entanto,

quero consultar uma pessoa, aprender um pouco mais, saber o que fazer, ver como posso confirmar tudo isso de modo a que outras pessoas, você em especial, acreditem em mim.

Levantou-se, foi até o telefone e teclou os algarismos do serviço de informação. Quando a telefonista atendeu, pediu o número de Reuben Vincent. Miriam observou-o com interesse, enquanto Kevin anotava depressa e logo em seguida ligava para o telefone fornecido.

– Padre Vincent? Boa noite. Meu nome é Taylor, Kevin Taylor. Bob McKensie deu-me o seu nome. O senhor pode falar agora? Ótimo. Estou muito interessado no trabalho que vem fazendo e acho que preciso da sua ajuda. Seria possível ir vê-lo agora? Sim, esta noite. Eu poderia estar aí em meia hora, mais ou menos. Sim. Muito obrigado. Até logo. – Pôs o fone no gancho e voltou-se para Miriam.

– Quem era?

– Um homem que pode ser capaz de ajudar.

– Ajudar a fazer o quê?

– Derrotar o demônio – respondeu Kevin e deixou-a sentada na cama, uma expressão de assombro no rosto.

14

Houve outras vezes em sua vida em que Kevin teve a sensação de estar se movendo dentro de um sonho. Apanhado num momento especialmente intenso ou fazendo algo com que muitas vezes sonhara, via-se como se estivesse fora dos acontecimentos reais, um observador, quase da maneira como tinha sido um observador daquele que pensara ser ele mesmo nas cenas eróticas desempenhadas com Miriam.

Parado num sinal de trânsito da Sétima Avenida, viu alguém de pé na esquina olhando em sua direção. O homem, com a gola do sobretudo levantada, as mãos nos bolsos, o rosto parcialmente no escuro, e o resto sob a luz fraca, o fez lembrar de si mesmo e, por um instante, Kevin se viu como aquele homem poderia estar a vê-lo – encurvado sobre o volante, olhando de um lado para o outro, o cabelo despenteado, uma expressão enlouquecida, frenética, no rosto.

O sinal mudou de cor, e o motorista no carro de trás tocou a buzina com raiva. Kevin apertou o pé no acelerador, mas, enquanto seu carro arrancava noite adentro, relanceou os olhos uma vez para o espelho retrovisor a fim de ver a figura sombria atravessando depressa a rua, dando a impressão de ser uma pessoa em fuga. Continuou dirigindo com aquela imagem perdurando na superfície de seu olhar, exatamente como a luz se demora por uma fração de segundo depois de ter sido apagada.

Kevin conhecia bem esta parte do Village. Tinha ido lá várias vezes para almoçar numa delicatessen próxima. Foi direto para o estacionamento vizinho ao edifício do padre Vincent e, só pouco mais de meia hora após ter telefonado, tocou a campainha do apartamento dele, entrando quando o portão no térreo se abriu com um zumbido.

Padre Vincent abriu a porta para Kevin assim que ele saiu do elevador.

– Por aqui – chamou numa voz profunda e ressonante. Kevin se apressou em sua direção.

O homem baixo, corpulento, calvo, numa camisa branca enrugada e calças pretas deu um passo atrás para que Kevin pudesse entrar.

Padre Vincent tinha dois tufos ralos de cabelo imaculadamente branco caídos sobre as orelhas. Eles se juntavam na nuca para acentuar a forma oval da careca lustrosa, pontilhada pelas manchas marrons da idade. Suas sobrancelhas eram grisalhas e espessas, mas os olhos mostravam-se de um azul brando, juvenil até, revelando a vitalidade e energia intelectual do homem. Suas faces eram inchadas logo abaixo dos olhos. Na verdade, havia um ar intumescido no semblante inteiro, todos os seus traços um tanto largos. O queixo afundava e fazia uma curva suave, arredondando o rosto elíptico.

Não chegava a 1,60 metro e Kevin achou que havia qualquer coisa de nanismo em suas mãos. Estendeu a esquerda com agilidade e agarrou a direita de Kevin com os dedos rechonchudos inesperadamente fortes.

Quando sorria, a maciez de suas bochechas dobrava-se para formar duas covinhas bem no canto da boca. Kevin decidiu que aquele era um homem carinhoso, esperto, amável, uma versão imberbe, ainda que um tanto diminuta, de Kris Kringle.

– Frio como o diabo lá fora, aposto – disse padre Vincent, esfregando as mãos uma na outra com ar solidário.

– É. O vento está especialmente cortante esta noite – respondeu Kevin, e, por um instante, repassou na mente a imagem do homem sombrio na esquina, a gola erguida contra o ar gélido da noite.

– Vá direto para a sala. Ponha-se à vontade – o padre Vincent convidou, fechando a porta. – Que tal uma bebida quente ou algum drinque sem gelo?

Acho que... um drinque sem gelo.

- Conhaque?
- Ótimo. Obrigado.

Kevin seguiu-o até a pequena e aconchegante sala de visitas, com a mobília consistindo em grandes módulos estofados em tecido clara de ovo, duas mesinhas de canto em vidro e madeira e uma mesa combinando no centro do grupo. Havia uma cadeira de balanço em pinho escuro no canto esquerdo, ao fundo, com um abajur de pé ao lado. À direita e logo à esquerda achavam-se estantes e mais estantes de livros. A parede dos fundos representava uma lareira em imitação de mármore. Havia uma acha de lenha falsa com uma resplandecente luz vermelha dentro dela. O tapete de náilon azul-claro parecia velho mas não gasto.

Padre Vincent foi até um pequeno armário de bebidas à esquerda da sala e serviu dois cálices bojudos de conhaque.

– Obrigado – disse Kevin, pegando o seu.

– Sente-se. Por favor. – Padre Vincent fez um gesto em direção aos módulos e Kevin se sentou, desabotoando os dois botões de cima no sobretudo.

– Vou lhe dar a oportunidade de se aquecer antes de tirar o casaco, se quiser.

– Sim, obrigado – respondeu Kevin. – Isto vai ajudar – acrescentou, indicando o conhaque. A bebida de fato trouxe uma sensação maravilhosa enquanto descia queimando por sua garganta até o estômago. Kevin fechou os olhos e relaxou.

– Você parece um jovem muito atormentado – comentou padre Vincent. Sentou-se em frente a Kevin e analisou-o enquanto dava pequenos goles em seu cálice de conhaque.

– Padre, atormentado é muito pouco para o que estou sentindo.

– Infelizmente para mim, na maioria das vezes é assim. – Sorriu. – As pessoas, em geral, vêm aos padres ou aos psiquiatras apenas como último recurso. Então – continuou, relaxando também – você é amigo de Bob McKensie, hein?

– Não exatamente amigo. Sou advogado de defesa. Enfrentei-o num caso recentemente.

– Ah, sim?

– Padre Vincent – prosseguiu Kevin, achando melhor ir direto ao assunto. – Bob explicou que vem fazendo um respeitável trabalho de pesquisa no que chamamos de ocultismo.

– Tem sido uma de minhas paixões, sim.

– E me contou também que o senhor exerce a psiquiatria, além de ser padre.

– Para falar a verdade, não fui assim tão atuante como psiquiatra. Mexo com isso hoje num esquema de tempo parcial. E estou certo de que ele lhe disse que me aposentei de meus deveres clericais.

– Sim. Bem, para ser franco, acho que Bob quis que eu o visse tanto como padre quanto na qualidade de psiquiatra.

– Entendo. Bem, por que não começa pelo início? Qual parece ser o problema?

– Padre Vincent – Kevin começou de imediato, fixando os olhos no homenzinho. – Tenho boas razões para acreditar que estou trabalhando para o demônio ou, pelo menos, para o advogado do diabo. Seja lá como o chamemos, ele é alguém ou algo com poderes sobrenaturais e usa tais poderes para assistir às forças do mal que atuam em nosso mundo hoje. – Fez uma pausa e respirou fundo. – Bob McKensie me falou a respeito de seu trabalho com o oculto e me garantiu que o senhor não iria rir quando eu lhe contasse tudo isso. Ele estava certo? – Kevin se deteve e esperou pela reação do velho senhor.

Reuben Vincent permaneceu impassível, pensativo por um momento, e depois assentiu.

– Você está falando de forma literal, presumo?

– Ah, sim.

– Não, eu não vou rir nem abraçar suas afirmações como fariam tantos, digamos assim, fanáticos religiosos, se é desse jeito que devemos chamá-los, sem que tenha seguido meus próprios critérios. Eu realmente acredito na existência do demônio, embora não esteja convicto de que ele tenha se manifestado em forma humana de maneira contínua desde a queda do paraíso. Acho que ele escolheu os seus momentos, tanto quanto Deus escolheu os Dele.

Padre Vincent juntou as mãos com ar piedoso e se embalou ligeiramente na cadeira, os olhos fixos em Kevin. Era um homem inacreditavelmente miúdo e isso tornava difícil para Kevin imaginar que ele pudesse lhe oferecer algo a fim de combater os poderes de John Milton.

– Entretanto – continuou, inclinando-se para a frente, os olhos pequenos esquadrinhando tudo –, não há dúvida de que o demônio está sempre conosco. Algo de sua essência existe em todos nós, assim como parte da essência de Deus existe em cada um. Há quem acredite que isso é resultado da asneira de Adão e Eva. Não sei se assino embaixo dessa teoria tanto quanto sinto que temos o potencial de ser bons ou maus. Assim, para responder à sua pergunta de modo pleno, acredito no demônio e acredito que ele viva dentro de nós, esperando por sua oportunidade. Às vezes, para nos tentar, assume forma humana a fim de conquistar a nossa confiança e fé de algum modo.

Padre Vincent se recostou, sorrindo.

– O que o faz pensar que está trabalhando para o diabo em pessoa?

Kevin começou pelo caso de Lois Wilson, sua decisão de defendê-la e o comparecimento de Paul Scholefield ao tribunal. Refez cada passo da história dos acontecimentos, a mudança na personalidade de Miriam, as advertências cifradas de Helen Scholefield, o julgamento de Rothberg, e trouxe a narrativa até suas descobertas no computador do escritório.

Durante toda a narrativa, padre Vincent ouviu com atenção, meneando a cabeça ocasionalmente, fechando os olhos de vez em quando, como se tivesse acabado de escutar alguma coisa com a qual já se achava bem familiarizado. Quando Kevin encerrou, o velho não disse nada por alguns momentos. Em vez disso, levantou-se, foi até uma janela e ficou olhando para a rua lá embaixo. Demorou-se ali, pensando. Kevin aguardou pacientemente. Afinal, padre Vincent voltou-se para ele e concordou com um movimento da cabeça.

— O que você diz faz muito sentido para mim. Contos, casos, histórias e filosofias que li convenceram-me, já há algum tempo, de que o demônio tem um senso de lealdade para com seus seguidores. Talvez se recorde de uma grande obra literária sobre o bem e o mal, *O paraíso perdido*, do poeta inglês John Milton...

— John Milton! John Milton! — Kevin se aprumou na poltrona. Um sorriso mordaz, intenso, cruzou seu rosto. Depois, ele se recostou e riu alto.

— Qual é a piada?

— É a piada dele, ele dentro da piada, seu próprio senso doentio de humor. Padre Vincent, John Milton é o nome do homem para quem trabalho.

— É mesmo? — Os olhos de padre Vincent se iluminaram. — Isso está ficando interessante. Obviamente, não se recordava da narrativa poética antes disso.

— Deve ter sido uma daquelas coisas que li ligeiramente no colégio, do tipo que a gente compra a versão resumida só por obrigação e para não ter de encarar a obra inteira.

— Não é uma coisa fácil de ler... Sintaxe latina, várias referências clássicas, metáforas nascidas de outras metáforas — comentou o padre, fazendo uns "S" no ar com a mão direita, como um regente de orquestra. — Em todo caso, de acordo com o poeta John Milton, depois que o demônio, Lúcifer, é expulso do paraíso por liderar uma rebelião contra Deus, descobre-se, junto com seus seguidores, no inferno, e sente pena dos que se uniram a ele. Milton o descreve como um líder clássico, não vê? Lúcifer tinha visão, carisma, considerava-se destinado a guiar e cuidar de seus seguidores.

— John Milton cuida de seus associados, disponibiliza tudo a eles: casas, dinheiro, serviços médicos...

— Sim, sim. O que está me dizendo é muito, muito interessante. Ele conhece o mal que espreita nos corações das pessoas, prevê, talvez incentive isso, e então, como um verdadeiro líder, põe-se ao lado de seus soldados, apoia e defende.

– Por mais hediondo que tenha sido o crime, ou por mais culpados que eles sejam – acrescentou Kevin, como se ele e o padre Vincent estivessem desvendando um grande mistério juntos.

O homem pequeno, com ares de avô, apertou os lábios e cruzou as mãos atrás das costas.

– Instigante. Manifestando-se como advogado. É claro. Todas as oportunidades... – sacudiu a cabeça, seu rosto iluminando-se de excitação. – Tenho algumas coisas a observar e vou querer que você faça isso para mim. A tempo e a hora...

– Ah, não, padre. O senhor não entendeu. Vim aqui hoje à noite porque estou desesperado. Há uma coisa que ainda não contei ao senhor. Envolve minha mulher. Acredito que ela esteja em grande perigo e precise fazer um aborto, só que não sei como levá-la a acreditar no que estamos dizendo.

– Um aborto!

Kevin relatou o que sabia sobre a morte de Gloria Jaffee e o suicídio de Richard Jaffee, e, em seguida, começou a descrever o que em princípio pensara ser estranhos sonhos eróticos. Reiterou o aviso de Helen Scholefield no que dizia respeito a Miriam e encerrou com o anúncio que sua mulher lhe fizera sobre a gravidez.

– Assim que ela me contou, soube que tinha de vê-lo imediatamente.

– Filhos do demônio – disse o padre Vincent, voltando a se sentar depressa, como se o peso dessa informação fosse demasiado para ele. – Completamente dele, sua própria essência. Filhos sem consciência, que poderiam conceber inúmeros outros atos de maldade, muito mais do que pessoas comuns... Hitlers, Stalins, Jacks Estripadores, quem sabe quantos mais?

– Filhos inteligentes – comentou Kevin, sentindo necessidade de contribuir para o roteiro que padre Vincent estava divisando. – Gente esperta, manipuladora, que trabalha dentro do sistema para promover as ordens do demônio.

– Sim – os olhos de padre Vincent se acenderam com a compreensão. – Não apenas advogados, mas políticos, médicos, professores, assim como você sugeriu: todos trabalhando dentro do sistema para corromper a alma da humanidade e derrotar Deus de uma vez por todas.

Kevin respirou fundo e se recostou. Seria mesmo que tinha descoberto a maior conspiração de todos os tempos? Quem era ele, que importância tinha a ponto de ser escolhido para derrotar o diabo em pessoa e se investir no papel de defensor de Deus? E ainda tinha de pensar em Miriam. Combateria demônios e espíritos malignos para protegê-la, pensou, especialmente porque tinha sido ele quem a trouxera para este... este inferno na terra, exatamente como Richard Jaffee trouxera a esposa. Só que não escolheria o suicídio. Helen Scholefield havia dito que Jaffee tivera duas alternativas. Bem, havia três: cometer suicídio, aderir a John Milton ou destruí-lo. O perigo imediato em que estava Miriam tornava isso primordial.

– A analogia que fez entre a debilidade no corpo físico e a fraqueza da alma pode ser mais real do que o senhor pensa – comentou Kevin e descreveu a tendência de Miriam em desenvolver manchas roxas pelo corpo. – Venho dizendo a ela que pode ser uma deficiência de nutrição.

– O mal suga o bem, alimenta-se dele. Esta é a razão pela qual o filho do mal tira a vida da mãe ao nascer.

– Foi o que pensei – completou Kevin, animado porque o padre Vincent tinha chegado à mesma conclusão tão rapidamente. – O que posso fazer? – perguntou numa voz que era pouco mais do que uma sombra acima de um sussurro.

– Não duvido de nada do que me contou, do que viu e ouviu, do que sentiu e, se o que me diz é verdade, só existe um rumo de ação a tomar – asseverou padre Vincent, meneando a cabeça após as frases, como que para convencer a si próprio primeiro. – Apenas um rumo: precisamos destruir o mal no corpo que ele escolheu. Primeiro – continuou o padre idoso – você deve promover dois testes adicionais a fim de saber, com certeza, de que está mesmo na presença de Lúcifer. – Ergueu-se de sua poltrona e foi até as estantes para puxar de lá uma velha Bíblia, a capa de couro marrom já bem desbotada. As palavras "Bíblia Sagrada", entretanto, ainda estavam prodigiosamente brilhantes, quase como se tivessem sido retocadas. Trouxe a Bíblia até Kevin, que a pegou devagar e aguardou uma explicação. – O demônio não pode tocar o livro sagrado. A Bíblia arde em seus dedos. As palavras de Deus incendeiam sua alma conspurcada. Ele vai urrar com um som medonho.

– Mas, sabendo disso, ele jamais a tocará.

– Sim, quero que dê isto a John Milton, mas... – olhou em volta da sala por um momento e depois foi até um armário para pegar um saco de papel pardo comum. – Aqui. Ponha a Bíblia neste saco. Ofereça a ele como um presente. Se for mesmo o demônio, quando a tirar do embrulho e vir o que tocou, ele vai deixá-la cair, como se tivesse encostado a mão no cerne de uma chama, e urrará de dor.

– Entendo – Kevin deslizou a Bíblia para dentro da sacola de papel com cuidado. Manuseava o embrulho com a mesma cautela que usaria ao lidar com um explosivo. – E se ele fizer o que acaba de descrever?

Padre Vincent baixou os olhos para ele por um instante e, em seguida, virou-se para voltar mais uma vez às estantes. Estendeu a mão para alcançar o canto de uma prateleira e saiu de lá com o que parecia ser uma cruz de ouro encimada com uma réplica em prata do Cristo crucificado. A cruz tinha quase 20 centímetros de comprimento. Padre Vincent segurou-a pela base com o punho bem fechado.

– Pegue isto e ponha o mais junto do rosto dele que puder. Para ele, se for verdadeiramente o diabo, será como olhar direto para o sol. O crucifixo vai cegá-lo e, nesse momento, ele não será mais do que um velho indefeso.

– E depois? – indagou Kevin.

– E depois... – Padre Vincent abriu o punho cerrado. A base da cruz era um punhal afiado. – Desfira um golpe com isso sobre seu coração corrupto. Não hesite ou você e sua mulher estarão perdidos para sempre. – Chegou mais para perto de Kevin. – Para todo o sempre – acrescentou.

Kevin mal respirava. Seu coração estava disparado, mas estendeu a mão lentamente e pegou a cruz oferecida por padre Vincent. O pequeno rosto na imagem de Cristo parecia diferente de qualquer outro que tivesse visto. A expressão era mais de raiva do que de perdão, um rosto que pretendia retratar um soldado de Deus. A cruz era pesada e a ponta, muito aguda.

– Assim que enfiar isso em seu coração, ele tombará.

– Mas e quanto à minha mulher e aquela... criança?

– Quando o diabo é morto em uma de suas formas humanas, sua progênie morre com ele. Ela abortará naturalmente. E assim – concluiu padre Vincent, aprumando-se numa posição ereta – você terá salvado sua mulher. Mas não faça nada – advertiu padre Vincent – se ele não corresponder aos dois testes que descrevi. Volte e conversaremos mais um pouco. Entendido?

– Sim – prometeu Kevin. – Obrigado. – Levantou-se, apertando a Bíblia no saco de papel pardo debaixo do braço e prendendo com toda a força dos dedos a cruz dourada do punhal. Enfiou-o entre o cinto e as calças.

Padre Vincent assentiu.

– Bom. Vá, e que Deus o acompanhe, meu filho. – Pôs a mão sobre o ombro de Kevin e murmurou uma oração baixinho.

– Obrigado, padre – sussurrou Kevin também.

O prédio estava mais calmo do que o habitual. Até o guarda de segurança, um homem chamado Lawson, que substituía Philip no turno da noite, não se achava à vista em lugar nenhum quando Kevin chegou de carro e olhou através das portas de vidro. Entrou em direção à passagem de automóveis e apertou o controle remoto da garagem. O portão subiu e ele entrou para guardar o carro. Estava tudo mortalmente silencioso. O som produzido pela porta do automóvel se fechando ecoou pela garagem mal iluminada e depois morreu. Kevin ouviu o zumbido suave de motores.

Viu que os carros de todos os associados estavam lá. Bem ao fundo, numa vaga do canto direito, estava a limusine da firma. Pela primeira vez notou uma passagem que agora compreendia ser, provavelmente, o caminho para o apartamento de Charon. Charon... veio-lhe à mente porque agora estava pensando em definições. Charon não era o barqueiro que levava as almas dos mortos para descer ao inferno? O nome dele com certeza era mais uma das piadas de John Milton, mas o Charon da firma de fato os transportava cada vez mais para o fundo do inferno, não era? A piada temos sido nós mesmos, pensou.

Kevin se dirigiu ao elevador. Primeiro, iria até Miriam para contar a ela tudo o que havia aprendido, levá-la a compreender o perigo, obrigá-la a ver. Se houvesse necessidade, chamaria o padre Vincent e faria com que Miriam também falasse com ele, avaliou, mas quando chegou a seu apartamento a mulher já havia saído. Deixara um bilhete sobre a mesa da cozinha.

"Esqueci, esta noite as meninas e eu tínhamos entradas para o balé. Não espere acordado. Provavelmente vamos parar em algum lugar para tomar alguma coisa depois. Tem uma lasanha da delicatessen na geladeira. Basta seguir as instruções da embalagem e aquecer no micro-ondas. Amor, Miriam."

Miriam ficou louca? pensou. Depois de tudo o que eu disse a ela, depois do jeito como saí correndo daqui, ela simplesmente mantém seu programa, nem pensa em esperar por mim!

Ela está perdida, desesperou-se. Conversar com Miriam não teria adiantado nada. Estava tudo nas mãos dele agora. O olhar de Kevin caiu sobre a mesinha ao lado do telefone na cozinha. Lá estava a dádiva suprema, a chave de ouro. Podia subir, enfrentar John Milton e acabar com tudo aquilo de uma vez. Agarrou a chave e, com a Bíblia no envelope de papel embaixo do braço, o punhal com a cruz de ouro no cinto, Kevin saiu depressa em direção ao elevador.

Inseriu a chave e apertou o botão para a cobertura. As portas se fecharam, e ele começou a subir, imaginando que estava na verdade ascendendo aos confins do inferno. Tinha sua alma para salvar, assim como a vida de sua mulher.

As portas se abriram lentamente, mais devagar do que em qualquer outro andar, pensou. O grande salão estava parcamente iluminado, as lâmpadas no teto com a intensidade reduzida, a maior parte dos abajures apagada. Velas queimavam no candelabro sobre o piano. Suas chamas minúsculas lançavam enormes sombras distorcidas, dando a impressão de que as silhuetas tremiam.

O aparelho de som estava com o volume bem baixo e do toca-fitas saía uma peça para piano que, em princípio, lhe pareceu apenas vagamente familiar. Mas depois de escutar por alguns segundos, Kevin se deu conta de que era o concerto apresentado por Miriam na noite da festa. Em sua mente quase pôde vê-la sentada ali, tocando agora.

Kevin saiu do elevador e se deteve a fim de prestar atenção em outros sons. De início, não houve nenhum. Em seguida, como se tivesse se materializado bem diante dos olhos de Kevin, John Milton surgiu sentado no canto direito de um sofá em módulos, bebericando vinho. Estava usando seu smoking em veludo vinho.

– Ora, Kevin. Que surpresa agradável. Entre, entre. Eu estava aqui à toa, relaxando. E, para falar a verdade, pensando em você.

– É mesmo?

– Sim. Sei que tirou o dia de folga. Está se sentindo melhor, descansado?

– Um pouco.

– Que bom. Mais uma vez, parabéns pela maravilhosa defesa.

– Não precisei fazer tanto assim – disse Kevin, dando mais alguns passos à frente. – O caso me foi entregue de presente quando me mandou aquele bilhete.

– Ah, sim, o bilhete. Ainda conjeturando a respeito daquilo, não é?

– Não.

– Não. Isso é bom. Como meu avô costumava dizer, "a cavalo dado não se olham os dentes".

– Meu Deus.

– O quê?

– Era meu avô quem dizia isso.

– Era? – O sorriso de John Milton ficou ainda mais amplo. – O avô de todo mundo provavelmente dizia coisas como essa. Quando você for avô, vai usar o mesmo tipo de ditados também. – John Milton pôs sua taça de vinho sobre a mesa. – Vamos entrando. Você está pregado aí de pé, parecendo um moleque de recados. Gostaria de tomar uma taça de vinho? – Ergueu o copo contra a luz de modo que o líquido vermelho parecesse ainda mais fascinante.

– Não, obrigado.

– Não? – Milton se recostou e analisou Kevin por um momento. – O que é isso que está carregando debaixo do braço?

– Um presente para o senhor.

– Ah? Que gentil da sua parte. A propósito de quê?

– Vamos chamar de gratidão, em reconhecimento por tudo o que vem fazendo por mim e por Miriam.

– Já recebi meu presente ao vê-lo se sair tão bem no tribunal.

Mesmo assim, quis lhe trazer um pequeno tributo representando o nosso... afeto.

Kevin se adiantou até ficar de pé bem diante dele. Lentamente, foi tirando o saco pardo de baixo do braço e entregou-o a John Milton.

Parece ser um livro.

Kevin enfiou a mão dentro do paletó e agarrou a cruz de ouro.

Ah, é sim. Um dos melhores.

Verdade? Bem, obrigado. – Enfiou os dedos no saco e puxou a Bíblia. Só quando ela já estava completamente fora do embrulho as palavras "Bíblia Sagrada" ficaram visíveis. No momento em que isso aconteceu, os olhos de John Milton saltaram das órbitas. O homem berrou exatamente como o padre Vincent havia previsto, urrou como se tivesse tentado agarrar o centro de uma fogueira, carvão ardendo em brasa. A Bíblia caiu no chão.

Kevin puxou a cruz e estendeu o braço, empurrando o corpo e o rosto do Cristo crucificado de aparência irada contra a face de John Milton. Ele gritou de novo, levando as mãos aos olhos, cobrindo-os o mais depressa que podia com as palmas, e caiu de costas contra o módulo do sofá. Kevin apanhou a cruz como faria com uma adaga e, sem um momento de hesitação, introduziu a ponta afiada no coração de John Milton. O punhal rasgou-lhe a roupa e a carne com a velocidade e precisão de uma faca aquecida cortando sorvete macio, a cruz esfriando à medida que entrava. O sangue jorrou e cobriu os dedos de Kevin, mas ele não recuou antes de ter enfiado a cruz o mais fundo que pôde.

John Milton não baixou as mãos em momento algum. Tombou dobrando-se em dois e morreu no divã luxuoso, com as palmas ainda firmemente apertadas contra os olhos para bloquear a luz. Keviu deu um passo atrás. A réplica do Cristo na cruz estava fincada com firmeza no peito de John Milton, só que agora Kevin achou que o pequeno rosto parecia satisfeito, realizado.

Kevin ficou de pé ali, olhando para o cadáver estendido até que seu próprio corpo parasse de tremer. Estava acabado, pensou. Tinha salvado sua alma e a vida de sua mulher. Foi direto ao telefone a fim de ligar para o padre Vincent. O aparelho tocou inúmeras vezes. Finalmente, Kevin ouviu a voz do velho.

– Estou aqui – disse Kevin –, no apartamento dele; tudo correu como o senhor descreveu.

– Como?

– Já fiz tudo, padre. Ele não conseguiu tocar a Bíblia e urrou quando a viu em suas mãos; depois mostrei a ele o Cristo crucificado e ele ficou cego, então enfiei o punhal em seu coração exatamente como o senhor orientou.

Do outro lado da linha, apenas silêncio.

– Era o que eu devia fazer, não era?

– Ah, sim, meu rapaz. – Padre Vincent rompeu numa gargalhada profunda, irreal. – Era o que você devia fazer. Não faça mais nada. Basta que não arrede o pé daí. Vou chamar a polícia.

– A polícia?

– Fique aí – repetiu o padre e desligou. Kevin manteve o fone em sua mão por um momento e ficou ouvindo o zumbido. Depois recolocou-o no gancho.

Olhou na direção do sofá para o corpo de John Milton. Havia algo de diferente nele. Lentamente, caminhou de volta até os módulos de estofados e baixou os olhos para o cadáver. Seu coração disparou e uma onda gélida, arrepiante, subiu por suas pernas, fazendo-o sentir como se tivesse acabado de pisar num lago congelado.

John Milton ainda estava morto. O punhal ainda se encontrava firmemente plantado em seu coração.

Suas mãos não estavam mais sobre o rosto.

E ele estava sorrindo!

15

— Não há ninguém melhor para defender você – implorou Miriam. – Por que não dá ouvidos ao bom-senso? Devia se sentir grato porque eles estão dispostos a representá-lo, considerando o que você fez. Estou pasma por não estarem nos odiando.

Kevin não disse nada. Estava sentado na sala de visitas da prisão e olhava fixo para a frente, a mente ainda confusa. Teria ficado louco? Era assim a sensação de enlouquecer completamente?

A polícia tinha vindo, seguida pelos associados, e depois chegou Miriam com as outras mulheres. Kevin não dissera nada a ninguém, nem mesmo a Miriam, que ficou histérica e teve de ser consolada por Norma e Jean de todas as maneiras. Os associados acharam que ele estava apenas se comportando como um bom réu, recusando-se a falar até que pudesse ser representado por um advogado, mas Kevin não ia falar com nenhum deles agora, a despeito dos rogos de Miriam.

E quanto aos associados não o odiarem, é claro que o odiavam. Estavam apenas demonstrando suas velhas personalidades coniventes de sempre. Mas ele compreendia por que Miriam era cega a tudo isso. Ela estava tão vulnerável, pensou, e olhou para a mulher.

Ainda estava grávida. Não tinha havido nenhum aborto subsequente e imediato, mas com certeza isso iria ocorrer. Tudo o mais que o padre Vincent previra tinha acontecido. Aquele pensamento o trouxe de volta ao momento presente. Analisou o rosto de Miriam mais de perto.

Não parecia estar doente ou com dores. Estivera chorando e sua maquiagem estava borrada de lágrimas, mas não dava a impressão de sentir qualquer desconforto físico. Na verdade, a palidez que andara vendo em seu rosto ultimamente desaparecera. Ela parecia uma grávida saudável, viçosa por conta da gestação. Talvez aquilo significasse que o feto do mal dentro dela estivesse morrendo, perdendo o poder de sugar sua saúde para se nutrir. Kevin teve esperanças.

– Como está se sentindo? – perguntou a ela.

– Sinto-me péssima. O que quer dizer? Como pode me perguntar uma coisa dessas agora?

– Não estou me referindo a nada disso. Quero dizer, fisicamente... sua gravidez... alguma outra mancha roxa?

– Não. Estou bem – respondeu. – Fui consultar o médico e ele disse que está tudo bem. – Miriam balançou a cabeça. Kevin continuou olhando para ela, analisando-a, perquirindo em seus olhos, buscando algo na expressão do rosto dela. Miriam lhe parecia tão diferente. Sentiu que a intimidade que um dia existira entre eles tinha desaparecido. Não eram mais parte um do outro. Sua mulher se tornara uma estranha. Seus olhos não tinham mais a emoção cálida que ele tanto estimava. Era como se outra pessoa estivesse em seu corpo, considerou, e em seguida pensou, é claro, havia mesmo... aquele filho, exaurindo-a, sugando seu calor, o amor de Miriam por ele.

O médico era um deles. Talvez estivesse mantendo o bebê vivo.

– Quero que pare de ver esse médico, Miriam. Pare de ir a ele – exigiu.

– Meu Deus, Kevin, não tinha me dado conta de quão louco você ficou. Meu Deus.

– Não estou louco, Miriam. Você vai ver. Não estou louco.

Ela encostou-se na cadeira e fitou-o, qualquer traço de solidariedade ou pena escapando velozmente. Kevin sentiu a aversão dela, assim como seu desânimo.

– Kevin, por que fez isso? De todas as pessoas que é possível matar neste mundo, por que assassinar o Sr. Milton?

O guarda de pé junto a porta ergueu as sobrancelhas, olhou na direção deles, e em seguida fingiu interesse em alguma coisa do outro lado da sala.

– Você não acreditou em mim na primeira vez em que lhe falei, e não vai acreditar agora, mas tudo virá à tona no julgamento.

– Julgamento? – Miriam sorriu com escárnio. Todas essas expressões e reações, tudo aquilo era tão diferente dela. Aquela coisa estava se apossando de sua mulher, pensou, possuindo-a como a que estava dentro de Gloria Jaffee a possuíra. – Que tipo de julgamento espera? Você confessa ter feito isso e não permite que Paul, Ted ou Dave o representem, apesar de eles serem os melhores advogados de defesa da cidade, provavelmente de todo o país.

– Fiz umas indagações e mandei buscar um advogado.

– Quem?

– Alguém que mal é conhecido como criminalista. Não é um advogado poderoso; não é rico e, o mais importante, não faz parte deles. – Ainda que, acrescentou consigo mesmo, se eu perder, ele bem poderia se tornar um deles.

– Mas Kevin, isto é sensato?

– Muito sensato. Eu tive uma chance desta maneira, uma chance de demonstrar a verdade.

– Paul afirma que a primeira coisa a ser feita é mandar examiná-lo por um psiquiatra. A promotoria vai partir para homicídio qualificado. Ele disse que o psiquiatra apontado pela acusação muito provavelmente vai sustentar o argumento deles de que você sabia o que estava fazendo. Paul garante que eles vão bloquear esse caminho da defesa, que, ele acha, é sua única saída.

– É bem dele dizer isso. Até recomendou algum psiquiatra para nós, aposto.

– Ah, sim. Ele ofereceu alguns médicos maravilhosos – confirmou Miriam. – Médicos que a firma já usou antes.

Pensou tê-la visto piscar. Miriam estava se tornando um deles. Era quase inútil conversar com ela antes que tudo estivesse acabado.

— Os médicos definitivamente vão alegar que eu estou louco. Isso é o que eles esperam que aconteça: que eu seja declarado insano e a verdade fique enterrada, não está vendo? — inclinou-se para a frente, chegando o mais perto dela que podia sem que os guardas percebessem. — Mas isso não vai acontecer, Miriam. Nós não vamos pedir exame psiquiátrico nenhum. Nenhum. — Bateu na mesa entre eles com tanta força que Miriam pulou no assento.

A mulher emitiu um som miúdo, como um camundongo, e apertou a mão direita contra a boca. Seus olhos estavam vidrados, úmidos. Ela sacudiu a cabeça.

— Todo mundo está arrasado: seus pais, os meus, os associados, Norma e Jean.

— E quanto a Helen? — Kevin sorriu com ar de louco. — Não vai querer convenientemente esquecer Helen Scholefield agora, vai? Só porque os outros esqueceram...

— Eu não a esquecerei, mas eles também não. Poderia culpá-la por tudo isso, só que ela estava doente demais no momento e não era responsável pelas coisas que dizia ou fazia. — Abriu a bolsa e tirou um lenço para secar as faces com pequenos toques delicados. Deu prosseguimento ao gesto sacando de um espelhinho e começando a limpar as manchas de rímel. — Graças a Deus, ela melhorou.

— Melhorou? — Kevin se recostou. — O que quer dizer isso? Ela morreu?

— Ah, Kevin, francamente. Que coisa de se dizer! Melhorar quer dizer ficar melhor. Os tratamentos ajudaram. Ela está fora do estado comatoso. Está comendo bem e conversando de maneira inteligível. Paul espera trazê-la para casa dentro de mais ou menos uma semana se Helen continuar progredindo.

— Trazê-la para casa? Helen jamais voltará àquele edifício.

— Ela pede para ser levada de volta todos os dias, Kevin. Norma e Jean a viram. Disseram que a mudança nela é radical, nada menos que miraculosa. Não está vendo? — continuou

Miriam depressa, fazendo mais pressão. – É por isso que você precisa passar por um exame psiquiátrico, um tratamento e...

– Não! – Ele pulou da cadeira e balançou a cabeça com veemência.

– Kevin.

– É melhor você ir, Miriam. Estou cansado e tenho de me preparar para a primeira visita do advogado. Mande me informar assim que alguma coisa acontecer com você. Deve acontecer logo.

– Alguma coisa acontecer? O que deve acontecer?

– Você verá – respondeu ele. – Você verá – murmurou cheio de esperanças e virou-se para voltar à sua cela.

Que estranho, pensou Kevin. Por que Helen Scholefield estaria melhorando e querendo voltar para casa, sabendo tudo o que ela sabia? Teriam feito alguma coisa a ela no Bellevue, algo para apagar todas as suas lembranças, todo o seu conhecimento? Talvez tivessem feito uma lobotomia. Sim, era isso, uma lobotomia.

E por que Miriam ainda estava grávida? Padre Vincent tinha dito que, assim que o demônio em sua forma humana fosse morto, toda a sua progênie humana morreria. Por que estava demorando tanto? O padre Vincent não dissera que o médico da firma poderia bloquear o aborto. Será que ele não sabia? Precisava conversar com o padre. Por que padre Vincent não tinha vindo vê-lo? E por que foi ele quem chamou a polícia? Era tudo parte do processo.

Havia tanto a entender... tanto. Precisava voltar e pensar, planejar, reorganizar. Tinha de trabalhar em sua própria defesa. Tinha de demonstrar que havia matado em legítima defesa. Seria a maior argumentação de sua carreira, ele e o advogado joão-ninguém provando ao Estado e ao povo que Kevin tinha salvado a humanidade assassinando o demônio.

– Temos de apreender os arquivos do computador no escritório – murmurou – e Beverly Morgan. – E, então,

McKensie descreveria seu encontro com ele, pensou, e o padre Vincent seria chamado... um religioso, um homem de respeito, um legítimo psiquiatra em plena atividade que acredita na existência do diabo. – Estou bem. Estou bem – concluiu. – Tudo vai ficar bem.

– Claro – disse o guarda que caminhava atrás dele. – Tudo vai ficar ótimo, agora que está em nossas mãos.

Kevin o ignorou e, momentos após a porta de sua cela ter sido cerrada atrás dele, rabiscou furiosamente em seu beliche num comprido bloco amarelo de anotações.

O NOME DE seu advogado era William Samson. Tinha apenas 27 anos e parecia um Van Johnson jovem – ou uma legítima torta de maçã americana recém-saída do forno. Samson mal podia acreditar na própria sorte. Era um caso dramático, de grande destaque, publicidade maciça. Ele tivera, na verdade, uma única experiência de tribunal como criminalista, defendendo um universitário de 19 anos acusado de assaltar à mão armada uma loja de bebidas próxima do campus. O ladrão usara uma máscara de esqui, e a polícia, com base em uma informação anônima, encontrara uma máscara idêntica no apartamento do rapaz, onde não havia mais nenhum equipamento de esqui. Ele não esquiava. Também se encaixava na descrição física e havia indícios de que estava comprometido com sérias dívidas de jogo. Ainda assim, não era um caso de solução imediata para a promotoria porque a polícia não conseguira localizar nenhuma arma e a namorada do réu alegava que o rapaz estivera com ela o tempo todo.

No entanto, Samson sabia que a moça estava mentindo e tinha pouca fé em sua credibilidade no banco das testemunhas. Quando soletrou para ela a pena para perjúrio e explicou que a promotoria já estava trabalhando para desacreditar e/ou desmentir seu depoimento, a garota ficou logo toda trêmula. Um dia antes de começar o julgamento, Samson aconselhou seu cliente a aceitar um acordo com a acusação a fim de obter a pena mínima e foi ao gabinete do promotor público para negociar. Convenceu o promotor assistente a abrir mão da acusação de assalto à mão armada, substituindo-a por roubo simples. Como seu cliente não tinha antecedentes, conseguiu que a acusação recomendasse 6 meses de detenção e cinco anos em *sursis*.

Kevin, na verdade, não conhecia os detalhes do caso. Não lhe interessavam. Em seu modo de pensar, estava procurando simplesmente alguém capaz de ser advogado criminalista que se mostrasse menos passível de se deixar corromper pelo demônio. Em sua primeira reunião, Kevin explicou por que queria alegar legítima defesa. Samson ouviu e tomou notas, mas à medida que Kevin prosseguia, o coração do advogado foi afundando dentro do peito. Este não seria um grande caso, afinal. Seu cliente, concluiu, estava louco, sofrendo de paranoia histérica. Com muita cautela, recomendou um exame psiquiátrico.

Kevin recusou.

– Isso é exatamente o que eles querem que eu faça: alegar insanidade para que ninguém dê atenção às minhas provas ou às testemunhas da defesa.

– Então, em sã consciência, não posso defendê-lo – declarou William Samson. – Ninguém vai acreditar em seus motivos ou em sua história. Não tenho nenhuma defesa a oferecer nestas circunstâncias, Sr. Taylor.

Kevin sentiu-se desapontado com a reação de Samson, mas também ficou impressionado. William Samson era um jovem advogado brilhante que daria o melhor de si por seus clientes, mas operava sob um sistema de moralidade também. Este era o tipo de advogado que ele poderia ter sido, pensou. Isso lhe deu esperanças e renovou sua fé em si mesmo e em seus atos.

– Então, vou defender a mim mesmo – disse. – Mas venha ao julgamento de qualquer maneira. Pode se surpreender.

William Samson ficou surpreso ao saber que o psiquiatra da promotoria havia concluído que Kevin Taylor não era insano, que ele sabia a diferença entre o certo e o errado na hora em que cometeu o assassinato de John Milton, e que provavelmente estava apenas tentando mascarar seus verdadeiros motivos com o número teatral e a história ridícula sobre Satanás e seus discípulos

Quando Kevin leu o relatório psiquiátrico, no entanto, achou que aquele fosse seu primeiro momento de verdadeira sorte. Agora ele seria capaz de provar sua hipótese. As pessoas ouviriam e lhe dariam uma oportunidade. Se havia convencido um homem tão religioso e erudito como o padre Vincent, com certeza poderia convencer 12 cidadãos comuns. Sentiu-se animado com a convicção de que, assim que vissem as provas e ouvissem o depoimento de suas testemunhas, os jurados sustentariam sua argumentação de que assassinara John Milton em legítima defesa. Não estaria habilitado a convocar testemunhas e interrogá-las em sua própria defesa se o psiquiatra da promotoria o tivesse declarado insano.

Mas tudo desmoronou depois disso.

Kevin requisitou judicialmente os arquivos de computador da John Milton e Associados, mas o diretório "Futuros" que desejava não foi encontrado lá. Insistiu em que não tinha recebido o material completo e, acompanhado por policiais indicados pelo tribunal, foi ao escritório em pessoa e tentou recuperar o arquivo. Não teve sucesso. Havia desaparecido.

– Eles o apagaram – declarou. – Eu devia ter imaginado que fariam isso.

Evidentemente, ninguém acreditou nele, mas Kevin achou que podia ir adiante sem isso.

No dia de abertura do julgamento, Todd Lungen, outro assistente da promotoria pública, não muito mais velho do que Bob McKensie, mas de aparência consideravelmente melhor, delineou os argumentos da acusação. Lungen fazia Kevin lembrar de si mesmo, porque ostentava em torno de si uma aura de confiança quase arrogante muito parecida com a dele. Prometeu demonstrar como este caso era de simples e imediata solução, envolvendo um marido, uma esposa e uma vítima que o marido acreditava estar mantendo um caso com sua mulher, chegando até a engravidá-la. Lungen afirmou que, depois de Kevin ter cometido o homicídio a sangue-frio, forjou uma história ridícula na esperança de poder ser declarado incapaz. Sua recusa em se deixar examinar por seu próprio psiquiatra fora motivada pelo entendimento de que qualquer médico competente em saúde mental reconheceria que ele estava fingindo tudo.

Norma e Jean foram chamadas ao banco, e ambas testemunharam dizendo que Miriam lhes contara a respeito do ciúme que Kevin sentia de John Milton. Relataram como ele até exigira que a mulher fizesse um aborto quando Miriam anunciou a gravidez. Kevin a acusara de andar fazendo amor com John Milton e havia declarado que o filho era do outro. Disseram que Miriam ficara terrivelmente perturbada e passara a sentir temor de Kevin daquele momento em diante.

No interrogatório da defesa, Kevin tentou levar as duas a falar sobre Gloria e Richard Jaffee, mas Norma e Jean não deram nenhum apoio às suas asserções, e quando ele levantou o assunto de Helen Scholefield e das coisas que a mulher lhe contara, ambas disseram que Helen nunca havia lhes contado nada parecido. Lungen então reinquiriu Jean, a qual revelou que Helen ainda estava no Bellevue para tratamento psiquiátrico.

– Então, mesmo que ela tivesse dito qualquer dessas coisas fantásticas, dificilmente poderíamos considerá-las sensatas – concluiu Lungen. – Com efeito, Sr. Taylor, um jovem e brilhante advogado que acabara de vencer uma causa importante nestes tribunais, teria se dado conta disso.

Paul, Dave e Ted foram, então, chamados ao banco. Cada um deles depôs sobre o bom caráter e os atos caridosos de John Milton. Falaram de seu amor pelo Direito e de tudo o que havia feito por todos, inclusive por suas esposas. Salientaram a natureza familiar da firma e negaram veementemente que John Milton fosse um mulherengo ou que tivesse se insinuado de qualquer maneira que fosse para suas mulheres. Todos comentaram a respeito da aparente inabilidade de Kevin para apreender essa natureza familiar da empresa e de sua desconfiança em relação às intenções de John Milton.

Kevin anunciou que não se daria ao trabalho de interrogar qualquer dos associados porque todos mentiriam, com ou sem juramento. Eram filhos de John Milton, filhos do demônio, acrescentou. O juiz bateu seu martelo para silenciar o barulho de zombaria na plateia.

A acusação em seguida apresentou a prova material: o punhal com a cruz. Muito embora Kevin não estivesse contestando ter esfaqueado John Milton com o objeto, um perito em medicina legal foi chamado para testemunhar quanto às suas impressões digitais. Kevin fora flagrado na cena do crime, e as autoridades policiais que haviam comparecido ao local depuseram afirmando que a mão de Kevin estava ensanguentada e que ele não negara ter matado o Sr. Milton, ainda que tivesse se recusado a responder qualquer pergunta.

Confiante, Lungen encerrou a argumentação da promotoria.

Kevin ia subir ao banco em pessoa e apresentar sua versão da história, mas decidiu que seria melhor construir primeiro alguns indícios de sustentação. Pretendia começar por Beverly Morgan. Entretanto, quando chegou a hora de começar sua defesa, Beverly Morgan não pôde vir. Estava em coma no hospital, sofrendo de intoxicação alcoólica aguda. O médico que a estava atendendo não tinha grandes esperanças de que pudesse sobreviver.

Já que outro promotor assistente, Todd Lungen, sustentara a acusação como representante do Estado, Kevin pôde convocar Bob McKensie ao banco. Entretanto, as recordações de McKensie quanto à reunião clandestina dos dois eram bem diferentes das de Kevin. McKensie reconheceu as preocupações de Kevin quanto à firma de advocacia de John Milton e confirmou tê-lo ouvido proclamar que a firma ultrapassaria qualquer limite para obter a absolvição de um cliente, por mais culpado que este pudesse ser. Sim, disse ele, Kevin viera vê-lo para desacreditar a firma.

– Mas ficou evidente para mim – acrescentou McKensie, – que seu motivo era vingança. Ele acreditava que sua mulher estava tendo um caso com Milton.

Kevin não conseguiu acreditar no que ouvia.

– Você está mentindo! Eu nunca disse uma coisa dessas! – bradou. Lungen levantou objeção à explosão de Kevin e o juiz a manteve.

– Ou o senhor continua interrogando a testemunha ou eu a farei descer do banco.

– Mas, meritíssimo, ele está mentindo.

– Isso é o júri quem decide. Mais alguma pergunta para o Sr. McKensie?

– Sim. O senhor recomendou que eu fosse ver o padre Reuben Vincent?

– Sim, recomendei – respondeu McKensie.

– Bom. Agora diga ao tribunal por que fez tal recomendação, por favor.

– Porque achei que ele poderia ajudá-lo. O padre é um psiquiatra licenciado. Ele poderia aconselhá-lo e ajudá-lo a encontrar outras maneiras para lidar com o seu ciúme.

– O quê?

Impassível, McKensie sustentou o olhar.

Kevin virou-se e encarou a plateia, onde Paul Scholefield, Ted McCarthy e Dave Kotein estavam sentados. Achou que estavam sorrindo de satisfação. Norma, Jean e Miriam estavam ao lado deles. Norma e Jean consolavam sua mulher. Miriam pareceu-lhe tão triste agora quanto durante o julgamento de Lois Wilson. Mais uma vez, ela passou as costas da mão sobre o rosto para limpar as lágrimas.

Por um instante, Kevin pensou estar de volta ao julgamento de Lois Wilson. Era o momento antes de começar a interrogar a garotinha. Poderia fazer aquilo ou não. Será que estava lá mesmo? Tudo isso teria sido um sonho? Conseguiria retroceder no tempo?

O juiz o trouxe de volta à realidade.

– Sr. Taylor?

Kevin olhou outra vez para McKensie, que ostentava no rosto o mesmo sorriso dos associados. É claro, pensou Kevin. É claro.

– Eu deveria ter imaginado – riu. – Eu deveria ter me dado conta. Fui um idiota. Que perfeito idiota, uma vítima perfeita, não fui? Não fui? – insistiu com McKensie. O homem magricelo cruzou as pernas e ergueu os olhos para o juiz em busca de auxílio.

– Sr. Taylor? – disse o juiz.

– Meritíssimo – atendeu Kevin, caminhando em direção ao banco das testemunhas e apontando o dedo para McKensie. – O Sr. McKensie fazia parte do esquema... as causas que perdeu, os acordos que fez...

Lungen se levantou imediatamente.

– Objeção, meritíssimo.

– Mantida. Sr. Taylor, já o adverti quanto a essas falas. Poupe-as para sua argumentação final ou eu o enquadrarei por desacato a este tribunal.

Kevin se deteve e olhou para os rostos de cada um dos membros do júri. A maioria parecia espantada, confusa. Alguns exibiam um ar aborrecido. Kevin assentiu, uma esmagadora sensação de derrota descendo sobre ele com o impacto de uma onda do mar. Mas com certeza o padre Vincent, um sacerdote... Era sua última esperança.

Chamou-o ao banco.

O idoso miúdo e calvo apresentou-se com ar muito distinto, usando gravata e terno de jaquetão. Sua aura era mais de psiquiatra do que de padre.

– Padre Vincent, por favor, relate ao tribunal a essência da conversa que o senhor e eu tivemos a respeito de John Milton?

– Receio ter de declinar esta solicitação com base no privilégio de informação médico-paciente – respondeu ele.

– Ah, não, padre. Pode dizer qualquer coisa. Eu renuncio completamente ao privilégio.

Padre Vincent olhou para o juiz.

– É direito dele fazer isso – o juiz autorizou. – Prossiga com seu depoimento.

Padre Vincent balançou a cabeça compassivamente.

– Muito bem – virou-se na direção do júri. – O Sr. Taylor foi encaminhado a mim por Bob McKensie. Tive uma sessão com ele durante a qual detectei um grande rancor e sentimento de antagonismo. Ele revelou seu desejo de fazer mal ao Sr. John Milton porque acreditava que o homem teria engravidado sua esposa. Racionalizava seu desejo declarando que o Sr. Milton era um homem do mal, um demônio disfarçado.

"Tentei chamar a atenção dele para esta racionalização e levá-lo a um entendimento do que estava sentindo, na esperança de que fosse capaz de lidar com sua raiva e suas suspeitas. Deveríamos fazer outras sessões juntos.

"Mas, naquela noite, o Sr. Taylor me telefonou e contou-me que havia matado John Milton. Estava histérico mas, em minha opinião, bastante consciente do que fizera.

– Não estou interessado no lado psiquiátrico de tudo isso – vociferou Kevin. – Fui consultá-lo em sua condição de padre, de especialista em ocultismo e fenômenos relacionados ao demônio. O senhor não se considera um perito nestas questões? Não realizou pesquisas altamente eruditas sobre elas?

– Pesquisa acadêmica sobre o demônio? Pouco provável.

– Mas... o senhor não me deu uma Bíblia para entregar ao Sr. Milton como meio de testar se ele era ou não o demônio?

– Em lugar de replicar, padre Vincent começou a sorrir. Kevin praticamente deu um bote sobre ele. – E não me forneceu uma cruz que era também um punhal?

Padre Vincent olhou para ele e, em seguida, voltou-se ligeiramente para o júri outra vez.

– Absolutamente não. Estas declarações soam tão fantasiosas para mim quanto devem parecer a todos vocês.

Kevin corou. Virou de costas a fim de olhar para os associados. Seus sorrisos mostravam-se mais amplos, exuberantes. Norma e Jean debruçavam-se sobre Miriam, que estava com as mãos sobre o rosto. Kevin olhou para Bob McKensie que agora dava a impressão de rir abertamente.

– Até padres! Até padres! – exclamou Kevin, erguendo as mãos para o teto. – O senhor é um dos filhos dele também, não é? – esbravejou, virando-se outra vez para o padre Vincent. – Não é? – Deu um rodopio. – Quantos mais de vocês estão aí?

– Sr. Taylor. – O juiz bateu o martelo. Kevin voltou-se para ele e apontou um dedo acusador.

– O senhor é dele também. Vocês todos são dele. Não estão vendo? – berrou para o júri. – São todos filhos dele.

No final os guardas do tribunal tiveram de dominar Kevin para que a acusação pudesse interrogar o padre Vincent. Lungen apresentou-lhe a Bíblia.

– Esta foi a Bíblia encontrada aos pés de John Milton. O senhor já disse que não a deu ao Sr. Taylor para que ele a usasse numa espécie de teste de vodu a fim de comprovar a existência do demônio, não é assim?

– Sim.

Lungen abriu a Bíblia.

— Na verdade, poderia ler para o júri o que esta escrito aqui?
— Entregou a Bíblia ao padre Vincent.
— "Para John. Que esta lhe traga conforto sempre que precisar. Seu amigo, cardeal Thomas."
— Chega da tal participação da Bíblia nessa história ridícula — disse Lungen, tomando o Livro Sagrado de volta e devolvendo-o à mesa das provas documentais.

Kevin não contava com mais nenhuma testemunha, nada mais tinha a oferecer em sua própria defesa, mas a acusação convocou Paul Scholefield, Dave Kotein e Ted McCarthy outra vez, fazendo com que cada um deles depusesse para afirmar que tinham visto o punhal com a cruz no apartamento de John Milton desde a primeira ocasião em que entraram lá. Era um objeto que tinha trazido de uma de suas férias na Europa e, todos concordaram, algo que apreciava muito.

— Certamente não foi uma coisa que o padre Vincent deu a Kevin a fim de que ele a usasse para matar o demônio — afirmou Paul Scholefied.

Em sua argumentação de encerramento, Lungen sustentou que Kevin Taylor, um advogado criminalista comprovadamente bem-sucedido, cometera homicídio premeditado, a sangue-frio, e em seguida imaginara uma história ridícula sobre o demônio para levar o júri a pensar que ele era louco e poder se safar impune.

— Tentando empregar algumas das técnicas muito habilidosas, ainda que nocivas, que utilizou como advogado de defesa para outros clientes. Não — concluiu Lungen —, este júri não será iludido. — Apontou para Kevin. — Kevin Taylor, movido pelo ciúme insano de um homem talentoso, afável, tramou contra este homem e se põe diante deste tribunal como culpado de homicídio. Esta será uma das vezes em que um esperto advogado de defesa não conseguirá manipular a verdade.

O júri concordou. Kevin foi considerado culpado de homicídio qualificado e condenado à pena de 25 anos de reclusão.

Epílogo

Kevin se movia como num torpor. Em princípio ninguém se importava com ele; praticamente ninguém lhe dirigia a palavra. Chegou a pensar que talvez tivesse se tornado invisível, ou talvez não estivesse de fato ali, numa prisão de segurança máxima ao norte de Nova York.

Miriam veio visitá-lo no terceiro dia, mas durante a maior parte do tempo os dois se limitaram a ficar olhando fixamente um para o outro. Em todo caso, ela parecia a mil quilômetros de distância e, quando se dava ao trabalho de falar, algumas palavras se perdiam, como um aparelho de televisão piscando com um defeito qualquer. O que Kevin se lembrava da conversa deles eram expressões entrecortadas:

– Seus pais e os meus... Tentei tocar piano... Helen está de volta. Não é uma maravilha – observou Miriam no final – que John Milton tenha reservado uma poupança para o nosso filho? Foi uma coisa que ele já havia feito para o filho dos Jaffee, e existem também cadernetas para Ted e Jean, Norma e Dave. Paul e Helen estão falando em adotar.

Claro, Miriam ainda estava grávida. Não havia nenhum motivo para não estar. Compreendia isso agora. Compreendia que era tarde demais para ela.

– Não quero que meus pais fiquem com o bebê – disse Kevin finalmente.

– Ficar com o bebê? – Miriam sorriu, confusa. – Qual bebê, Kevin?

– O dele – respondeu Kevin.

– Ah, não, isso de novo, não. – Miriam balançou a cabeça. – Eu estava com a esperança de que fosse parar de dizer essas coisas agora que está tudo acabado.

– Está acabado mesmo. Repito, não quero que meus pais criem este bebê.

– Tudo bem, eles não vão criar – respondeu a mulher, sem disfarçar a raiva. – Por que deveriam?

– Não deveriam. Nem eles, nem os seus.

– Eu vou criar nosso filho.

Kevin balançou a cabeça.

– Eu tentei, Miriam. No final, estava tentando por você, para salvá-la. Chegará o momento, um momento definitivo perto do fim, que você entenderá tudo isto, e vai pensar em mim como está me vendo agora. E, se ainda for capaz, chamará meu nome. Eu a ouvirei, mas não haverá nada que possa fazer.

– Não posso suportar isto, Kevin. Já é difícil demais para mim ter de vir aqui, mas não aguento mais esta conversa. Não voltarei mais, a não ser que pare com isso, está entendendo?

– Não tem mais importância. É tarde demais.

Miriam levantou-se com um salto.

– Vou embora. Se quiser que eu volte, escreva e prometa que não vai falar assim quando eu vier – avisou e foi se encaminhando para a saída.

– Miriam!

Ela se virou.

– Pergunte a eles onde está o quadro de Helen e vá dar uma espiada nele, caso não o tenham destruído. Olhe para ele bem de perto.

– Não foi destruído. Foi vendido. Bob McKensie o comprou. Ele gosta daquele tipo de coisa.

Kevin riu. Na verdade, foi o som enlouquecido daquela risada que a empurrou para fora.

Kevin passava o tempo tentando entender. Como a sua morte iria atender a qualquer dos objetivos deles? Portanto, ele havia descoberto quem John Milton realmente era e o que a firma efetivamente fazia. O que poderia fazer com esta informação? Levá-la a McKensie, e depois, quando não obtivesse satisfação, encaminhá-la a outro promotor assistente ou ao próprio promotor público em pessoa? Como poderia saber quem estava contaminado ou não? Não podia obrigar Miriam a fazer um aborto, e ela não acreditava em nada que ele estava lhe contando. Mesmo que a tivesse levado embora, ainda assim o bebê a mataria. John Milton teria seu filho da mesma forma.

Ninguém iria crer nas coisas que ficara sabendo e não havia nada que pudesse fazer para detê-los. Então, por que manipulá-lo para que matasse John Milton?

As respostas vieram alguns dias mais tarde. Estava sentado na lanchonete, mastigando mecanicamente sua comida, bloqueando lá fora os sons e visões à sua volta.

Subitamente se deu conta da presença muito próxima de outros homens, dois com os braços colados aos dele, um à sua direita e outro à esquerda, e dois ou mais de pé bem à sua frente e nas costas. Tinha percebido antes, apenas vagamente, os dois que agora se achavam a seu lado. Sempre que os via, apanhava-os olhando fixamente para ele, sorrindo com ar licencioso, de modo que virava depressa para o outro lado. Fora isso, pareciam indiscerníveis dos demais internos, todos eles não mais que um borrão diante de seus olhos.

– Ei, você – chamou o da direita. Seu sorriso revelou uma boca cheia de dentes numa horrível cor amarelo-esverdeada. Os lábios se contorceram, afastando-se dos dentes num sorriso lascivo.

– Aposto que já está se sentindo solitário – comentou o homem à esquerda e pôs a mão direita sobre a coxa esquerda de Kevin.

Kevin começou a recuar, mas o interno de pé atrás dele pressionou as pernas contra suas costas. Kevin percebeu que este homem estava também com uma ereção e o roçava com ela. Seu estômago se revirou com a repulsa. O homem à esquerda apertou ainda mais a mão sobre a coxa de Kevin. Quis gritar, mas a pequena multidão de internos que se reunira atrás dele, dos lados, e bem à sua frente bloqueava qualquer possibilidade imediata de socorro.

Então a meia dúzia, ou algo assim, de pé à frente dele se dispersou, e o presidiário sentado do outro lado da mesa levantou-se rapidamente para que um negro alto e musculoso pudesse se aproximar e ocupar o lugar. Os bíceps do homem se ressaltavam contra as mangas, e os músculos do pescoço se distendiam enfaticamente contra a pele lisa e macia. Parecia invencível, calejado, um homem esculpido pelo sistema, enrijecido e fisicamente preparado para qualquer coisa. Tinha olhos negros, brilhantes, com o branco dos glóbulos tão claro e puro quanto leite fresco.

O negro sorriu e os homens em volta dele também. Todos os olhares estavam sobre ele. Era como se a energia de cada um, sua própria força vital, viessem do outro.

– Olá, Sr. Taylor – disse. Kevin meneou a cabeça. – Estávamos esperando pelo senhor.

– Por mim? – a voz de Kevin estalou. Os sorrisos nos rostos dos internos em torno dele se alargaram.

– Ou por alguém exatamente como o senhor.

– Ah – retrucou Kevin, olhando do homem à sua direita para o que se postara à esquerda. Então, ele ia ser passado de mão em mão como uma prostituta.

– Ah, não, não, Sr. Taylor – o negro se adiantou. – O senhor entendeu mal. Não está aqui para isso. Eles podem conseguir esse tipo de coisa a qualquer hora de um dos outros – acrescentou, e o homem da esquerda tirou a mão da coxa de Kevin instantaneamente. Tanto ele quanto o homem à direita mudaram de posição, de modo que seus corpos não mais faziam pressão contra o dele, e o homem de trás recuou um passo. Kevin sol-

tou um suspiro de alívio. – Não, o senhor é mais importante do que isso, Sr. Taylor.
– Sou?
– Sim, senhor. Veja, Sr. Taylor, todo mundo aqui foi vítima de uma armação, exatamente como o senhor. – O grupo em volta dele caiu na gargalhada. Todos sorriram também para Kevin. – Todos aqui tiveram advogados nojentos. – Alguns assentiram com raiva. – Todo mundo precisa recorrer da sentença.
– O quê?
– Isso mesmo, o senhor entendeu. Agora, a ironia é a seguinte: temos uma das melhores bibliotecas que existem, mas não contamos com as habilidades, com o conhecimento de que o senhor dispõe. Mas... – o negro se inclinou para trás e espalmou as mãos imensas sobre a mesa. – Finalmente o senhor chegou e vai nos ajudar... ajudar a todos e a cada um de nós, e enquanto estiver fazendo isso será sempre chamado por aqui de Sr. Taylor e tratado com respeito. Não é assim, rapazes?
Todos no grupo concordaram.
– Isso. Logo depois que acabar seu almoço aqui, por que não dá um pulo até a biblioteca para conhecer Scratch? Ele é o interno que trabalha como bibliotecário-chefe, e está ansioso para lhe prestar assistência, Sr. Taylor. O senhor e Scratch... porra, vocês dois vão ser igual a gêmeos siameses por aqui.
Mais risadas.
– Basta ir até lá em cima e Scratch lhe dirá por onde começar. Entendido, Sr. Taylor?
Todos se inclinaram para a frente, todos os olhos sobre ele, todos em posição de alerta.
– Sim – respondeu Kevin. – Entendi. Finalmente.
– Que ótimo, Sr. Taylor. Ótimo mesmo. – O negro se levantou. – Diga um oi a Scratch por mim. – Deu uma piscadela e o grupo se dispersou, alguns seguindo atrás dele, outros se desgarrando para a direita ou para a esquerda, até que Kevin ficou praticamente sozinho de novo.

Este era o papel previsto para Richard Jaffee, pensou. Foi isso o que Paul Scholefield quis dizer quando o abordou pela primeira vez e comentou sobre a abertura de uma vaga na John Milton e Associados. Helen Scholefield estivera com a razão. Richard Jaffee tinha uma consciência e preferiu morrer a fazer isto.

E o padre Vincent também não mentira para ele. O demônio é leal para com seus seguidores e se põe ao lado deles para qualquer situação.

Kevin se levantou. Pareceu-lhe que todo mundo naquele refeitório imenso tinha parado de comer para observá-lo sair, até os guardas. Kevin prosseguiu como um homem se dirigindo para a guilhotina. A velocidade com que aquela lâmina cairia dependeria inteiramente de sua própria coragem e de sua consciência. Neste exato momento, não tinha a bravura necessária para fazê-la baixar.

E essa era a grande pena. Ele era como o mítico Sísifo da mitologia grega, punido para sempre com a tarefa de rolar uma enorme pedra montanha acima, centímetro por centímetro, e vê-la cair de volta todas as vezes. Ainda assim, ele insistia, e insistia, acreditando que qualquer existência era melhor do que absolutamente nenhuma.

Não era?

Kevin sabia o que o aguardava quando desceu lentamente pelo corredor em direção à biblioteca. Talvez sempre tivesse sabido. O mal que espreitava em seu coração mantivera esse conhecimento encoberto, mas ele sempre estivera lá.

Era hora de afastar o manto que o cobria e encarar a verdade, pensou.

Ultrapassou o umbral. A biblioteca era impressionante para uma penitenciária.

E tão silenciosa quanto qualquer biblioteca deveria ser. Uma porta se abriu do outro lado do salão bem-iluminado, e o bibliotecário veio caminhando em sua direção, bem devagar.

Scratch.

Estava sorrindo. Sabia que Kevin viria. Claro que sabia.

Foi chegando cada vez mais perto, o rosto parecendo cada vez mais familiar até se encontrar postado bem diante dele.

E, mais uma vez, Kevin fitou os olhos carismáticos e paternais de John Milton.

fim

Este livro foi composto na tipologia Minion Pro Regular, em corpo 10,5/13, e impresso em papel off-set 56g/m² no Sistema Cameron da Divisão Gráfica da Distribuidora Record.